BLACK CLOVER
Asta

Yuna
BLACK CLOVER

JUMP j BOOKS

映画 ブラック・クローバー
BLACK CLOVER
魔法帝の剣

田畠裕基
yūki tabata

ジョニー音田
johnny onda

Characters

ユノ
Yuno

「金色の夜明け」
副団長
風魔法

魔法帝を目指す少年。アスタとは親友でありライバル関係。

アスタ
Asta

「黒の暴牛」
団員
反魔法

魔力は無いが、鍛え上げた肉体とガッツを武器に魔法帝を目指す。

ユリウス・ノヴァクロノ
Julius Novachrono

第28代目
魔法帝
時間魔法

クローバー王国最強の男。現在子供の姿。

ノエル・シルヴァ
Noelle Silva

「黒の暴牛」
団員
水魔法

王族の血筋。心優しいが素直になれない。

ヤミ・スケヒロ
Yami Sukehiro

「黒の暴牛」
団長
闇魔法

強面だが情に厚く、信頼を集める団長。

[『黒の暴牛』団員]

ゴーシュ・アドレイ
鏡魔法

ラック・ボルティア
雷魔法

マグナ・スウィング
炎魔法

フィンラル・ルーラケイス
空間魔法

グレイ
変身魔法

ゴードン・アグリッパ
毒魔法

チャーミー・パピットソン
綿魔法

バネッサ・エノテーカ
糸魔法

ナハト・ファウスト
副団長　影魔法

セクレ・スワロテイル(ネロ)
封緘魔法

ヘンリー・レゴラント
組換魔法

ゾラ・イデアーレ
灰魔法

ゲストキャラクター

ミリー・マクスウェル
魔導具研究所
第0支部

ジェスター・ガランドロス
第16代目魔法帝
???

プリンシア・ファニーバニー
第11代目魔法帝
???

エドワード・アバーラシェ
第20代目魔法帝
???

コンラート・レト
第27代目魔法帝
???

魔法騎士団長

シャーロット・ローズレイ
「碧の野薔薇」団長
荊魔法

ウィリアム・ヴァンジャンス
「金色の夜明け」団長
世界樹魔法

ノゼル・シルヴァ
「銀翼の大鷲」団長
水銀魔法

フエゴレオン・ヴァーミリオン
「紅蓮の獅子王」団長
炎魔法

カイゼル・グランボルカ
「紫苑の鯱」団長
渦魔法

ドロシー・アンズワース
「珊瑚の孔雀」団長
夢魔法

リル・ボワモルティエ
「水色の幻鹿」団長
絵画魔法

ジャック・ザリッパー
「翠緑の蟷螂」団長
裂断魔法

魔法騎士団員

セッケ・ブロンザッザ
「翠緑の蟷螂」団員
青銅魔法

レオポルド・ヴァーミリオン
「紅蓮の獅子王」団員
炎魔法

ミモザ・ヴァーミリオン
「金色の夜明け」団員
植物魔法

クラウス・リュネット
「金色の夜明け」団員
鋼魔法

メレオレオナ・ヴァーミリオン
「紅蓮の獅子王」団員
炎魔法

その他

ベル
風の精霊

マルクス・フランソワ
魔法帝側近
記憶交信魔法

サリー
元「白夜の魔眼」
ゲル魔法

ルミエル・シルヴァミリオン・クローバー
初代魔法帝　光魔法

CONTENTS

序章 ✿ コンラート 009
一章 ✿ 祭典闘技場 019
二章 ✿ クローバー王国壊滅 061
三章 ✿ 反撃 101
四章 ✿ それぞれの戦い 135
五章 ✿ 魔法帝とは 189
終章 ✿ アスタ 253

映画 ブラッククローバー

魔法帝の剣

序章✿コンラート

コンラート・レト

第27代目魔法帝〈先代魔法帝〉 **鍵魔法**

誰もが笑って過ごせる世界を作りたかった。

本当に、ただそれだけだった。

果てしなく広大な空間が広がっている。

鈍い光を放ちながらゆるりゆるりと廻る円環が存在するだけの、無機質な空間。

その中心に、黒いマントを身に纏った、昏い目つきの男――コンラートはいた。

幾重にも重ねられた円環の中、四肢を動かすことすらままならない状態で。

長い、永い時を、過ごしていた。

ふと、顔を上げる。

円環の光が微弱になっていることに気づいた。

――思っていたよりも早く、機が訪れたようだった。

正面を向き、目の前を廻る円環を見据えた。

そしてその中に意識を溶け込ませ、突き進んでいく。

思った通り、封印の力が弱まっているようだ。何層にも張られた拘束魔法の結界に行く手を阻まれるが、それも容易に破壊することができた。

コンラートをここに封印した者……ユリウスの身に、何かがあったのだろう。

千載一遇の好機に、しかし浮足立つことはない。何千回、何万回と頭の中でシミュレーションしたことを、正確に、慎重に再現していく。すると……。

現実世界の、夜空が見えた。

封印を抜け出すことに成功したようだ。

眼下に広がるのは、広大な海とその中心に浮かぶ小さな孤島……トライアンフ島だ。

「…………」

誰もが笑って過ごせる世界を作りたかった。

本当に、ただそれだけだった。

しかしあの島で、コンラートは……。

10年前。

夜明け前、トライアンフ島にあるコロシアムの一角には、異様な光景が広がっていた。

炎、渦、岩、氷、水銀……。ありとあらゆる属性の拘束魔法が、コンラートの四肢を、身体(からだ)を厳重に束縛している。

それを成しているのは、彼をとり囲んでいるフエゴレオンやノゼル、カイゼルなどの魔法騎士団(まほうきしだん)の精鋭(せいえい)たちだ。

さらにその周(まわ)りでは、ヤミやテレジア、メレオレオナなど、十数人の手練(てだ)れが隙(すき)のない構えを取り、コンラートに鋭い視線を向けている。

殺気立った団員たちの間を縫うようにして、この大捕物の中心人物――ユリウスは、堂々たる足取りでコンラートへと近づいていった。

コンラートはゆっくり顔を上げて尋ねる。

「なぜだ……なぜ邪魔(じゃま)をするんだ、ユリウス⁉」

「……君のしようとしていることが間違っているからだよ、コンラート」

その言葉に、コンラートは少しだけ悲しそうに目を瞑(つぶ)り、下を向く。

観念したかのようなその仕草を見ながら、ユリウスは続けた。

「諦(あきら)めるんだ。もう抗(あらが)えるだけの魔力は残っていないはず……」

「間違っているのは……」

ユリウスの言葉をさえぎるように、コンラートは口を開く。

瞬間、コンラートの全身から凄(すさ)まじい勢いで魔力が噴き出し、彼が身に着けていた鎖の上に大量の鍵(かぎ)が出現した。

「オマエたちだッ!!」

その鍵が、中空に出現した鍵穴へと次々に差し込まれていく。

そして——。

「おおおおおああああああぁぁぁァァッ!!」

コンラートの頭上に、夥(おびただ)しい量の扉が出現し、その中から溢(あふ)れ出した魔法が、コンラートを拘束している魔法を次々に破壊していった。

「「「「!?」」」」

団員たちが混乱する中、コンラートの背後に扉が出現し、彼はそこから一本の剣を抜き放つ。

刀身(とうしん)は水晶のような材質で、鎺(はばき)には三つ葉(みつば)のクローバーの装飾が施してある、美しい大剣だ。

それを大きく振るうと、全ての扉から一斉(いっせい)に攻撃魔法が放たれた。

フエゴレオンはその魔法を相殺(そうさい)しつつ、コンラートの剣を見て苦々(にがにが)しく呟(つぶや)く。

「あの剣……!」

扉から出てきた白銀魔法に水銀魔法をぶつけるノゼルも、それに気づいた。

「帝剣(ていけん)エルスドキア!」

彼が持っているのは、国宝として厳重に保管されているはずの、強力な魔導具だ。そんな代物が、この化け物の手に渡ってしまったらと、ノゼルが肝を冷やした、その時、

「ぐおっ！」

水流魔法に飲み込まれ、他の団員とともにカイゼルが吹き飛ばされる。

その直後から、岩石や水流による苛烈な飽和攻撃が始まった。

（自らの命を削ったか……！）

苦々しい気持ちでそう思いながら、ユリウスはそれらを高速飛行で回避していく。

「オレは作らねばならんのだ！」

コンラートは帝剣を振り、上空から大気の塊を地上に叩きつける。

凄まじい衝撃波が吹き上がる中、ユリウスは瞬間移動で上空へ回避した。が、想定よりもその規模が大きく、気流に巻き込まれて体勢を崩す。

その背に、殺気を感じた。

「そこに暮らす誰もが認め合い、笑い合って暮らせる世界を!!」

ユリウスの背後からコンラートの雷魔法が襲う。駆けつけたヤミが、刀でそれを切り裂いた。

コンラートは力強く帝剣を握る。

「それのどこが間違っているというのだ!?」

帝剣が光り輝くとともに、不気味なオーラを纏（まと）い始め……。

「ッチ。マジか……」

と、ヤミが吐き捨てるように言った、その直後、

「ぬうううぅぅぅんッ!!」

コンラートがコロシアム目掛けて帝剣を振り下ろす。

その延長線上に生じた光の刃が、地面に突き刺さると同時、凄まじい規模の爆発が巻き起こり、コロシアムの外壁を、そして団員たちを瞬（また）く間に吹き飛ばしていった。

しばらくして、巻きあがった粉塵（ふんじん）が晴れていく。

すると、気を失った団員たちが、コロシアムの所々に倒れ伏しているのが見えた。

コンラートの口元が笑（え）みの形に歪（ゆが）む。

呆気（あっけ）なかった、とは思わない。帝剣に蓄えておいた魔力はほぼ使いきってしまったし、拘束を抜ける際、少なくない年数の寿命を使って魔力をひねり出した。

文字通り命を削って窮地を脱したのだ。

しかしこれは序章に過ぎない。これからオレは、この国の。この世界の未来を……！

「君の目指す先に、未来はないからさ」

「!!」

唐突に背後で生じた声と気配。それに反応した時には、もう遅かった。

声の主、ユリウスはコンラートと帝剣に拘束魔法をかける。

幾重にも、幾重にも。

コンラートが身動ぎひとつできなくなるまで、強力な拘束魔法を重ねていった。

「……オマエまで、オレを、否定するのか？」

ユリウスは答えず、ただ黙して彼を見つめ返すのみだ。その表情は毅然としている……。

……いや。

毅然とすることで、その下にある感情を垣間見せないように、している。

コンラートは絞り出すような声で言った。

「このままオレを封印したら、帝剣も使えなくなるのだぞ⁉」

「確かに国宝を失うのは痛い。しかし今の我々には取り戻す力も残っていない……この責任は私が取るよ──次の魔法帝としてね」

言ってから、ユリウスは空に向かって手を伸ばし、力強く握る。

するとコンラートを束縛する円環が、ひときわ強い光を放った。

「オレは諦めん。諦めんぞ、ユリウス……！」

まばゆい光に包まれながら、コンラートは自分のネックレスに視線を落とした。

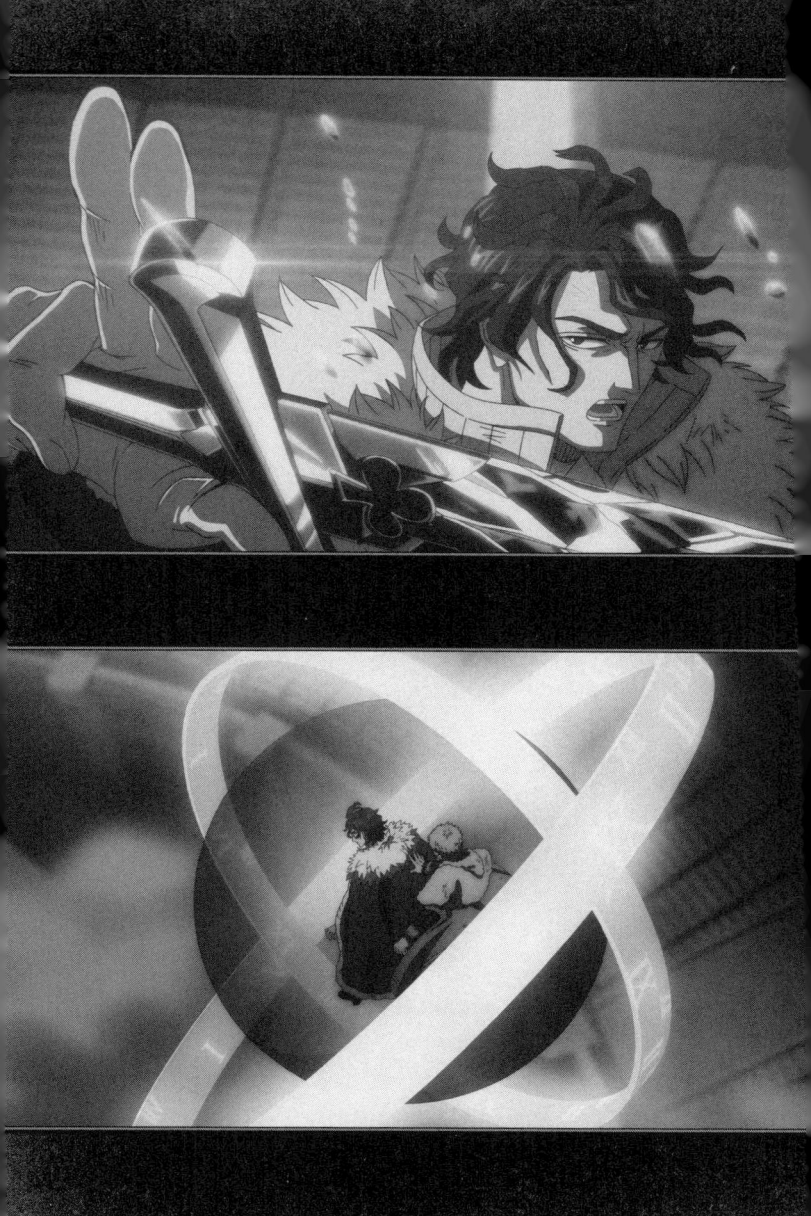

胸元で揺れるそれに誓うようにして、言う。

「諦めないのが、オレの……！」

皆まで言いきるより早く、彼はコロシアムを覆うほどの光に飲み込まれ——。

そして、消えていった。

「………」

海の向こうから朝日が昇り、地上に降り立ったユリウスの影を長く伸ばす。

コロシアムの中では、カイゼルとノゼルがゆっくりと立ち上がり、テレジアもフエゴレオンの肩を借りて立ち上がった。

メレオレオナは腕組みをしながら、やっとのことで立ち上がる他の団員たちを見守り、ヤミは刀を納める。

誰ひとりとして、笑顔を浮かべている者はいない。

事態は確かに収束したが、あまりにも多くを失った。

全ての責任を背負うことになったユリウスは、しかしそれとは別の理由で心を曇らせていた。

ユリウスが失ったものは……。

「………」

ユリウスの胸中を皮肉るように、青く澄み渡った空が、どこまでも広がっていた。

Julius Novachrono

ユリウス・ノヴァクロノ

第28代目魔法帝〈現魔法帝〉 時間魔法

青く澄み渡った空が、どこまでも広がっている。

その下にあるのは、広大で肥沃な大地と、豊富な資源。そして多種多様な魔法文化を誇る大国、クローバー王国だ。

魔力の強い王族や貴族が、贅沢な暮らしを送る王貴界。一般人が平凡な生活を営む平界。そして、魔力の低い者が、文化水準の低い生活を強いられる——恵外界。

はるか昔から、この三層によって構成されている大国だ。

今日はその南端にある湾岸、ラクエ湾の中心にあるトライアンフ島で、とある大規模な催しがとり行われようとしていた。

何隻もの船が島に押し寄せ、箒に乗った魔道士たちも次々と島に向かって飛んでくる。

港は大勢の人々で賑わい、港町はすっかりお祭りムードに包まれていた。

港町のメイン通りをまっすぐに進んでいくと、巨大なコロシアムがあり、人々は吸い込まれるようにしてその中へ入っていく。

そこで行われているイベントこそが、

「さあ、いよいよやってまいりました！　十年に一度の魔法バトルの祭典『トライアンフ』！」

会場内にある司会席にて、金色(こんじき)の夜明け(よあけ)団員のミモザが、持ち前のおっとりした口調でオープニングの挨拶を飾った。

拡声魔法によって会場内外へと届けられたその声に、観客たちがワッと沸く。

「トライアンフとは、最強の魔法騎士団(まほうきしだん)員を決めるために、団員同士が一対一の決闘を行うトーナメントなのです！」

会場の外では、ローブに身を包み、フードを目深(まぶか)に被ったひとりの魔道士が出店の並ぶ通りを歩いていた。

彼は仮面屋の前で立ち止まる。その少し先では、男の子ふたりが帝剣(ていけん)のおもちゃで戦いごっこをして遊んでいた。

戦いごっこ……自分も小さい頃は、よくああいう遊びをしたものだ。

あの皮肉(ひにく)屋の幼馴染(おさななじみ)と、ふたりで一緒に。

……もっとも、こっちは魔法が使えないので、根性だけを武器に戦っていたのだが。

そんなことを思い出していると、再びミモザのアナウンスが聞こえてきた。

『この大会で優勝した魔道士は、いずれ魔法帝(まほうてい)に選ばれる、なんてジンクスも昔から聞きますわ！』

彼は仮面屋にディスプレイされていた牛の仮面を手に取り、そのまま顔に被った。

自分がつけるのなら、やはりこれがいいだろう。

『皆さんご存知の通り、魔法騎士団とは！　九つの騎士団からなる、戦闘に特化した魔道士集団のこと。そして魔法騎士団のトップに君臨する最強の魔道士、魔法帝の指示のもと、今日もクローバー王国の平和を守っているのです！』

会場内に掲げられた各団の旗が勇ましく風に靡いている。その下の団長席では、魔法騎士団の団長たちが居並び、大会に威厳と華を添えていた。団長席にはいくつかの空席があるものの、それを指摘しようとする者は、ひとまずその場にはいないようだった。

『その中で一番強い魔道士が決まる……今日は本当に記念すべき一日になりそうですわ！』

ミモザの台詞に、隣に腰かけている、同じく金色の夜明けの団員クラウス・リュネットは無言で頷く。実際、トライアンフは国を挙げての大規模なイベントで、国民の注目度も高い。直接会場に来られない者のために、クローバー王国全土に通信魔法で中継もされているのだ。

その緊張感からか、ミモザは少しドキドキしながら、声を発する。

『それではお待たせ致しました！　トライアンフ〜〜……』

フードの男が、選手用の入り口に入ってくる。

ゆっくりとした足取りで。しかし、しっかりと地面を踏みしめながら。

──『戦いごっこ』の続きをするために。

コロシアムの中へと、向かっていった。

✿

『開幕────！　ですわ！』

ミモザが宣言するとともに、数十人の魔道士が一斉に魔法を放つ。それはコロシアムの上空へと打ちあがり、色鮮やかな花火となって、観客たちを大いに盛り上げた。

その様子を見ながら、ミモザは安堵の息を吐いた。こんな大役を任せられると聞いた時にはどうしようかと思ったが、この調子ならなんとかなりそうだ。

『ところでクラウスさん、なぜ私たちが〝しんこうやく〟になったのでしたっけ？』

『最強の魔法騎士団、金色の夜明けの団員として選任されたからだろう！　というか拡声魔法を切ってから話せ！』

ふたりの掛け合いが続く中、魔法帝の側近であるマルクスは、頭を悩ませていた。

彼がいる場所はＶＩＰ席だ。そこには魔法帝のための椅子があるのだが……。

魔法帝ユリウス・ノヴァクロノは、その席に座っていない。

あの魔法マニアのわんぱく子どもおじさん……もとい、あの方の考えそうなことは分かる。

立場抜きでフルに観戦を楽しむため、得意の変身魔法を使って、会場のどこかに潜り込んでいるのだろう。

空の玉座を見ながら、マルクスは深い溜息をついた。


マルクスの予想通り、魔法マニアの魔法帝は、しれっと観客席に潜り込んでいた。

ただし変身魔法は使っていない。

いまから数か月前、古代種族であるエルフ族の暴動で、クローバー王国はかつてないほどの戦禍に巻き込まれた。その最中、ユリウスは敵の罠にはまり、一時的に命を失ったのだ。

古代魔導具の力を借りて、どうにか復活することに成功したものの、その代償として子どもの姿になってしまったのだ。

なんとも不便な身体になってしまった……とユリウスは思っていたものだが、こういう時にはとても便利だ。変身魔法なしで、いつでもどこでも好きに潜り込めるのだから。

……そんなこと言ったら、マルクスくんに怒られちゃいそうだけどね。

少しの罪悪感と、大いなる楽しみを胸に、ユリウスが開始の合図を待っていると、再びアナウンスが流れた。

『あ、忘れていましたわ！　こうなったら……申し遅れました！　私、実況のミモザ・ヴァーミリオンと申します！　こちらはクラウスさんですわ！』

『絶対いまじゃないだろ！　自己紹介のタイミング！』

「……誰よ。ミモザに実況なんて任せたの」

げんなりした顔でふたりの掛け合いにツッコミを入れたのは、艶(つや)めく銀髪をツインテールにした少女、ノエル・シルヴァだ。

最低最悪の魔法騎士団という、不名誉が過ぎる通り名を持つ騎士団、黒(くろ)の暴牛(ぼうぎゅう)の所属である彼女も、その団員とともに観客席へと来ていた。

その一員であるトサカ頭のヤンキー、マグナ・スウィングは周囲を見回しながら言う。

「ってかすげえ人だな。ほぼ満席じゃねえか」

そのほとんどは一般客だが、やはり騎士団員の出席率も高い。ざっと見ただけでも、紅蓮(ぐれん)の獅子王団、銀翼の大鷲団の団員の姿が見て取れた。

「んふ、そりゃそーでしょ。なんせ……」

酒好きの魔女、バネッサ・エノテーカがそう言った時、コロシアムの入場口に、突如として巨大な竜巻が発生する。

女の子たちの歓声が巻き起こる中、風魔法に乗って舞台上に降り立ったのは……、

『い、一回戦の選手、金色の夜明け団の副団長、ユノさんですわ！』

ミモザのアナウンスをかき消す勢いで、再び黄色い歓声が上がる。それを一身に受ける人物――ユノは風の精霊であるシルフを従えて、悠然とその場に佇んでいた。

……ちなみに、彼に集まる歓声の中には、黒の暴牛の止まらない食いしん坊、チャーミー・パピットソンの送るそれも含まれていたりもする。

観客席の縁でボンボンを振る彼女の後ろで、バネッサは酒瓶を片手にニヤリと笑い、

「初戦からいきなりイケメンくんのお出ましなんだから、そりゃーみんな見たいって思うわよ、ねえ？」

隣に座る元囚人のどシスコン、ゴーシュ・アドレイに話を振るが、彼は少女の写真を舐るように眺め、

「オレは愛しの妹マリーしか見たくない」

「さ、さすがゴーシュくん……」

変身魔法の達人、グレイが謎の感嘆を漏らす。その横では、笑顔のバトルマニア、ラック・ボルティアが両手を頭の後ろに回しながら、ウズウズした様子で、

「あ～あ！　僕も早くヤりたいな～！　アスタも来られたら良かったのにねぇ」

「あいつは悪魔裁判の一件で追放中だからな……」

マグナが答えると、その傍らで、罠魔法使いの毒舌家、ゾラ・イデアーレが「だりーなー。なんでオレもエントリーされてるんだよ……」と、心底ダルそうに独りごちていた。

それぞれが勝手なことを言い、どんな時でも自由に振舞う。

今日も黒の暴牛節は健在だが、ノエルはどこか物足りなさを覚えてしまう。

マグナの言う通り、黒の暴牛の中心ともいえる少年――アスタがこの場に居ないからだ。

エルフの暴動は、アスタと他の団員たちの活躍によって無事収束した。

しかしその過程で、アスタに悪魔の力が覚醒したことを理由に、彼は魔法議会にかけられ、国外追放となってしまったのだ。

当然、アスタが楽しみにしていたこの大会にも、出ることはできない。

しかも一回戦の出場者は、アスタのライバルであるユノなのだ。この試合を中継で見ながら、さぞかし悔しい思いをしていることだろう。

そんな彼のことを思うと、胸が締め付けられるような思いだった。

（……って、なに考えてんのよ、私！　べ、べつにアイツのことなんて心配じゃないんだから！　同じ団員として気にかけてやってるだけというか、なんというか……ん？）

いつものようにセルフ押し問答をしていると、ユノと反対側の選手用の入り口から、牛の仮面を被った不審な男が入ってくるのが見えた。

観客たちもわずかにざわつきはじめ、ミモザはエントリー用紙に視線を落としながら言う。

『ユノさんのお相手は、えっと……か、仮面の団員……？』

『そんなふざけた名前で出場できるわけなど……！　本当だ……』

同じくエントリー用紙を見ながらクラウスが言うと、会場のざわめきも大きくなっていく。

ユリウスはキャスケット帽の陰でこっそりと笑う。

もし、それを見ている者がいたのなら『悪戯が成功した子ども』のように見えたかもしれない。

「なにあのふざけた格好!?　ユノのこと舐めちゃってんじゃないの!?」

風の精霊――ベルは舐めきった様子で仮面の団員を指差すが、ユノは不敵な笑みを浮かべ、

『魔法バトルの祭典トライアンフ第一戦、ユノVS（バーサス）仮面の団員……試合開始！』

クラウスによる開戦の合図がなされるやいなや、いきなり右手に魔力を集中させ、渦巻（うずま）く暴風の魔法〝暴嵐の牙（ぼうらんのきば）〟を仮面の団員へと放った。

初手とは思えない威力の魔法に、しかし仮面の団員は慌（あわ）てた様子もなく、どこからともなく取り出した大剣の柄を握（にぎ）り込むと、

ズドォォォォォォォォンッ！

巨大な暴風を、真っ二つ（まっぷたつ）に切り裂いた。

「「「「「!?」」」」」

信じがたいその光景に、観客は目を見開き、シンと静まり返る。

そんな中、ミモザは……いや、きっとあの大剣を知る人物は、全員それに気づいたはずだ。

あんな大剣を軽々と振り回し、強力な魔法を瞬時に切り伏せられる人物など……。

この国に、ひとりしかいない。

ユノは不敵に笑いながら小さく呟（つぶや）く。

「だよな――アスタ」

オマエが選ばれないなんて、ありえねー。

『せ、先制攻撃はユノ選手！　強力な風魔法を繰り出しましたが、仮面の団員それを一刀両断、

見事に相殺しましたわ！』

ミモザが思い出したように実況を差し込むと、会場中から割れんばかりの歓声が響いた。


——そう。だから、誰もそれに気づくことはできなかった。


コロシアムの四隅に備え付けられた塔、そのそれぞれの上に、ローブに身を包んだ人影がひとつずつ、静かに降り立った。そのうちのひとり、胸元のネックレスが特徴的な男は、舞台上の戦闘を眺めながら怪しく呟く。

「……始まったようだな」

彼は一本の鍵を取り出した。すると、なにもない空間に鍵穴が出現する。

鍵穴に鍵を差し入れると、彼の背後に扉が現れた。

その中から抜き放たれたのは、帝剣エルスドキア。

「さて、ユリウス」

彼——コンラートはローブを摑み、空中に脱ぎ捨てる。それと同時に、他の塔に降り立っていた魔道士もローブを脱ぎ去り、その素顔を露わにした。

灰色の髪を逆立て、チャラついた笑顔を浮かべた男性、ジェスター・ガランドロス。

赤のロングヘアに軍帽を被り、端正(たんせい)な顔を無表情で塗り固めている美女、プリンシア・ファニーバニー。

オールバックの白髪と、顔の中心に刻(きざ)まれた古傷が特徴的な初老の男性、エドワード・アバーラシエ。

この三人の同胞とともに……！

「オレたちも始めようか」

コンラートがそう言うと、ジェスターは片手を空に突き出し、

「ア・ハーン！　結界(けっかい)魔法〝極夜の聖域(ヴードゥー・シャングリラ)〟！」

途端(とたん)、上空に六角形の黒い結界が展開され、それがみるみるうちに大きくなってコロシアム全体を覆(おお)いつくしていく。観客たちが異変を察知する中、通信魔法もブツリと途絶(とだ)えた。

「なんだ！　この巨大な魔力は⁉」

その禍々(まがまが)しく、強大な魔力結界を見上げながらマルクスは愕然(がくぜん)とする。彼だけでなく、会場内にいる誰もが、不安と混乱の眼差(まなざ)しで結界を見上げていた。

コンラートは帝剣を掲げ、

「この日をどれだけ待っていたことか……今日オレは、この国を変える！」

帝剣が十字の光を放った。すると会場全体が大きく脈動し、所々から白い魔力が噴出する。

それと同時に、会場中の人々が、一斉に苦しみ始めた。

会場中の人間の魔力が、吸われている……？

それだけは理解できたものの、ユリウスは為すすべなく膝からくずおれた。

その背後に、もう二度と会う事はないと思っていた男の気配が、静かに舞い降りる。

「随分と弱々しい姿になったな、ユリウス。それにしても、少し魔力を吸収した程度でこのざまか」

「ぐ……まさかまた会うことになるとはね」

ふり向いた先に立っていたのは、コンラート・レト。

十年前、魔法騎士団十数人がかりで封印したはずの男だった。

その彼が、なぜここに……？

「そうか、あの時……！」

思い出されるのは、ユリウスが一時的に命を失った、あの瞬間。

その後すぐに蘇る（よみがえ）ことに成功したので、封印にもそこまで影響はないはずだった。

しかし、そのわずかな合間を縫うようにして、彼は……！

「ああ、封印は解かせてもらった。オマエが隙（すき）を見せた、あの時にな」

「君は、まだ……！」

ユリウスが苦しみながら問いかけると、コンラートはさも当然のような口調で、

「オレの志はあの頃から何一つ変わっていない。オレは作らねばならんのだ。そこに暮らす誰もが認め合い、笑い合って暮らせる世界を」

その部分だけなら美辞麗句に聞こえるだろう。しかし、彼の目指す世界は……！

「そのために……この国、クローバー王国を、滅ぼす！」

コンラートが告げると同時に、舞台上へと降り立ったプリンシアが魔法を発動する。

「我が兵隊たちよ。蹂躙の時間だ。軍隊魔法〝無限城の開門〟」

途端、彼女の真横にチェス盤と兵士の駒が出現し、それが勢いよく上へ射出されていく。はるか上空まで打ちあがった駒は、落下とともに巨大化し、次々に観客席へ着地していった。観客が逃げ惑う中、駒から腕や顔が生え、瞬く間に巨大な兵士の姿へと変身する。

無機質な動きで起き上がった魔法兵士たちは、無差別に観客たちを襲い始めた。

「やめるんだ、コンラート……っぐ！」

ユリウスの声も虚しく、兵士の一体が逃げ遅れた老人に手をかけようと腕を振り上げた。

悪夢が始まる。

ユリウスだけでなく、その場にいる誰もがそう思った、その時、

グォンッ！

凄まじい勢いで兵士へと迫っていく影があった。

仮面の団員だ。

彼はローブと牛のお面を脱ぎ捨て、老人に振り下ろされそうになった兵士の右腕を、いとも容易く叩き斬った。さらに返す刃で大剣を魔法兵士の腹に叩き込み、
ガドォォォォォォォォンッ！

その巨体を、向かいの観客席まで吹き飛ばした。

「大丈夫か、じいさん？」

仮面の団員——アスタはそう言って、老人に笑いかける。

アスタは国外追放中の身だ。しかしどうしてもこの大会に出場したかったので、ユリウスに取り計らってもらい、正体を隠すという条件で参加を許されたのだった。

とはいえ、こんなことになってしまったのだから、もう正体を隠す必要もないだろう。

老人は「お、おお、ありがとう！」と礼を言って立ち去っていく。

その姿を見届けてから、アスタは魔法兵士たちに向き直った。

状況はなにひとつ分からない。

が、目の前で国民が襲われている以上、魔法騎士団員としてやることはひとつだ。

アスタはこの世界で唯一、魔法が使えない。しかしその代わりに、反魔力という、魔法を打ち消す特殊な能力を使うことができるのだ。

アスタだけに与えられたその能力を、存分に発揮するように、

「うおおおおおおォォォォォッ！」

勢いよく兵士軍に突っ込むと、次々と切り捨てていった。


アスタだけではない。各々が自分の判断で動き、事態の収拾に努めていた。

「皆さん、こちらへ！」

ミモザは客席付近で観客の避難誘導を行っている。

「鋼魔法〝旋貫の烈槍〟！」

そしてクラウスは、避難してきた観客が不安そうに見守る中、結界で塞がれた出入り口に魔法を放ち、こじ開けようとしていた。が、鋼魔法の強靭な槍が突き刺さっても、結界はビクともしない。

焦るクラウスに、同じく金色の夜明け団員であるコブが提案を持ち掛ける。

「クラウスさん、ここは私に！」

クローバー王国の魔法騎士団は、強い。

不測の事態に陥っても、各々が自分の役割を理解し、適材適所で動くことができるのだ。現に、会場の所々では騎士団員と魔法兵士たちの戦闘が繰り広げられている。

そしてこの場でアスタに与えられた役割は『敵を殲滅すること』。

それを全うするため、一騎当千の活躍で敵を倒し続けていたのだが……。

「なんかオレめっちゃ狙われてるんですけど!?」

思わずそう叫んでしまうくらい、めっちゃ大量の魔法兵士たちに囲まれていた。

アスタの初動を見ていたプリンシアが、彼を要注意人物として認識したのだ。

大量の魔法兵士たちがアスタに迫る。そのまま集中攻撃を受けそうになるが、その直前で〝暴嵐の牙〟が飛来し、アスタの眼前に迫っていた兵士たちを一掃した。

「……ユノ!?」

助け舟を出したのは、皮肉屋の幼馴染だ。

彼の登場に心強さを覚えながら、アスタは周りの魔法兵士たちに攻撃を続ける。

「ったく、なんなんだよコイツら！　せっかくカッコよく決めてきたのに!!」

「祭りの子どもが迷い込んできたのかと思ったけどな」

「誰が子どもだっ！」

こんな時まで毒舌な幼馴染だったが、頼りになることは間違いない。ユノとふたりなら、きっとこの難局もひっくり返せるだろう。

そう思っていたが、援軍は彼だけではなかった。

「水創成魔法〝海竜の咆哮〟!!」

突然やってきた水の竜が、アスタの目の前にいた魔法兵士を丸呑みにした。「おわッ!」とその余波から逃れるアスタに、それを放った人物が怒り口調で言う。

「このバカスタ! 参加するなら一言くらい言いなさいよ!」

「ノエル!」

ユノに続いてやってきた頼もしい仲間は、アスタの背を守るようにして戦列に加わった。

「アンタは分からないだろうけど、この会場にいる人は何かに魔力を吸われているみたい。魔力が少ない人は動けなくなってるわ!」

「え、そうなの!? オマエは大丈夫なのか!?」

「私は王族よ! 少しくらい魔力が取られたってへっちゃらなんだから!」

魔力を常時身に纏い、身を守る技術――マナスキンを使うまでちょっと危なかったけど……という本音を綺麗に折りたたんで胸の中に仕舞うノエルに、アスタは好戦的に笑う。

「ってことは、今ここで一番オレが頑張んなきゃいけねーなっ!」

「あんまり調子に乗らないでよね」

背中越しに苦言を呈しつつも、ノエルには分かっていた。

こういう時のアスタは、誰よりも頼りになり、誰よりも強い。

ノエルはふと、背中合わせで近づいてくるアスタの背を意識する。

小さいけれど、大きな力を秘めたこの背中に、ノエルは何度も助けられてきた。

自分の背中に、アスタのそれが触れそうになった時、ノエルは全幅の信頼を寄せながら言った。

「後ろは私に任せなさい……アンタは前だけ向いていればいいのよ！」

「おう！　ありがとなっ！」

背中と背中が僅かに触れ合った直後、パンと弾けるように離れるふたり。

さきほどまでとは違う。後ろを預けられる仲間たちがいる。

だからアスタは――全力で戦える。

迫りくる魔法兵士たちを、アスタは凄まじい勢いで切り伏せていく。その勢いを止めるべく、敵もまた凄まじい数でアスタを取り囲み、押し潰すようにのしかかってきた。

山のようになった魔法兵士たちの群れの隙間を、黒い光が奔る。

次の瞬間には、山を成していた兵士すべてが一斉に吹き飛んでいった。

鎧袖一触。

アスタの勢いを止めるのは、魔法兵士たちではとても無理だろう。

——そう。ただの魔法兵士たちでは。

「…………！」

ただならぬ圧を感じ、アスタは顔を上げる。

プリンシア、エドワード、ジェスターが宙に浮かび、こちらを見下していた。

「あの三人は……いや、しかしそんなことは……！」

その様子を見ていたユリウスは愕然と呟き、コンラートは淡々と応えた。

「オマエも『魔法帝』なら知っているだろう……その厳格さや冷酷さから、魔法帝を追放された三人を」

「オマエら誰だ!?　オマエらの仕業かよ!?」

アスタの問いかけに、エドワードは白髪を風になびかせながら、厳めしい目つきのまま口を開く。

「なんだこの子ども。何故動ける？」

「アー・ハン？　いや、コイツ元々魔力が全く無えっぽいぞ。吸われるもんもねえってかぁ？　ハハ、キッショ」

ジェスターが嗜虐的な笑みを浮かべて答えると、プリンシアは冷酷な口調で言い放った。

「この私の兵隊が、魔力無き者に敗れる訳がないだろう……面白いではないか」

彼らの様子を眺めながら、コンラートは事実を羅列するように淡々と告げる。

「オレはオレの魔法と帝剣の力で、彼らを復活させることに成功した」

帝剣エルスドキア。

それは初代魔法帝ルミエルが、各世代の優秀な魔道士の因子を、後世へと残すために創ったものとされている。

つまり帝剣は、各世代の最も優秀な魔道士――歴代魔法帝の魔法、叡智、そして魂の一部すらも記憶しているのだ。それゆえ『魔法帝の剣』とも呼ばれている。

半年前、時の牢獄から抜け出したコンラートが真っ先に行ったのは、適当な魔法騎士団員を攫ってくることだった。

そして帝剣の中に眠る、エドワード、プリンシア、ジェスターの魂を団員たちに移し替え、現世に顕現させることに成功した。

「クク、オマエと違って、あの三人はオレの良き理解者となったぞ……オレたちはこの四人で世界を作る！」

「そーゆーこと♪　だから邪魔(じゃま)だよオマエ！」

ジェスターの言葉に噛(か)みつくようにアスタは叫んだ。

「なんだと！　なんだか分かんねーが、オマエらが悪いヤツってことは分かった！」

アスタには難しいことはよく分からない。しかし目標さえ定まれば、そこに向かって突っ走ることができるのだ。

「オレがオマエらを倒――――すッ！」

剣を突き出してアスタが突っ込んでいくと、ジェスターは魔導書(グリモワール)を開いて魔法を構築した。

「威勢(いせい)がいいヤツだなぁ……結界魔法〝極夜の神器(ヴードゥー・レガリア)〟！」

ジェスターの背後に巨大な槍が出現し、彼が投擲(とうてき)する動作に合わせて射出された。

一直線にアスタへと飛んでいったそれは、横薙(な)ぎの一閃(いっせん)によって爆砕(ばくさい)する。

「!?　魔法を打ち消した……？　クフッ、ヒヒヒッ♪」

歪(いびつ)な笑いを浮かべたジェスターは、そのままのテンションでコンラートに叫んだ。

「コンラート！　オマエが好きそうなおもちゃ見つけたよ！　オマエも一緒に遊ぶ～？」

その声が届くと同時に、ユリウスと対峙(たいじ)していたコンラートは、左手側から魔力弾(まりょくだん)が飛んで来るのを察知した。軽く手を振るってそれを打ち消し、視線を横にやると、通路の先で魔導書(グリモワール)を開いている人物を見つけた。

「魔法帝……！　ご無事ですか⁉」

「ダメだマルクスくん、来てはいけない……！」

彼らがそんなやりとりをしている間にも、コンラートは、見ていた。

彼……マルクスというその魔道士の、魔導書(グリモワール)を。

「ほう……面白そうな魔法だな」

その目に魔法文字を浮かべながら、コンラートは静かに告げた。

「アー・ハン？　返事がないな～。好きにしろってことかな～ん？」

自分にとって都合の良い解釈を口にするジェスターだったが、間髪入(かんはつい)れずにエドワードが、

「徒(いたずら)に痛めつけるでない。やるならひと思いにやってやらんか……はッ！」

アスタに向けて腕を振りかざした。すると地面から氷塊(ひょうかい)が生え、アスタに激突する。

「あ、オイ！　オレのおもちゃ！」

ジェスターの不満そうな声が響く中、為すすべなく吹き飛ばされていくアスタだったが、飛んでいった先に見覚えのある羊毛（ようもう）のクッションが展開され、ボフン！　と跳（は）ね返された。

それと同時、これも見覚えのある雷魔法と炎魔法がエドワード目掛けて襲い掛かる。

それらは高速で展開された氷の盾（たて）に防がれてしまったが、この魔法は……！

「アスタァッ！」

「らあああああ！」

案の定、観客席にはアスタがこの世で最も頼りにしている集団――黒の暴牛の面々が勢ぞろいしていて、チャーミーとマグナが代表するように檄を飛ばしている。

「皆さん、あざァっす！」と笑顔と言葉を返し、アスタは再び臨戦態勢（りんせんたいせい）を取った。


一方ユノは、死角から敵を攻撃するため、空高く舞い上がっていた。

会場を見渡せる高度まで上がったところで、〝暴嵐（ぼうらん）の牙（きば）〟をジェスターに向けて放つ。

しかしそれは、結界魔法によってあえなく弾かれた。

更にその結界が見る間に槍へと変形し、ユノに向かって撃ち出される。

槍はギリギリで躱（かわ）したユノの頬をかすめる。ジェスターは余裕の笑みを浮かべ、

「ハーン？　なかなかいい魔力してるじゃねーか？」

チャラい口調とは不釣り合いな、禍々しく、そして凄まじい量の魔力を全身から放った。

「！」

ユノは愕然とする。こんな量の魔力を保有している者など、魔法騎士団員でも何人いるだろうか。副団長クラス。もしくは団長クラス……。

いや、あるいは、もっと……！

✿

「無駄だ。相手は魔法帝だ。ただの団員たちになにができる？」

うずくまっているユリウスに向けて、コンラートはひどくつまらなそうに言った。

通路上では、マルクスが気を失い倒れている。

貰うべき『もの』を貰ったので、彼には眠ってもらったのだ。

「あんな魔力のまったくない下民の小僧が魔法騎士団になるなど、本当に落ちぶれたようだな、ユリウス」

馬鹿にするようなコンラートの視線の先には、エドワードと戦うアスタの姿があった。

アスタは次々と繰り出される氷柱を受け流し、あるいは避けながら必死に進むが、丸太のような氷柱を叩きつけられて吹っ飛ばされていく。

敗色濃厚なその姿に、そしてコンラートの言葉に、ユリウスはなにもできず、ただただだうなだれたまま……。

「……それは、どうかな」

僅(わず)かにほくそ笑みながら、言った。

「……なんだと？」

コンラートは鋭い視線をユリウスに向けた。

✤

「魔力が全くないなど、辛(つら)い思いをたくさんしてきたであろう」

敬虔(けいけん)な神父(しんぷ)のような口調で、エドワードはアスタに語り掛けた。

しかし彼が開いているのは教典ではなく、強力な魔法が刻み込まれた魔導書(グリモワール)だ。

その魔法によって生み出された無数の氷柱が、いままさにアスタを圧殺(あっさつ)しようとしていた。

「どうか来世では、幸多き人生を……！」

「君が言うほど落ちぶれていないと思うよ……私も、魔法騎士団もね」

ユリウスが顔を上げながらそう言うのと同時に、会場の上空で空間魔法のポータルが展開される。


その中から出てきたのは、最低最悪の魔法騎士団の創始者にして、団長。

破壊神の異名を持つ大男——ヤミ・スケヒロだ。

「闇魔法〝闇纏・無明乱れ斬り〟」

居合腰の体勢で降ってきた破壊の神は、闇を纏った刃を超高速で振るった。

その刃から放たれたのは、絶望的な数の黒い斬撃だ。

ズガガガガガガガガガッ‼

それらは容赦なく、歴代魔法帝に降り注いでいく。

悪夢が地獄に上書きされていくような光景だった。歴代魔法帝たちは魔法で退避し、コンラートも斬撃を回避してその場から離脱。それでも斬撃の雨は絶え間なく降り注ぎ、会場全体が土埃で覆われていく。なんとも破壊神らしい、無茶苦茶な戦法だった。

しかし、これで戦局が完全にリセットされた。

そこに新たな流れを作るようにして、土埃の中から複数の魔法騎士団員が飛び出してくる。

「おっまたせ～！　つよ～いおねーさんが助っ人に来たよ～！」

ばぁーんっ！　という効果音が良く似合う横ピースをかましながら、黒の暴牛の前に姿を現したのは、珊瑚（さんご）の孔雀（くじゃく）団長、ドロシー・アンズワースだ。

避難誘導を終えた彼女らは、続々と各戦場に散っていった。


「え～っ⁉　なにこの禍々しい魔力‼」

そう言って、くるくる回りながらユノの横に降って来たのは、水色（みずいろ）の幻鹿（げんろく）団長、リル・ボワモルティエ。

絵画魔法という特殊な魔法を扱う彼は、ユノの横に立ち並ぶと、

「あふふ……これは新たな傑作が描けそうだ！」

ふたりの前で禍々しい魔力を放つジェスターを見上げながら、興奮気味にそう言った。

「オレが相手だ！　正義の炎で焼き尽くしてやる！」

と、氷の上を滑りながら派手に登場したのはレオポルド・ヴァーミリオンだ。紅蓮の獅子王

団長、フエゴレオンの弟である彼は、兄譲りの熱さを存分に振るうようにして、エドワードに向けて炎魔法を放った。

「そのお姿、あなたは……！」

紫苑の鯱団長、カイゼル・グランボルカは愕然としながらそう言っていた。いるはずのない者が、そこにいたからだ。

「カイゼルか……久しぶりだな」

カイゼルの視線の先で、コンラートは不敵に笑った。

「ヤミ団長！」

各所での戦闘の合間に、アスタはヤミと合流することに成功していた。

場所は、ヤミの無差別大量虐殺……もとい、救済作戦によって散乱した瓦礫の陰になっている場所だ。ここなら敵の目にもつきにくい。

黒の暴牛の運び屋、フィンラル・ルーラケイスの空間魔法によって、ヤミはユリウスを救出することに成功し、この場へと連れてきていたのだった。

ヤミはお姫様抱っこしていたユリウスを降ろしながら、アスタに訊ねる。

「悪ぃ、ウンコのキレが悪くてよ、来んの遅くなっちゃった。で、こいつらナニ？」

「分っかんないスけど、とにかくヤベエ連中です！　そんでヤベエことになってます！」

「マジかよ。ヤベエな、オマエの語彙力」

なんとも黒の暴牛なやりとりをしていると、ユリウスが会話に入って来た。

「あながち間違ってないよ。このままでは彼らを倒すのは難しい。方法があるとすれば……」

ユリウスの視線の先には、カイゼルと戦うコンラートの姿がある。

それを確認したヤミは、ようやく事態の重さを理解したようだった。

「……オイ旦那、なんでアイツがここに？」

「理由を説明している暇はなさそうだ。ヤミ、今すぐ魔導具研究所の第ゼロ支部に向かってくれ！　ネロくんと共同開発中の魔導具を持ってきて欲しいんだ」

「え、ヤダ」

「え!?」

思わずちゃんと声に出して驚いてしまったユリウス。対するヤミは立ち上がり、少しだけ真剣なトーンで告げる。

「だってオレが行ったら、誰がアンタのガラ空きの背中守んだよ」

思い出されるのは、白夜の魔眼党首のリヒトに、ユリウスが腹を刺し貫かれた瞬間だ。

あの時ヤミは、それを見ていることしかできなかった。

「……もう、あん時みたいな思いすんのはごめんなんですけど」

「……ヤミ」

ヤミは親指でアスタを指し示すと、

「ってかそういうことだったら、コイツに行かす。小僧、シクヨロ」

「……へ？」

と、状況が飲み込めないアスタを置き去りにして、ヤミは追加で指示を出していく。

「オイ、フィンラル、いまの聞いてたろ。コイツ連れて第ゼロ支部に行け」

「わ、分かりました！」と、フィンラルが返事をすると同時、アスタは焦って立ち上がり、

「でも、オレが行ったらここが……！」

現状、最も効率よく魔法兵士を倒せるのはアスタだ。自分が行ってしまったら、残った者たちが苦戦を強いられてしまう。

そんな不安から出た言葉を遮るように、背後の瓦礫が冷気で煙を上げた。

直後、エドワードの氷魔法が瓦礫を破壊し、一同は辛うじてそれを避ける。

「こんな所におったか。逃げ回るでない。楽に殺してやれぬだろうが」

見る間に形成されていった氷柱の上空で、エドワードはアスタを見下ろしながら告げた。

ヤミは氷柱を足場にしてエドワードへと斬りかかるが、次々と生成(せいせい)される氷の礫(つぶて)に阻(はば)まれて近づくことができない。上空へ回避し、マナゾーン――辺りに漂うマナを味方につけ、その領域を意のままに操る技術だ――で空中に作った足場へと着地するや、巨大な氷柱がヤミを襲った。

それをギリギリの所で躱したヤミは、身を翻(ひるがえ)して斬撃を放つ。

斬撃は氷柱を切り裂いてエドワードに迫るも、軽く身をよじって躱されてしまった。

……考えている時間は、あまり長くなさそうだった。

アスタの考えを裏付けるように、ヤミは滞空(たいくう)しながら再び指示を飛ばす。

「うだうだ言ってねえでとっとと行ってこい！　早く戻ってこねえと、オレがこいつら全員ぶっ飛ばしちまうぞ！」

「……うすっ！」

アスタの返事を聞き届けてから、ヤミはマナゾーンを駆使(くし)して氷の拳(こぶし)を躱していく。

が、回避した先にも氷の張り手が迫り、ヤミの巨体に直撃した。

「ヤミ団長！」

叫ぶアスタに、フィンラルは全身の魔力を込めるようにして空間魔法を展開しつつ、

「アスタくん……早く！　多分(たぶん)あの黒い結界の影響で空間魔法を維持するのがキツい……！」

見れば、空間魔法のポータルはバチバチと音を立てて閉じそうになっている。しかし……！

「黒の暴牛の団員でしょ！　団長の命令を聞きなさいよ！」

葛藤するアスタの元へ、ノエルが水流に乗って軽やかにやってきて、

「おわっ！」

アスタを無理やり空間魔法の中へ押し込む。ノエルもその後に続き、フィンラルも「ナイス、ノエルちゃん！」と褒(ほ)めながら彼女の後を追った。

そうして閉じられていった空間魔法を空中から眺めながら、ジェスターは感心したように、

「オイオイ、今の時代、あんな魔法があんのかよ？」

コロシアムの出入り口付近では、同じように空間魔法で人々を逃がしている魔法騎士団員の姿もある。ジェスターが『生きて』いた時代にはなかったものだ。

「ま、あとで解析(かいせき)すればいっか♪」

そうジェスターが独りごちていると、どこからともなく風魔法が襲来する。「おっと」とそれを躱して左手側を見ると、風を纏ったユノが滞空(たいくう)していた。下方を見ると、女性の上半身と猛禽類(もうきんるい)のような下半身を持つドラゴンに乗ったリルが肉薄し、そして叫ぶ。

「〝ヴィーヴルの咆哮(ほうこう)〟！」

ドラゴンの口から強烈な魔力砲が射出される。

ジェスターは結界を増殖してそれを防ぎきると、再び余裕の口調で独りごちた。

「逃げたところで、結局意味ねえしな〜」


「闇魔法〝闇纏(やみまとい)・黒刃(くろば)〟！」

コロシアムの中央付近に根付いた氷柱に向けて、ヤミは黒い斬撃を繰り出した。

「炎魔法〝螺旋焔(らせんほむら)〟！」

ヤミに続くようにして、レオも螺旋状の炎を氷柱に叩き込む。が、氷柱はほぼ無傷。どころか、徐々に巨大化していく一方だ。

そしてその氷柱の先端では、エドワードが巨大な氷の方陣を展開していた。

何かしらの大規模な魔法を放つつもりだろう。早くどうにかせねばならないのだが……、

「チッ！　硬度(こうど)がどんどん上がっていきやがる……！」

そう悪態(あくたい)をつきながら、ヤミはユリウスの元へと舞い戻る。

焦りを募(つの)らせるその姿に、しかしユリウスは楽しそうに笑いながら、

「……いい子たちが育っているね」

「いやあ？　まだまだっすよ。俺と肩を並べて戦うには、まだ早(はえ)えっすわ」

口ではそう言いつつも、ヤミも少しだけ口の端(はし)を吊り上げた。

その台詞も、本心の裏返しかもしれない。

彼らの目まぐるしい成長速度を考えれば、数年、いや、早ければ数か月のうちに……！

「ぐおっ！」

場違いな思考をしていると、ヤミとユリウスの目の前に、カイゼルが吹き飛ばされてきた。

「つぐ……申し訳ない。抑えきれませんでした」

よろよろと起き上がって謝る彼に、ユリウスとヤミは労いの言葉をかける。

「いや、よくやってくれたよ」

「おかげでうちの小僧どもをお使いに出せたぜ」

実際、カイゼルの功績は大きい。なんせ、たったひとりで彼を抑えていてくれたのだから。

「……何をしようと無駄なことだ。帝剣の魔法が発動されれば、クローバー王国は滅亡する」

彼──コンラートは嘲るようにそう言いながら、観客席の上空から三人を見下していた。

ヤミは身構えながらユリウスに訊ねる。

「ハッ。十年前と同じこと言ってら。ってか帝剣って確か、魔力やら何やらを吸収して中に蓄えておける……って代物だよな。国を滅ぼすなんて大それたことできんの？」

「蓄えた魔力をいっきに放出することもできるんだ。いま帝剣の中には、会場中の人間から吸い取った大量の魔力が蓄えられている……彼の魔法なら、その魔力と帝剣の特性をいくらでも悪用できるだろうね」

その台詞に、コンラートは心底不思議そうな表情で、

「悪用？　世界を救うために使うのだ。至極真っ当な使い道だろう」

そう告げてから鍵魔法を発動した。すると、彼の頭上に大量の扉が出現する。

しかしその中から魔法が放たれるよりも前に、上空から水銀魔法と炎魔法が飛来した。

コンラートがそれを回避すると同時に、二つの人影がユリウスたちの前へ飛び込んでくる。

「大丈夫ですか、魔法帝!?」

「観客の避難誘導は完了しました。あとは、賊を倒すのみです」

紅蓮の獅子王団長、フエゴレオン・ヴァーミリオンと、銀翼の大鷲団長、ノゼル・シルヴァだ。

ふたりを眼下に収めながら、コンラートは旧知の友人に語り掛けるような口調で、

「フエゴレオンにノゼルか……少しは強くなったか？」

獲物を定めた猛獣のような目をして、笑った。

この目に、この笑顔に、何度竦まされたことだろう……そう思いつつ、フエゴレオンは苦虫を噛み潰したような顔で言う。

「っく。よもや再び、この怪物の相手をすることになるとは……！」

「ああ、あん時はアレ、ノゼルがビビって転んで泣いてウンコ漏らしたんだよね」

「水銀に漬けるぞ、異邦人」

そのようなやりとりをノゼルと交わしてから、ヤミは左手側に視線を振った。

「で、あん時いなかったアイツらってなんなの？」

視線の先では、プリンシアが塔の魔法兵士を新たに創成し、黒の暴牛へとけしかけようとしていた。

フエゴレオンが答える。

「あの女の魔法兵士を生み出す魔法……曾祖父の日記で見た覚えがある。姉上が興味深げに見ていたから覚えている」

上空ではユノが〝風刃の叢雨〟を放つが、ジェスターが盾を創成して易々と弾いていた。

「まさか……」

「今は亡きはずの歴史上の人物……」

カイゼルが呻き、ノゼルも驚愕を禁じ得ない様子で呟くと、ドロシーがエドワードに夢魔法を発動している様子が見えた。

しかしそれは氷の羽でガードされ、会場の縁を走って攻撃を仕掛けようとしていたレオも、氷の拳であえなく撃沈される。

「んじゃ、元魔法帝が復活！　的なこと？　マジか……サイン貰って転売しなきゃだな」

「魔法帝復活ってホント⁉　おかしいな、オネーサン珍しく起きてるのに、夢みたいなこと起きてる」

ヤミの軽口に応じたのはドロシーだ。彼女は夢魔法の中から出てくると、舞台上へと降り立った。

「あふふ！　インスピレーション湧きまくりの展開ですね〜！　……って、言ってる場合でもなさそうですね……！」

続いてリルも、ドラゴンの背に乗りながら会話に入ってくる。

ふたりとも、疲労が顔に滲（にじ）み出ていた。

そんな彼らとは対照的に、コンラートは悠然と舞台上に舞い降りる。

「数だけは集めたようだが……ここまでだ」

彼は帝剣を持ち替え、両手で地面に突き刺す。

途端、その亀裂（きれつ）から光が上がり、さらに巨大な光の柱が上がった。

「「「「!!」」」」

一同が驚愕する中、会場全体が鳴動（めいどう）を始め、

「この国にはマナの地脈（ちみゃく）が作用し合っている特異点（とくいてん）が無数に存在する。この会場もその一つだ」

――コロシアムごと、空中へ浮き始めた。

「十年前、オレはここに改造を施し、兵器に仕立て上げた。起動前にオマエたちに邪魔されてしまったがな」

会場と出入り口の接合部が崩れ落ちる。そのままコロシアムはゆっくりと高度を上げ、地下のようになっている巨大な下層部も露出し始めた。

コロシアム内部でも変形は続く。その全体に割れ目が入り、四つに分かれ始めたのだ。さらにその中から、巨大な塔が出現して伸びていき、会場の中心にそびえ立った。

それまでコロシアムを覆っていた結界を解除され、ジェスターが新たな結界魔法を発動する。するとコロシアムと下層部全体を覆うほどの、とてつもなく巨大な結界が展開された。

「祭典闘技場……又の名を空中要塞トライアンフ」

斯くして完成した威容の城の中心で、コンラートがその名を口にする。

それを合図とするように、歴代魔法帝たち三人が次々と彼の元へと集っていった。

「さあ、これで逃げ場はない……ユリウス、預けていた刻も進めようではないか！」

Jester Garandros

ジェスター・ガランドロス

第16代目魔法帝　結界魔法

霧が立ち込める深い森の中に、空間魔法のポータルが展開される。

その中からアスタとノエルが出てきて、疲れ顔のフィンラルもそれに続き、上を見ながら口を開いた。

「もう着いたよ。ここが第ゼロ支部だ」

フィンラルが見上げた先、一同の正面には、霧に包まれた巨大な扉があった。

徐々に霧が晴れて見えるようになったが、扉だけでもとんでもない大きさだ。ドアハンドルですら、アスタを縦に五人くらい並べた高さにある。

アスタはやる気持ちのまま、その荘厳な鉄扉に近づいていくと、

「お～～～い!! オレは魔法騎士団、黒の暴牛のアスタだ! ここを開けてくれ!!」

「ダメだよアスタくん」

フィンラルはアスタを追いこして扉の前まで行き、指先に小さく魔力を灯した。

「ここは研究所の中でも、限られた貴族だけが知っている場所なんだ。中に入るには、魔力で秘密の合言葉を……」

と、指先の魔力で空中に合言葉を書いていると、いきなり分厚い扉が開いていった。

その気圧差で吹き出した強風に一同が耐えていると、扉の奥で白衣姿の女性が待ち構えていた。いち早く目を開けたフィンラルが「アナタは……？」と口を開く。

「アナタたちが黒の暴牛ね」

研究者然とした知的な雰囲気を持つその女性は、チェーンのついた眼鏡(めがね)を外しながら、

「私はこの支部で取りまとめ役の、ミリー・マクスウェルよ。さあ、急いで」

ミリーと名乗るその女性は一同を中へと促(うなが)す。「うっす！」と元気よく返事をするアスタを先頭に、三人は研究所内部へと入っていった。

「状況はこちらも把握しているわ」

尖頭(せんとう)アーチが立ち並ぶ広い廊下を進みながらミリーが告げる。廊下を行き来する研究員たちもみな白衣姿で、黒いローブを着たアスタたちはかなり浮いていた。

完全にアウェーなその空間で、アスタは見知った顔を見つける。

「ここからは彼女に案内してもらうから……じゃあ、後はよろしく」

ミリーが話しかけたその相手は、最近になって黒の暴牛に入団した、封緘(ふうかん)魔法使いの少女、

「ネロ！」

アスタがその名を呼ぶと、白衣に眼鏡姿の彼女は、どこか安心したようにこちらに向いた。

「ユリウスが必要としている魔導具は、ここから少し離れた場所に保管してあるの」

早足で廊下を進みながら、ネロは背後にいるアスタたちに向けて話しかけた。

「いまはサリーが調整中よ」

「あはは……サリーもいるんだね」

苦笑いするフィンラルの脳裏に、「じっけんじっけ～ん♪」などと言いながらヤバそうなクスリを作っているサリーの姿が浮かぶ。元は白夜の魔眼の構成員だった彼女は、優秀な研究員だという話だが、その倫理観は死んでいる。まさにマッドなサイエンティストなのだ。

フィンラルがそんなことを思っていると、アスタを追い越したノエルが神妙な口調で問いかけた。

「ねえ、ネロ。アナタ、この五百年の間、クローバー王国を見てきているのよね？」

そう。元は初代魔法帝の奉公人であったネロは、禁忌を犯した報いによってアンチドリのような姿となり、クローバー王国で永い時を過ごしている。そんな彼女だったら、

「会場を襲ったあの連中……何者か知ってる？」

「ごめんなさい。私も全てを知っているわけではないけど」

一瞬の間をおいて、彼女は重たげに口を割った。

「首謀者(しゅぼう)は、コンラート・レト。アナタたちも名前くらいは聞いたことあるでしょう？」

「コンラートって。え、まさか……！」

フィンラルが思わず立ち止まる。それと同時にネロも歩みを止めた。

いつの間にか大廊下の端まで到達していたらしく、彼女の目の前の廊下は途切(とぎ)れている。その下の方から、徐々に上昇してくる床(ゆか)のようなものが見えた。どうやら上下階に移動するための、昇降機らしき魔法装置があるようだ。

昇降機に押し上げられた空気に黒髪をなびかせながら、ネロは振り返る。

「そう。彼はかつてのクローバー王国の魔法騎士。現魔法帝ユリウス・ノヴァクロノの……先代の魔法帝よ」

「「「!!」」」

驚愕(きょうがく)する一同を代表するように、フィンラルが焦(あせ)り声で訊(たず)ねる。

「でも先代の魔法帝って、十年前に病死したんじゃ……!?」

「順を追って話すわ」

ネロがそう言った時、一同の前に昇降機の床が到着する。「乗って」というネロの声に従って、一同がその上に移動すると、昇降機は来た時と同じ速さで下降を始めた。

「第二十七代目魔法帝コンラート・レト。彼は魔法帝になる前から、クローバー王国でも指折りの実力者だった」

昇降機の風鳴りが響く中、ネロは固い声で説明を始めた。

「魔法騎士団では団長の座に昇りつめ、団員とともに多くの実績を積んで活躍した」

ネロは古い記憶を呼び起こす。彼が創設した魔法騎士団は、月白の大蛇団。

その団長時代の彼の周りには、いつもたくさんの団員がいて、笑顔で溢れていた。

「国民からの信頼も厚く、その実力が認められ、ついには魔法帝にまで選ばれた」

団員はもちろん、多くの民衆がそれを祝っていた。

相手が下民でも平民でも分け隔てなく接し、有事の際には命を懸けて国を護る。

そんな魔法帝の誕生を、人々は心から喜んだ。

「でも彼は変わってしまった。王国に反旗を翻して、結果魔法帝の座を追われたの」

ノエルは恐る恐るネロに訊ねる。

「反旗を翻すって？」

「……この国を、滅ぼそうとしたのよ」

「そんな！　みんなの平和を守るのが魔法帝だろっ！」

アスタは大声で話に割り込んだ。魔法帝とはみんなの英雄で、みんなが憧れる存在なのだ。

そのはずなのに……！　そんな思いでアスタは問いただす。

「なんでそんなヤベーことしようとしたんだ⁉」

「……分からないわ」

……いや。

厳密に言えば、彼と、彼の周りの者になにが起きたのか、ネロは知っている。

しかし、そうなるに至った詳しい経緯が不明なのだ。そもそも、本当にそれだけが原因なのかも分からない。

今は曖昧なことを言うべきではないと判断したのだった。

ネロは話を続けた。

「でも、彼はルミエル様の……」

ネロは在りし日のクローバー王国王子の姿を思い出しながら続ける。

「初代魔法帝の作った魔導具〝帝剣エルスドキア〟を使ってそれを実現しようとしていた。それを察知したユリウスたちが、コンラートを封印したのよ」

「封印……」

まるで神様か悪魔の話でもしているみたいだ……と思いながら、フィンラルはぼそりと口にした。ネロが話を再開する。

「病死というのは国民を混乱させないための建前ね。後の魔法帝ユリウスと、魔法騎士団の精鋭が総員でかかっても彼を倒せなかった。だから仕方なくユリウスが時間魔法で封印し続けることになったのよ」

「とんでもなく強いのね……どんな魔法を使うの？」

緊張しながら訊ねるノエルに、ネロは少し間を溜めてから、

「鍵（かぎ）魔法。彼は魔法で創成（そうせい）した鍵を使って、あらゆるものを開け閉めするの。鍵魔法で開いた魔法空間は、なんでも吸収することができる。魔導具も、魔導書（グリモワール）も……魔法さえも」

ネロのその言葉に、ノエルもフィンラルも戦慄（せんりつ）しながら声を漏（も）らす。

「魔法を……⁉」

「そんな、まさか……！」

「そう。彼は他人の魔法を奪うことができる。そして、それを自由に使うこともね」

その時、昇降機が重い音を立てて巨大な扉の前で停止した。

ネロはその扉に両手をかざしながら、

「封緘（ふうかん）魔法『逆解（さかとき）』」

ガコォォン、と、これも重い音を立てて左右に扉が開いていく。

昇降機は水平にその中へと入り、再び下降していった。

「ははは……いったいどこまで行くんだい？」

「ずいぶん厳重なのね」

「ええ。なにせここから先は……」

フィンラルとノエルの言葉にネロが答えようとしたところで、四方を覆う壁がガラスに変わった。

そのガラス越しに見えてきたのは、地下にあるとは思えないほどの広大な空間だった。

見たこともないような材質のパイプや構造物が立ち並び、全体が薄い蒸気で覆われている。

その空間の中央にあるガラスの円柱の中を通って、アスタたちを乗せた昇降機は最下部に到達した。

一同を先導して歩き出しながらネロが言う。

「ここは第ゼロ支部の最奥部……研究所の中でも特に重要な魔導具の管理や研究をしているの」

「オレたちが頼まれたのも、やっぱり高度な魔導具なの？」

ネロの小さな背中にフィンラルが問いかけると、彼女は歩みを止めないまま、

「ええ。王子が開発中だった、帝剣の力を制御する……帝剣の鞘の役割を果たすモノよ」

ネロたちはそれに手を加えて、対悪魔用の封印魔導具を開発中だった。

数か月後の悪魔との全面戦争に備えて、開発を急いでいたものだったのだが……、

「まだ試作品だけど、それで再びコンラートを封印するしかない……！」

「試作品⁉」

「当時の魔法騎士団でもやっと封印した相手なのに、大丈夫なの……？」

と、フィンラルとノエルが心配そうな声を出すが、

「……関係ねー」

一番後ろを歩いていたアスタが、強い口調でそう言い放つ。

一同が歩みを止めて振り向くと、アスタも立ち止まって下を向いていた。

「その魔導具があってもなくてもやることは一緒だ。みんなを護るために、コンラートを倒す。そんなやつ、魔法帝だって認めねえ。国を滅ぼすだなんて……！」

感情のひとつひとつを、しっかりと言葉に乗せるようにして、

「そんなの、魔法帝じゃねえ‼」

正面を向き、強い意志を宿した表情で、言い切った。

「アスタ……」

一切の迷いを切り捨てるようなその言葉に、ノエルは思わず彼の名を呼ぶ。

アスタはいつもの力強い笑顔を浮かべると、顔の前に手をかざし、

「そんな奴に、オレたちは負けない！」

そして、グッと握った。

傍(はた)から見ればそれは、勝算も作戦もない、ただの決意表明だ。

しかし、一同の口元には、自然と笑顔が浮かんでいた。

彼のまっすぐな笑顔と言葉は、いつも誰かをこんな表情にさせるのだ。

「……行くわよ」

口調はいつものまま、しかし、少しだけ柔らかな笑顔を浮かべながら、ネロは歩行を再開し、一同もそれに続いた。

やがて円柱を縦に二つ並べたような研究所の前に辿(たど)り着く。どうやらここに目的のものがあるようだ。ネロは入り口の取っ手に魔力を送り込んで操作し、扉を開けた。

そしてその中に入るや、

「どうして……!?」

愕然(がくぜん)としながら、呟く。

震える声の先、薄暗い部屋の中央で、こちらに背を向けていた人物は、

「ルミエルが手掛けた魔導具だというから期待したのだが……」

——堕(お)ちた魔法帝、コンラート・レト。

「ただのおもちゃだったな」

コンラートは持っていた魔導具をあっさりと魔法で破壊した。

彼を討(う)つための最終兵器ともいえる、その魔導具を。

反対の手で襟首(えりくび)をつかまれているのは、ボロボロになったサリーだった。

「……いけない！」

ネロは血相(けっそう)を変え、手を伸ばしながらサリーの元へ駆け寄ろうとし、アスタは臨戦態勢を取りながら彼女の名を叫ぶ。

その反応を楽しむように、コンラートはサリーの身体(からだ)をネロに向かって放り投げた。

ネロはそれを受け止めるが、勢いを殺しきれずに背後の本棚へ突っ飛んでいく。

「断魔(だんま)アッ！」

アスタは魔導書(グリモワール)から断魔の剣(つるぎ)を抜き放ち、コンラートに斬(き)りかかろうとするが、それよりも早くコンラートが動く。

空間魔法でアスタたちの眼前に移動してきた彼は、低い回し蹴りを放ってアスタの足を刈り取り、そのまま体を回転させてノエルの腹に回し蹴りを叩き込む。

「あァっ！」

短い悲鳴とともに壁に叩きつけられるノエル。続いて彼は、フィンラルの腹に拳(こぶし)を叩き入れるが、辛(かろ)うじてその動きに反応したフィンラルは、コンラートの拳が通るだけの小さな空間魔法のポータルを開け、拳が腹に到達するのを防いだ。

「ほう」

と、少しだけ感心したように言ってから、フィンラルの襟首を掴(つか)んで頭突きを叩き込む。

「がぁッ！」

鼻血を吹き出しながらのけ反るフィンラル。コンラートはそのまま彼を持ち上げると、背負(せお)い投げの要領で投げ飛ばし、ノエルのすぐ近くの本棚へと叩きつけた。

「フィンラル！」とノエルは叫ぶが、ダメージが深過ぎて起き上がることができない。

アスタは起き上がって反撃しようとするが、ワイヤーのような拘束(こうそく)魔法がその全身に絡(から)みつき、身動きひとつ取れなくなってしまった。

速い。

不意を突かれたとはいえ、ほとんど魔法を使うことなく、たったの数秒で魔法騎士団員四人が無力化されてしまった。これが、元魔法帝の力……！

「知っているぞ」

コンラートは口の端を吊り上げながらアスタへと手をかざす。

すると、アスタの周囲の床がメキメキと剝(は)がれ、そのままアスタを包み込んだ。

その様子(ようす)をただ見ていることしかできないネロは、苦し紛(まぎ)れに詰問をぶつける。

「どうしてここに……!?」

答えず、コンラートはネロの方を向き、

「フッ……魔法騎士団。黒の暴牛団員、セクレ・スワロテイル」

続いて、拘束から抜け出そうともがくアスタを見て、

「同じく、アスタ……ノエル・シルヴァ……フィンラル・ルーラケイス」

さらに、腹を押さえながら立ち上がるノエルと、本に埋もれて気を失っているフィンラル、そのふたりにも視線を振ってから、邪悪な笑顔を浮かべた。

「人の記憶を盗み見る『記憶交信魔法』。趣味の悪い魔法だが、おかげでこの場所も容易く見つけられたぞ」

一同の脳裏に、先ほどのネロの説明が蘇る。

コンラートは、他人の魔法を奪うことができる。そして、それを使うことも。

コンラートはぶら下げている鍵のひとつを手に取る。

その色は、マルクスの魔導書の色と同じだ。ノエルは呻くようにして言った。

「マルクスさんの……」

……彼の持つ記憶交信魔法は、どうやらコンラートの手に渡ってしまったようだ。

「もうひとつ教えてやろう」

そう言うと、コンラートは右手を振り上げた。すると一同の目の前に次々と交信魔法の画面が開かれる。そこに映し出されていたものは……！

「「――!!」」

炎上するクローバー王国の首都。街並みの間から黒煙が上がり、建物の間や路地裏には、傷だらけで倒れている魔道士たちがうずたかく積み上げられている。

道の大通りではプリンシアの魔法兵士が大挙し、列をなして練り歩いていた。

そして瓦礫の上では、プリンシアが拡声魔法で王国中に声を轟かせている。

『クローバー王国国民よ！　速やかに投降し、魔力を献上せよ！　抵抗は無駄だ。我が軍隊魔法の兵は、その力尽きるまで蹂躙をやめぬ！』

独裁者のようなその演説に、コンラートがほくそえみながら言葉を添える。

「歴代魔法帝のひとり、プリンシア。帝剣に集めた魔力が供給されるいま、その魔力は尽きない」

他の画面には、王都の各所に散在する結界も映し出されていた。

結界内に国民が閉じ込められ、中で魔力を吸収されているようだ。

そうして集めた魔力が光の尾を引いて立ち昇っていき、曇り空の隙間へと消えていく。

「魔法騎士団は壊滅。国民と、国の主要施設もすべて押さえた」

「そんな……！」

コンラートの台詞に、ネロは脱力するように呟く。

こんなにも早く、ひとつの国が攻め落とされるなんて……！

「圧巻だろう？　数千、数万……それ以上でも今の彼女は魔法兵士を作り出せる。一国の総戦力に侵略されているとも言えるな。オマエらを逃がした団長たちも……」

そこで無数に出ていた画面が消え、ひとつの大きな画面が展開される。

まずそこに映し出されたのは、崩れた壁にもたれかかり、気を失っているヤミだった。

「……ヤミ団長！」

アスタは目を見開いて叫ぶ。続いて映し出されたのは、舞台上で倒れ伏しているノゼルだ。

その周囲には、彼のものと思われる大量の血が広がっている。

「………！」

その光景を見たノエルは声もなく、口元を震える手で押さえた。

さらに画面が切り替わり、今度はフエゴレオンを先頭にした紅蓮の獅子王団が映し出される。

背後にいる団員たちを庇おうとするフエゴレオンだったが、彼らの元に巨大な隕石のような火の玉が降り注ぎ、為すすべなく吹き飛ばされていった。

「この通り、大人しく眠りについたところだ」

淡々とそう告げて、画面を消すコンラート。

画面の光が消えて薄暗くなった部屋の中、ネロは絶望感を覚えながらポツリとうめく。

「会場のみんなが……！」

実際、絶望的な光景だった。今日のトライアンフ会場には、クローバー王国の総戦力とも言える人材が結集していた。なのに、彼らに太刀打ちできなかったのだ。

その場にいた団員たちの安否も不明だが、先ほどの映像を見る限りでは、おそらく……！

「ノゼル兄様……」

ノエルは力なくうなだれながら言う。口元を押さえていた手が、だらんと垂れ下がった。

絶望する彼女を値踏みするように見やりながら、コンラートは口を開いた。

「オマエ、シルヴァ家の末妹か……鋼鉄の戦姫、アシエ・シルヴァの忘れ形見」

彼女の母の名を出してから、嘲るようにその口元を歪める。

「ノゼルも妹を残して先に倒れるとは情けない……そんな腑抜けが魔法騎士団団長とはな！」

「……ッ！　うわああああぁぁぁぁぁぁぁッ!!」

プツン、と、身体の奥でなにかが弾ける音がして、ノエルは叫んだ。

怒りに身を任せるように魔導書を開き、コンラートに向けて〝海竜の咆哮〟を放つ。

それが到達するまでの限りなく短い時間で、コンラートは、見ていた。

彼女ではなく、彼女の魔導書(グリモワール)を。

ガドオオオオォォォォンッ！

〝海竜(かいりゅう)の咆哮(ほうこう)〟は建物の壁を突き破り、激しい水煙を巻き上げる。

ノエルから、コンラートの姿は確認できない。その姿を探そうとするが、

「……きゃあッ！」

突如として煙の中から木の根のような魔法が伸び、ノエルの身体にからみつく。

「ノエル！　くそッ……んぎぎぎぎぎッ!!」

アスタは渾身(こんしん)の力で拘束を解(と)こうと踏ん張る。しかし、わずかに石の砕けるような音が響くだけで、その間にノエルは完全に木の根に拘束されてしまった。

彼女の前に立つコンラートは、まるで我が物のように、ノエルの魔導書(グリモワール)を開き見ていた。

「……ほう。粗削(あらけず)りだが純度の高い水魔法だな。貰(もら)っておくとしよう」

コンラートは鍵を取り出しながら言う。

ノエルは凄(すさ)まじく不吉な予感を覚えつつも、呻きながら彼を睨(にら)むことしかできなかった。

コンラートは彼女の魔導書(グリモワール)に鍵を差し込み、捻(ひね)る。

すると、見る見るうちに魔導書(グリモワール)が石化していった。

目を見開くノエルを他所(よそ)に、コンラートは淡々と事実を述べるように、

「ふむ。実力差があると奪いやすくて助かる」

ゴンッ！　と重い音を立てて落下するノエルの魔導書(グリモワール)は、もはや完全に石と化していた。

「わ……私の魔法が……！」

呟いた途端(とたん)、強烈な眠気に襲われ、ノエルは意識を手放した。

コンラートのこの魔法を受けた者は、しばらくの間、意識が消失する。

フィンラルもサリーも気絶し、ネロは戦意を失っている。

これでもう、この場で戦えるものは――あとひとりだ。

コンラートがそう思った直後、背後でなにかが爆砕する音が鳴り響き、派手に土煙が舞う。

その中から歩き出てきたのは、全身に煙と怒りを纏(まと)ったアスタだ。

「テメエ……ノエルになにしたっ⁉」

「……身をもって知ると良い」

コンラートはアスタに向けて手をかざす。そうして、さも当たり前のようにその魔法を発動した。

「水創成魔法〝海竜(かいりゅう)の咆哮(ほうこう)〟」

途端、主人を違(たが)えた水の竜が創成され、一直線にアスタへと襲い掛かった。

それは研究所の壁を食い破ったばかりか、他の建物をも破壊し、外壁へと突っ込んでいく。

粉塵と瓦礫が舞い、外壁に跳ね返された水しぶきが、雨のように地面に降り注いだ。

それらが、黒い衝撃波によっていっきに吹き飛ばされていく。

その中心に立っているのは、黒いオーラをゆらゆらと立ち昇らせ、右の背中からは黒い羽根を、右側頭部からは角を生やした、悪魔のような異形。

「それはノエルの魔法だ……！」

反魔力を全身に巡らせた姿――ブラックとなったアスタは、感情をむき出しにして、叫ぶ。

「返せッ！」

大砲のような勢いでコンラートへと突っ込んでいくアスタ。その勢いと怒りのまま、反魔力を纏った大剣を振り下ろした。

その衝撃で巻き起こった巨大な煙の中から、コンラートが煙の尾を引いて飛び出し、アスタもそれを追うようにして飛んでいく。

天井付近まで高度を上げたコンラートは、二つの扉を創成する。その中から電撃と火の玉の魔法が飛び出し、アスタを襲った。

アスタは火の玉を躱し、次いでやって来た電撃を断魔で切り裂いた。

「オマエはここで倒す！」

壁に直撃した火の玉が大爆発を起こす。その爆音に負けないくらいの大声でアスタが吠える

と、コンラートはアスタを冷静に観察しながら、

「これが魔法を打ち消す力、〝反魔法(アンチ)〟か」

アスタは〝ブラックディヴァイダー〟を発動。反魔法(アンチ)を纏って長大化した刀身(とうしん)をコンラートへと振るう。彼はそれを避け、下にあるパイプ群へと飛んでいった。

その背を追うアスタだったが、コンラートが触れたパイプは次々と分解され、彼はその奥へと消えてしまった。焦(じ)らすようなその戦法に、アスタの苛立(いらだ)ちは募っていく。

アスタは地面に降り立って追おうとするが、巨大なパイプが次々と襲い掛かった。それらすべてが、彼のコントロール下に置かれてしまったようだ。

「でやっ！」と、アスタは襲い来るパイプを切り伏せていく。そのまま激走してパイプ群を抜けるが、その先で待ち受けていたのは、さらに大量のパイプを宙に浮かせたコンラートが、にやりと笑っている姿だった。ひどく嫌な予感を覚える笑顔だ。

その予感を裏付けるように、アスタの頭上に巨大な扉が創成され、その中から夥(おびただ)しい数のパイプが落下してきた。

「っく！」

アスタはそれを切り裂いていくが、やがて大量のパイプの中に埋(う)もれてしまった。

しかし、押し潰(つぶ)される直前で〝ブラックハリケーン〟を発動して黒い竜巻を巻き起こし、山

のように積みあがったパイプをすべて吹き飛ばす。

その様子を遠方から見ていたコンラートは、感心したような表情を浮かべながらも、次なる魔法を発動した。

勢いそのままにコンラートへ飛んでいくアスタの頭上から、今度はスパークが降ってきた。

アスタはそれを大剣で受けるが、勢いを殺しきれずに墜落していく。

落ちた先の地面に待ち受けていたのは、毒の沼だ。

更にその中から、口のついた触手(しょくしゅ)のような異形が次々と生まれ出て、瞬(またた)く間にアスタの全身に噛(か)みついていった。その牙から、毒のようなものが体内に注入される感覚が奔(はし)る。

「ぐおッ！」

得体の知れない攻撃に困惑しつつも、アスタは新たな剣を魔導書(グリモワール)から引き抜く。

滅魔(めつま)の剣。先端が丸まっているその剣を、アスタは足元へと突き刺した。

すると一瞬で毒沼が消滅し、全身を噛んでいた触手も弾けるように消えていった。

ゆっくりと起き上がるアスタの前へ降り立ちながら、コンラートは感心した様子で、

「素晴らしいな、その力……魔法そのものは元より、魔法由来の現象も打ち消せるのか」

滅魔を構えるアスタに、コンラートは魔導書(グリモワール)の色をした鍵を取り出しながら、

「その魔法も奪って……と言いたいところだが、やめておこう。他に影響が出てはかなわんか

らな……少し話そう。オレとオマエの目指す道は一緒だ」

一方的にそう告げると、彼はアスタに顔を向けた。

「いきなりなんだよ！　そんなわけねーだろ！」

「初代魔法帝ルミエルが開発した魔導具、帝剣エルスドキア……あれはオレの鍵魔法と相性が良くてな」

剣を向けながら怒鳴るアスタだったが、コンラートは構わずに話を始めた。

「帝剣とは、英傑豪傑の傑出した魔法を後世に残すために開発されたもの……歴代魔法帝すべての魔法と叡智、そして魂の一部すらも記憶している」

時の牢獄で過ごした長い時間の中で、コンラートは帝剣の中に眠る歴代魔法帝の魂と対話することに成功した。

ほとんどの者たちはコンラートの意見に迎合しなかったが、プリンシア、エドワード、ジェスターだけは違った。

だからコンラートは、彼らとともに計画を進めることに決めたのだ。

帝剣に秘められた力を使った、計画を。

「そしてもうひとつ。魔力を吸収し蓄え、さらにいっきに放出できる機能を使い、オレの奪った数多の魔法に加え、歴代魔法帝の魔法をも融合……極大複合魔法を作り出す」

コンラートは、マナの四大元素と、そこから派生した属性の魔法を所有している。

それらすべてを組み合わせることによって、巨大な『ひとつ』の力にするのだ。

「オレたちの目的は、それをこの大地の地脈(ちみゃく)となる場所に打ち込むことだ」

ひとつに戻った力は、その状態を長く維持することはできず、再び弾ける。

その反動で、国ひとつを消し飛ばすような超エネルギーが発生するのだ。

それをこの国のマナの地脈に叩き込めば、

「未曽有(みぞう)の大災害だ。大陸の地盤は崩壊(ほうかい)し、すべての国民は死に絶えるだろう」

そんな悪夢の未来から救いあげるように、コンラートはアスタに右手を差し出した。

「だが安心しろ。帝剣は死した者の魂を記憶できる……選別するのだ。そして新世界を生きる価値ある者だけを、生き返らせる」

「…………!?」

アスタには、コンラートの言っていることがさっぱり分からなかった。

話の内容もそうだが、なぜこんなにも歪んだ考えを持っているのか、理解ができなかったのだ。まるで別の生き物と話しているかのような感覚さえ覚える。

そう。コンラートとアスタは違う。

当然、その話に共感などできないし、目指す先が同じなわけもない。

「人々の記憶を見たぞ。オレはお前を評価する。魔力がない故に虐(しいた)げられる中、よく頑張(がんば)った。オレもこの魔法を理由に忌(い)み嫌(きら)われてきた。オマエの気持ちは良く分かる」

「…………ッ!?」

アスタは背中がゾクリとする。いままでの戦いが知られていることに、言いしれない危機感を覚えたからだ。

……が、そう思う一方で、コンラートの言葉に納得してしまう部分もあった。

……アスタの脳裏に、いままで虐(しいた)げられてきた記憶の一部が蘇(よみがえ)ったからだ。

「魔力のある者がすべてを独占し、無き者はなにも成せずに果てる……不可能なのだよ、アスタ。一度すべてを壊すんだ。そして……」

ノエルの魔導書(グリモワール)の鍵を手に持ちつつ、コンラートはたたみかけるように言った。

「一緒に作ろうではないか。誰もが認め合い、笑い合って暮らせる、理想の世界を!!」

「…………ッ!!」

『そこに暮らすみんなが認め合って笑い合える自由な国。オレが魔法帝になって作りたいのは、そんな国です』

思い出されるのは、エルフの暴動の際、メレオレオナに向けてアスタが言ったその言葉。

コンラートの夢の果ては、アスタのそれと重なっていた。

そして、虐げられてきたというその過去も。

目指す先が同じ。過去も同じ。

ともすれば、アスタとコンラートは――。

「違うッ！　ふざけんなあァッ!!」

愚にもつかない考えを斬り捨てるようにして、アスタは魔導書(グリモワール)から宿魔(しゅくま)の剣を抜き放った。

「魔法帝ってのは、この国を、そこに暮らす人たちを守るためにいるんだ！」

断魔と宿魔を持って突進するアスタ。コンラートの手には、まだノエルの魔導書(グリモワール)の鍵が持たれたままだ。それを奪い返すため、宿魔で鋭い刺突(しとつ)を放った。

その攻撃を避けて宙に逃げるコンラート。パイプ群のひとつに着地すると、再び分解したパイプをアスタに放ち始めた。

「ぶっ壊すなんて、絶対認めねえ！　そんなの魔法帝じゃねえっ！」

地面に突き刺さるパイプをかいくぐり、アスタはコンラートに向かって飛び上がった。

コンラートは大きく飛び退(すさ)ってそれを避け、再び〝海竜の咆哮(かいりゅうのほうこう)〟を発動する。

「虐げられる者たちの無意味な生を理想の世界の礎(いしずえ)にするのだ。彼らの無意味な命に意味を授けられる……なぜ分からない？」

水の竜は剣を振り上げていたアスタを丸呑(まるの)みにして、空高く舞い上がっていった。しかしその途中で、異変に気づいたように大きくのたうつ。

直後、竜の腹を切り裂いたアスタが飛び出てきて、水流に抗(あらが)う形で水を切り裂きながら下降していく。

「分かるわけねえだろ！　オマエの言ってることはむちゃくちゃだ！」

「世界の本質がまだ見えないか……残念だよ」

水しぶきが舞い散る中、コンラートは鍵を取り出すと、その中に閉じ込めていた風魔法を纏い始めた。

「うるせええぇッ！　勝手なこと言ってんじゃねえぞ！」

アスタは宿魔を振り抜いて〝ブラックスラッシュ〟を放つ。

コンラートは身体をのけ反らせて難なくそれを躱す……が。

パキンッ。

コンラートの手の中にあった鍵が真(ま)っ二(ぷた)つに割れ、弾けるように風が巻き起こった。

どうやら、〝ブラックスラッシュ〟がわずかに当たっていたらしい。

そして顔にもかすめたらしく、その頬(ほお)には一筋の切り傷が刻(きざ)まれていた。

ドスン、と、吹き出た風に押されて尻もちをつくコンラート。

パイプの上に着地したアスタが、コンラートに向かって走って来るのが見えた。

「………ッ」

あの時と……コンラートが封印された時と、同じだ。

本当に理解して欲しいと思う者に、コンラートの声は届かない。

あの時も、一番の理解者だと思っていた者が、最もコンラートを否定した。

他の凡庸な者に理解されないのはいい。だからこそ強硬手段を取っているのだ。

しかし、彼らには——コンラートと志を同じくしている者には、分かるはずなのだ。

なのになぜ、彼らはこのくだらない世界を守ろうとするのか。

なぜ、コンラートの前に立ちはだかるのか。

なぜ、なぜ、なぜ……!!

「……なぜ分からんッ!?」

アスタの目の前に、突如として巨大な火の玉の魔法が迫る。アスタがそれを切り裂くと、目の間に爆炎が広がった。

その爆炎の中から、怒りを露わにしたコンラートが突進してくる。

「オマエも身をもって知っているだろう!」

先ほどまでとは打って変わったように、コンラートは感情をむき出しにしてアスタに殴り掛かった。

「この国の理不尽を！」

コンラートの右ストレートがアスタの顔面に炸裂する。

「裏切りを！」

その拳から放たれた空気の層が、アスタの身体を吹き飛ばし、パイプへと叩きつけた。

「不平等を！」

落下して地面に降り立ったアスタだったが、そこで更に空気の衝撃波を食らい、地面をバウンドしながら転がるように飛んでいく。

うつぶせに倒れるアスタの元へ、コンラートはゆっくりと歩み寄っていき、

「選べアスタ。オレとともに歩むか……」

その背に、夥しい数の扉を展開させた。

扉の中には、様々な属性の強力な魔法が創成されているのが見える。

「それとも、死か」

「っく！」と、アスタは焦り顔で立ち上がるが、その時にはすでに遅かった。

あっという間にアスタの四方を取り囲んだ扉が、ひと際強い光を放ち……！

ドガァァァァァァァァァンッ!!

すべての扉から、アスタを目掛けて一斉に魔法が放たれた。

水流、電撃、炎、光の弾丸など、一発でも食らえば致命傷になりかねないほどの強力な魔法が容赦なく飛び交う。爆発が連続し、周囲は見る間に黒い煙に包まれていった。

あまりの衝撃に地面の一部が砕け、余波を食らった外壁は爆発して崩れ落ちる。

城ひとつを攻め落とすかのような、無慈悲な集中砲火だ。

それを一身に受けたアスタは、えぐれてクレーターのようになっている地面に、ボロボロになって倒れ伏していた。その全身は血まみれで、呼吸もひどく浅い。

満身創痍となったその姿に、コンラートは再び、ゆっくりと歩み寄っていった。

「もうやめろ、アスタ。オマエはオレだ。オマエはオレになれる……明日の明け方には魔法の融合が終わる。そうなれば、オマエも……」

コンラートは本当にアスタを買っている。

こんな所で終わらせるようなことは、したくないのだが、と考えている。

「……ノエルの魔法を、返せ……!」

か細い声で紡がれたのは、反抗の言葉。

自分に迎合する気はないと、はっきりと分かる言葉。

「そうか……本当に――残念だ」

コンラートはやや間を溜めてから、心の底からの言葉を舌に乗せる。

対するアスタは、息も絶え絶えに言った。

「オレ、は……諦めねえ……」

全身ボロボロで、血まみれで、指ひとつ動かすことができない身体で。

「諦めないのが……」

しかし、闘志を漲らせた目でコンラートを睨みながら、言った。

「オレの魔法だ……!!」

「…………ッ！」

コンラートは、思わず動きを止めた。

次いで、様々な感情が湧き上がってくるのを感じる。

瀕死の少年が絞り出した、なんの力も持たない言葉。

しかし、それは、コンラートの――。

「！」

生じたわずかな隙をつくようにして、空間魔法が展開され、アスタの身体を攫っていった。

コンラートは正気に戻ると、慌てることなく横を向く。

するとそこには、建物の陰に隠れるようにして、先ほど倒したはずの面々がいた。

サリーをおんぶしたフィンラルがこちらに手をかざしており、その足元へとアスタが瞬間移動していく。

「もう魔力がない……はは、どうしよう……」

弱気ながらも必死な表情のフィンラルに、ノエルを抱えたネロが覚悟を決めたように言う。

「それでも、私たちがやるしかない……！」

「…………」

コンラートは虫でもはらいにいくような足取りで、フィンラルたちの元へ向かう。

その時、突如として昇降機のガラスが割れ、続いて風の魔力を凝縮した、巨大なレーザー砲がコンラートに向けて放たれた。

ただの風魔法ではない。

風精霊魔法。風の精霊を従えた者にしか使えない魔法──〝スピリットストーム〟だ。

それが着弾して爆発を起こす中、フィンラルたちの元へと舞い降りたのは、

「君は……ユノくん⁉」

フィンラルが驚きながら訊ねると同時に、風魔法で創成した巨大な鷹もその場に降り立つ。

その背に乗っていたミリーは、素早い動きでフィンラルの横に並び立った。

「ミリーさん！」

「彼、アナタたちを助けに来たって聞かなくてね……ほら、サリー！」

フィンラルの声に応じつつ、彼女は白衣の懐に手を差し入れ、緑色の液体が入った試験管を二本取り出した。サリーは「はぁ～い！」とフィンラルの背中から飛び降り、試験管をくわえて中身を飲み干す。

すると、元気を取り戻したようにグイッと両手をあげた。ちょっと怖いが、一時的に魔力や体力を高める薬なのかもしれない。ミリーもそれを飲みながらサリーに言った。

「悪いけど、出たとこ勝負でいくわよ」

「出たとこ勝負～？　面白そぉ～～！」

「まさか……世界で一番キライな言葉よ」

まんざらでもない様子でミリーが告げると同時に、煙の中からコンラートが出てきて、何事もなかったようにこちらに歩み寄ってきた。

ユノはすかさず無数の風の刃を放つが、軽く手を振った程度で弾かれてしまう。その後も強力な風魔法で攻撃するものの、すべて防がれ、あるいは相殺されてしまった。

「ハァ……ハァ……ッ！」

一通り魔法を放った後、ユノは荒い呼吸をしながら膝をついた。

コロシアムでの死闘。長距離移動。そして風精霊魔法を含めた強力な魔法の連発で、さすがの彼も疲弊(ひへい)しているのだ。

そんな彼の元へ、コンラートは変わらずにゆったりした足取りで向かうが、

「……？」

唐突に、その歩みが止まる。コンラートが視線を下げると、光のワイヤーのようなものが放たれ、足元に絡みついているのが見えた。

その一本を皮切りにして、次々にコンラートにワイヤーが放たれて、その身体に巻きついていった。

「こんな使い方、想定外もいいとこだけど……！」

不本意そうなその声に、コンラートが横を向くと、そこにはこの魔法を発動させたミリーが地面に座っていた。そしてコンラートを挟んだ向かい側には、同じように魔法を発動しているサリーの姿がある。

「私たちの魔力で、ありったけ同時に起動する！」

「くだらんな」

ミリーの宣言を一言で切り捨て、ワイヤーを引きちぎっていくコンラート。研究所の防犯装置のようなものだろうが、こんなものでコンラートを拘束しようなど……。

「そうかもね。でも……！」

思考の途中、コンラートの背後で声がして、次いで魔法が発動される気配が生じた。

「みんなのおかげで、当てられる！　封緘魔法〝囹永(ひとやながえ)〟！」

ネロの言葉にコンラートが振り向くと同時に、彼は立方体の光に包み込まれていった。

その立方体に閉じ込められたコンラートだったが、

「うッ！」

立方体から波動が生じ、近くにいたネロがもんどりうって倒れた。

立方体の中で、鍵穴の形の光が、波紋のように繰り返し広がっている。

その魔法が発する、規則的で不気味な金属音を聞きながら、ユノは葛藤(かっとう)した。

こんなチャンスが二度と訪れるとは思えない。ここでコンラートを倒しておくべきだろう。

アスタが繋(つな)いでくれたバトンだ。それを無駄にするようなことはしたくない。

しかし……！

「…………！」

一同の魔力はほぼ底をつき、アスタも意識不明の重体。

早く治療をしなければ、どうなるか分からない。

いや、このまま戦いを続けたら、ここにいる全員の命だって……！

「……一旦退くぞ！」

永遠に思えるような一瞬の葛藤の末、ユノは勇気ある撤退を選び取る。

その声に、ミリーはユノの元へ駆け寄り、ネロもフラフラのサリーを回収して飛び上がった。

そこにはすでに、風魔法の鷹が待機していて、昇降機のガラスの割れた穴に向かって飛びこんでいった。

オレも、諦めない……！

その思いを胸に、ユノは一同を連れて撤退していくのだった。

✤

「……オレだ。魔法の融合の進捗は？」

全員が避難を終えて、閑散とした第ゼロ支部の大廊下では、〝囹永〟からほどなく脱したコンラートが、空中要塞にいる歴代魔法帝に通信魔法を繋いでいた。

『アー・ハン？　やっと二割ってとこだな。おおむね順調だぁね☆』

通信魔法の画面の先では、玉座の間で座るジェスターが映し出されていた。

『予定通り、明け方には完成するかな』

「分かった。感謝している。共に歩んでくれることを……」

コンラートひとりでは、ここまで順調に事を成すことができなかっただろう。

そして、コンラートが目指す世界もまた、彼ひとりがそう願っているわけではない。

誕生日を間近に控えた子どものように、ジェスターはウキウキと手振りを交えて言った。

『ついにできるぞ！　誰も泣かさねえ、誰にも奪わせねえ、最強の国が！』

エドワードは祈りを捧げるように、伏し目がちに呟く。

『再び、迷える哀れな命の救済を……』

玉座に鎮座するプリンシアは、堂々としつつも、どこか切実な口調で、

『私が求めるのは、虐げることも、虐げられることもない世界……！　貴様ならそれを成してくれると信じているぞ、コンラート』

皆の思いを受け止めるように「あぁ……」と返事をしてから、コンラートは再びジェスターに訊ねた。

「地脈の方はどうだ？」

『ア・ハーン。飛びっきりのが見つかったぜ。あの魔神の骨、恵外界の……』

コンラートは第ゼロ支部の重厚な扉を開ける。

オレンジに染まった空が一面に広がり、斜陽が彼の影を長く引き伸ばす。

ジェスターはこともなげに続けた。

『ハージ村、ってとこだ』

クローバー王国最果ての村にして――ユノとアスタの生まれ故郷。

帝剣の魔法を撃ち込む場所は、そこに決まったらしい。

通信魔法が消え、夕日の方を見るコンラート。

数十年前の記憶が蘇る。

ハージ村の魔神の骨の上。まだそこに初代魔法帝ルミエルの石像があった頃。

あの時、まだ団長だったコンラートの隣にいたのは……。


「オレの鍵魔法は、誰かの力を借りないとなにもできない！」

魔神の骨の上で、ルミエルの石像の後ろに座り、コンラートはおもむろに語り始めた。

その隣にいるユリウスは、蛍タンポポの綿毛を吹いて飛ばしている。

彼に向けて、コンラートは屈託のない笑みを浮かべながら言った。

「だからこそ、オレ自身が成し遂げることに意味があるんだ！」

誰かの力を借りて魔法帝になる。

それは、ひとりではなく、みんなでこの国を。この世界を護るということだ。

そして、ひとりではなく、みんなの力をひとつにすることで、

「いつかオレは、この国だって変えてやる!!」

宣言するコンラートに、ユリウスは笑顔を向ける。

コンラートもまた「へへっ」と、悪戯っぽい笑顔を浮かべ——。

自身の口癖を、元気よく言いきった。

「諦めないのが、オレの魔法だ!」


「…………」

地平線に夕日が沈んでいく。

空は夜を迎える準備を始め、オレンジから赤色に変わっていった。

僅かにうつむき、目を閉じていたコンラートの顔も、血のように赤く染まっていく。

コンラートは胸元のネックレスに触れ、ゆっくりと目を開き、

「諦めないのが——」

その双眸には、揺るがない決意の光が灯っていた。

BLACK CLOVER

Princia Funnybunny

プリンシア・ファニーバニー

第11代目魔法帝 ◆軍隊魔法◆

「……う」

ノエルは意識を取り戻した。

うっすらと目を開けると、長く巨大な螺旋階段を、下から見上げているような視界が広がっていた。遠くの吹き抜けからは夜空が見える。

周囲を見れば簡易的なベッドが等間隔で設置されていて、ノエルもその中のひとつに寝かされていたようだった。

「ここは……？」

そう呟くと、その声に気づいたミモザが、ベッドの奥の通路からノエルの元に駆け寄った。

「ノエルさん！　目が覚めましたのね！」

ポットとコップが乗ったお盆を床頭台に置くと、彼女は申し訳なさそうな表情で告げる。

「すみません……応急処置しかできず……」

「ミモザ、無事だったのね」

うまく力が入らなかったものの、ノエルはどうにか上半身を起こす。すると横手からユノの声が聞こえてきた。

「ここは金色の夜明けが保有する緊急避難所だ。まだ建設中だから一部の団員しか知らない」

ベッドに近づきながら説明する彼。なるほど。それなら団員たちの記憶を盗み見たコンラートも、この場所をマークできていない可能性が高い。現状では隠れ家として最適だろう。

見れば、彼らの他にも魔法騎士団員がいて、けが人の治療をしたり、アーチ状の壁の奥で仮眠をとるなどしている。ノエルたちと同じように、ここへ逃げ延びてきたのだろう。

「私たちも捕らわれて、魔力を吸われそうになったところを……」

ミモザはその時の光景を思い出しながら語り始めた。

空中要塞は完全に上空へと浮かび上がり、その周囲は堅牢な結界で覆われていた。

しかし、ヤミがそれを〝次元斬り〟で切り裂き、

「……団長さんたちが、逃がしてくれましたの」

更に追手を食い止めるため、ヤミを始めとした団長たちは、その場に残って戦いを続けてくれたのだ。

『――小僧のこと、よろしくな』

ヤミが最後に言い残したその台詞と、自分たちの未来を予期したうえでの苦笑い。

ユノがそれらを思い出しながら神妙な顔をしていると、ミモザも沈んだ声で、

「その後どうなったかは分かりませんが、こちらに来ていないということは……」

ミモザの台詞を遮るように、ガシャン！　という大きな金属音が響いて、彼らは思わずそちらに目を向けた。

階段付近であがったその音は、どうやら断魔の剣が倒れる音だったようだ。

そして、その近くで四つん這いになっているのは、アスタだった。

彼は全身を包帯で巻かれ、動くのもやっとという様子で、断魔を拾おうとしていた。

「アスタさん！」

ミモザはノエルに「すみません！」と言い残し、そちらに向かっていく。

「アスタさん！　治療が終わるまで動いてはいけませんわ！」

そう制止の声をかけられたが、アスタは地面で揺れる断魔を見つめながら、

「コンラートを……止めねーと……！　アイツは、この国を滅ぼすつもりなんだ……！」

物騒なその内容に、他の団員たちも不安に駆られてアスタの元へと集まってくる。ユノとネロも遅れてその場にやってきた。

「放っておいたら、明日の明け方にはそうなっちまう……！」

アスタがそう言うと、集まった団員たちは驚きの表情を見せ、互いの顔を見合わせる。

「明け方……!?」「しかし、敵があの強さでは……」「なぜ先代の魔法帝が……!?」「我々だけ

でなにができるというのだ」と、瞬く間に動揺と混乱が広がっていった。

「……ハッフ」

そんな空気に耐えられなくなったように、壁の奥でうずくまっていた翠緑の蟷螂の団員セッケ・ブロンザッザが、バッと一同の前に飛び出して言った。

「こ、こうなったら、オレたちだけでも逃げようぜ！　この人数じゃなにもできないし、ここだっていつ見つかるか分かんねえ！」

セッケに皆の注目が集まっていき、彼は身振り手振りを交えて必死に訴える。

「みんなで逃げてさ！　他の国……ハート王国にでも保護してもらおうぜ！　オレたちだけじゃ、どうにもならねえって！」

魔法騎士団員とは思えない提案の数々を、しかし、誰も咎める者はなかった。

ここに集まったほとんどの者が、同じようなことを、少なからず思っていたからだ。

現に、それを聞いた団員たちは「そうだ……他国に協力を要請するという手も……」「けが人もいるんだ。国境まで行くのも一苦労だぞ」「ユリウス様が不在では……」「我々だけで、なにができるのか……」と、口々に弱気なことを言い合っている。

マズい、とユノは渋い顔をした。ギリギリのところで保っていた団員たちの精神が、セッケの言葉によって決壊しそうになっている。このままでは、本当に皆の気持ちが折れてしまう。

そんな最悪の空気に場が呑まれそうになった、その時。

ガキィイイイインッ!!

派手な金属音が鳴り響き、全員がそちらを向いた。

すると、断魔を地面に突き立て、それを杖代わりにして立ち上がろうとするアスタの姿が、一同の目に映る。

「どうにか、すんだよ……オレたちが折れたら、誰がこの国を、みんなを、守るんだよ……！ オレたちは……クローバー王国の魔法騎士団だろうがっ!!」

「…………！」

団員たちはハッとした表情を浮かべ、アスタは息も絶え絶えに続けた。

「オレたちがいままで楽しく暮らしてこれたのは、魔法帝と魔法騎士団のおかげなんだよ。オレらが入団する前も、ガキの頃も、生まれるずっと前だって、魔法騎士団は……どっかで戦い続けてきたんだ」

アスタは徐々に立ち上がる。

全身傷だらけの痛々しい姿で。体力も戻っていない状態で。

それでも、立ち上がる。

「そんで、魔法帝はその先頭に立って、この国を守ってきたんだ。そうやって誰かが誰かのために頑張り続けてくれたから、いまのクローバー王国が……いまのオレらがいるんだ」

立ち上がったのはアスタだけではない。隅の方でうずくまっていた団員たちも、アスタの声を聞いて、ひとり、またひとりと立ち上がり、アスタの元へと集っていった。

「オレだって、負けてらんねえ……魔法帝が、団長たちが守ってくれてるもんを、今度はオレも守る」

団員たちは、様々な感情を交錯させながらアスタの声を聞いていた。

が、少しずつ。本当に、少しずつ……

「オレだけじゃねえ、次は、オレたちの番なんだよ……！」

彼らの顔から、迷いがなくなっていった。

「こんなけが、気合で治――すッ！　そんで今度こそ、オレはアイツをぶっ飛ば――す……あぐ！」

よろけそうになるアスタの身体を、ミモザが、ネロが、そしてユノがしっかりと支え、アスタに笑顔を向ける。アスタもまた「へへっ」と小さく笑った。

アスタはひとりでは生きていけない。

声高に宣言しておいてなんだが、ひとりではコンラートにも勝てないだろう……しかし、

「みんなでなら、コンラートを止められる……ひとりひとりの力だと足りないかもしれねえけ

ど、それがたくさん集まれば、デケエ力に変えていける……！」

ノエルは床頭台に目を落とす。そこには石化した魔導書(グリモワール)とともに、魔法騎士団のローブが置かれている。

国を守る者たちの証(あかし)である、そのローブが……！

「だからオレたちは、魔法騎士団は、つえーんだ。魔法騎士団のみんなが力を合わせれば、どんな敵にだって立ち向かっていけるんだ！」

そこでアスタは、初めて自信なさげに顔を伏せ、

「無理についてきてくれとは言わねえ。セッケの言う通り、いまだったらまだ、ハート王国とかに逃げられると思う……」

改めて顔を上げ、決意を固めた表情で呼び掛けた。

「ただ、もし、オレに力を貸してくれるってやつが居てくれるなら……！」

「まったく、無茶(むちゃ)言ってくれるわ」

アスタの演説を、持ち前のツンとした声で遮ったのはノエルだ。

黒(くろ)の暴牛(ぼうぎゅう)のローブに袖を通した彼女は、アスタの元へとやってきて、

「……けど、一番無茶しようとしてるアンタに言われちゃ、仕方ないわね」

彼女が言い終えると、今度はネロが一歩前に進み出て、おもむろに三(み)つ葉(ば)の敬礼(けいれい)をした。

ノエルもそれに倣(なら)い、そして他の団員たちも、次々と手を胸の前にかざしていく。

「…………っ！」

気がつくと、そこにいるすべての団員が、精悍(せいかん)な顔つきで三つ葉の敬礼をしていた。

三つ葉の敬礼。

それは、クローバー王国に古くから伝わる、忠義を示した相手に送る敬礼だ。

団長でもない。魔法帝でもない。

いま、この敬礼と、そこに込められた思いを向けられているのは……！

「……オマエだけ行かせるなんて、ありえねー」

ユノが皮肉(ひにく)っぽく笑いながらそう言った。その横では、ベルまでかわいらしく三つ葉の敬礼をしている。

敬礼をするひとりひとりの顔を見ながら、アスタは、改めて思った。

クローバー王国の魔法騎士団は――強い。

アスタは拳(こぶし)を振り上げ、腹の底から声を出した。

「ここに魔法帝はいねえ！　頼りになる団長たちも居ねえ！　だけど！　そんなことは関係ねえ！」

傍(はた)から見ればそれは、勝算も作戦もない、ただの決意表明だ。

「今度はオレたちが背負うんだ。あの人たちの分まで、オレたちが戦うんだ！　もう一回言うぞ！」

しかし、それを聞いているすべての者たちの顔には、勇ましい笑顔が浮かんでいる。

「オレたちは！　クローバー王国魔法騎士団だ！　いまここで！　限界を超えて！　この国守るぞぉォォォォッ！」

彼のまっすぐな笑顔と言葉は、いつも誰かをこんな表情にさせ、

「「「「「うおおおおおおぉぉぉぉぉぉぉぉぉォォォォッ」」」」」

——そして、その心を動かすのだ。

「それで、具体的にはどうするのよ？」

「それは、いまから考える！」

「えええええぇぇぇぇぇぇぇ〜〜〜」

ベルとアスタのそんなやりとりを遠くに聞きながら、セッケは出口への通路をいそいそと歩いていた。

（つき合ってられるかフッハ。こーなったら、オレひとりだけでも早く逃げねーと……！）

やがて出入り口の扉の前へとたどり着いた。逃げるのがひとりになってしまったのは計算外

だったが、その分小回りはきく。闇夜に紛れてハート王国に亡命して……。

「フハ？」

思わず動きを止めたのは、開けようとしていた扉が、真っ赤に染まっていったからだった。

まるで、凄まじい高熱に晒されて、溶解でもしていくように……！

「フッハ～～～～!!」

アジトの広大な空間に高らかなフッハが鳴り響き、続いて通路の方向で大爆発が起こった。

敵襲か!?　と、一同が警戒を強めながら通路の方を見ると、

「策も練らずに……」

獰猛な女性の声が響き、次いで、炎魔法で形成された獣の腕〝灼熱腕〟によって頭を鷲掴みにされたセッケが、煙の中から現れた。

それを目の当たりにした一同は、漏れなく思った。

敵よりヤベエ人が来た、と。

「なにを嘯いておるか、この大莫迦者めがッ！！！」

黒煙を割って現れたのは果たして、紅蓮の獅子王前団長にして、野人というあだ名を持つ女傑、メレオレオナ・ヴァーミリオンだ。セッケを投げ捨てた彼女は、大股でアジト内を闊歩し

始めた。

やってきたのは彼女だけではない。

マルクスとコブ、そして碧(あお)の野薔薇(のばら)団長シャーロット・ローズレイ、金色の夜明け団長ウィリアム・ヴァンジャンス、翠緑の蟷螂団長ジャック・ザリッパーも、続々とアジトへ足を踏み入れたのだった。

「アネゴレオン様！　皆さんも……！」

アスタは足を引きずりながらも、頼もし過ぎる助っ人たちの元へと向かった。

「生きてたんですかあだだだだだだだだだだ!!」

メレオレオナは〝灼熱腕(カリドウス・ブラキウム)〟でアスタの頭をむんずと掴んだ。彼女は『相手がけが人』とか、そういうことはあまり気にしないタイプの女子なのだ。

「オイ、誰がアネゴレオンだ。勝手に殺すな。ちょっと遠くまで修行に出ていたのだが……」

地中深くにマナを帯(お)び、溶岩(ようがん)が常に吹き出している強魔(ごうま)地帯、ユルティィルム火山で、メレオレオナは修行に明け暮れていた。

溶岩から上がり、外気浴をしていると、はるか上空に空中要塞が見えた。

なにやら面白そうなことになっているな……。

そう直感した直後、案の定、マルクスとコブが彼女を迎えに来たのだった。

メレオレオナに続いてヴァンジャンスも口を開いた。

「私もジャックとともに遠征任務に出ていたから、追手を逃れてここまでたどり着くことができた……」

翠緑の蟷螂団員エンの魔法〝走るキノコくん〟で、強魔地帯の砂漠を抜けている最中、やはりマルクスとコブが迎えに来て、皆と合流できたというわけだ。

シャーロットとジャックも真剣な表情で言った。

「私も同じだ、なんとしても皆を助けなければ……！」

「カカ。オレたちと任務に行ってた連中も何人か無事だぜ。そいつらにいま、あのドデケェ空中要塞を見張らせてる」

〝走るキノコくん〟は浮くことも可能だ。それに乗って空中要塞付近で滞空し、珊瑚の孔雀団リックの〝クリスタルスコープ〟で要塞の中を観察させたところ、

「一応、ヤミや他の団長たちは生きてるみたいだぜ。結界の中に閉じ込められてはいるけどな」

ジャックの報告に、アスタとノエルは胸をなでおろす。

「ヤミ団長……！」

「ノゼル兄様……」

（ヤミィイイイイ！　良かったあああぁぁぁぁぁアァッ！）

と、外見はクールなままで、内心では白目を剝(む)く勢いで安心している、某碧(ぼう)の野薔薇団長もいたわけだが、それはともかく、

「しかし分からない。なぜ敵は国民や魔法騎士団を捕らえるだけで、殺さず生かしている？」

ヴァンジャンスの質問に、ネロが淡々と答える。

「魔力が必要だからよ。帝剣(ていけん)で魔力を吸い取り、仲間に供給し続ければ、仲間の魔力は永遠に尽きない」

「カカッ。餌(えさ)ってことか」

ジャックが不謹慎(ふきんしん)ながらも的(まと)を射(い)たことを言うと、ようやく〝灼熱腕(カリドウス・ブラキウム)〟から降ろされたアスタが「あー！」となにかを思い出したように、

「あと、あいつのとんでもねえ野望のためにも大量の魔力が必要だって言ってました……！」

「生かしてるのはそのためか……つまり魔力が尽きればヤミたちも……」

そこで言葉を切り、ヴァンジャンスは改めてアスタと団員たちに向き直った。

「時間はあまりないはず……アスタくん、みんな！　ともに力を合わせ、この国を取り戻そう！」

「うす！」「「「「はい！」」」」

と、アスタと団員たちの返事が重なったところで、何者かの手がアスタの頭ににょろりと伸びる。アスタが頭上に目線を上げると、ケーキを持った奇妙な生き物が、頭の上に乗っている

のが見えた。

「の、前に……腹ごしらえなのらぁッ！」

そう言ってアスタの顔にケーキを叩きつけたのは、黒の暴牛団員、チャーミーだ。

一同が呆気に取られる中、アスタも混乱しながらあむあむとケーキを平らげ、

「ぶは！　チャーミーパイセン⁉　ぶ、無事だったんスか⁉」

その問いに答えたのはチャーミーではなく、背後の階段から降りてきた人物だった。

「そっ！　ルージュと……逃がしてくれたヤミ団長のおかげでね」

色っぽいその声に、いくつかの足音も続く。ノエルが弾かれたように振り向くと、そこには
……！

「……みんな！」

バネッサをはじめ、トライアンフ会場に来ていた黒の暴牛の面々が、いつもの笑顔でノエルを迎えていた。

ノエルは思わずバネッサに抱きつく。

「ノエル、無事でよかった……」

バネッサもまた、ノエルを抱きしめながら言葉を返した。

「うちのアジトも結界に閉じ込められちゃったの。ヘンリーとゴードンも閉じ込められている

けど……いまは無事よ」

「なら……」

ノエルはバネッサの胸に埋めていた顔を上げ、泣き顔に無理やり笑みを貼り付けて、

「私たちで、迎えに行ってあげなきゃね……！」

そんな彼女らの様子を眺めながら、ヴァンジャンスはなにか思いついたように、

「黒の暴牛のアジト……」

そう口にしたところで、アスタの頭の上に乗ったままのチャーミーが、ヴァンジャンスにもカップケーキを差し出した。

「たくさんお食べ……！」

「……ありがとう」

なにはともあれ——。
反撃の火ぶたは、切って落とされた。

まずは情報共有と作戦会議だ。

アジトの会議室にて、アスタはコンラートが言っていたことをすべて話した。

　会議室の円卓の中心には、ミモザの魔法〝魔花(まか)の道標(みちしるべ)〟で創成(そうせい)された空中要塞の立体模型が浮かんでいる。それを囲みながら、団長たちは難しい表情を浮かべていた。

「帝剣に集めた全国民の魔力を、特異点(とくいてん)と呼ばれるマナの地脈(ちみゃく)に打ち込む……」

「カッ！　そうなりゃこの国は、一巻の終わりってわけだ」

　シャーロットとジャックの言葉に、ユノは情報を付け足した。

「敵の魔法帝たちは、帝剣とコンラートの鍵(かぎ)魔法の力により蘇(よみがえ)ったと思われます」

　アスタはチャーミーが運んで来た料理をモリモリ食べながら、ヴァンジャンスに訊(たず)ねる。

「帝剣をぶっ壊(こわ)せば、魔法帝たちの力も止まるってことスかね？」

「コンラートの言動から察するに、その可能性は高そうだ……」

　メレオレオナが締めくくるように言った。

「よし！　最終目標は帝剣の破壊、及び無効化だ！　会敵(かいてき)に備え、各々(おのおの)準備にかかれ！　タイムリミットの明け方まで、時間はそうないぞ！」

　メレオレオナの号令一下(いっか)、すべての団員が行動を開始した。

　アジトの一階では、団員たちが隊列を組んで走り込みをしたり、チャーミーの綿(わた)魔法〝ヒツジのコックさん・料理長(りょうりちょう)〟が作った料理を食べて回復を図(はか)っている。

ゾラはその様子を尻目に、なにやら良からぬことを企てている顔で、フィンラルとともに空間魔法のポータルに入っていった。

そしてアジトの出入り口にある湖の畔（ほとり）では、ノエルが魔力コントロールの特訓をしていた。

しかし、何度やっても水球（すいきゅう）ひとつすら作れず、目の前で弾（はじ）け飛んでしまう。

「魔導書（グリモワール）の魔法は使えないままだけど、チャーミーのおかげで魔力は戻った……」

チャーミーの料理は食べる者の魔力を回復する。しかし、いくら魔力を回復しても、魔導書（グリモワール）の魔法を使うことはできなかったのだ。

このままでは、彼らの足手まといになってしまうかもしれなかったが……。

「私は、いまの私にできることを……！」

あの時――魔力のコントロールができず、苦しんでいた頃のように。

ノエルは愚直（ぐちょく）に訓練を重ねていった。


そして時間は過ぎ、明け方前……。

準備を済ませた団長たちとユノは、一足早く屋上へとやってきていた。

メレオレオナを先頭にして屋上の縁（へり）を歩く一同に、後ろから元気のよい声が届く。

「ユノ！」

遅れてやってきたアスタが、ユノの元へと駆け寄った。

その身体からは包帯が取れ、ボロボロだったバンダナやローブもきれいに縫い直されている。糸魔法使いのバネッサが直してくれたようだ。

ユノは振り返り、フッと微笑みながらアスタに言った。

「準備はいいか、アスタ？」

「おう！」

西の空がかすかに白みを帯び、夜明けが近いことを告げていた——。


ところ変わって、黒の暴牛のアジト。

アジト全体がジェスターの堅牢な結界によって覆われ、更にその周囲をプリンシアの魔法兵士たちによって囲まれている。

そして、アジト内の共有スペースでは、

「……おかしいな。実家の修行から帰って来たらヘンリーだけだし、昔の魔法帝が復活して王都は占領されちゃってるし、僕も外に出れずに魔力をだんだん吸われちゃってるし……」

呪術魔法のエキスパート、ゴードンが、ソファの上で膝を抱え、呪詛のような独り言をブツブツと吐き出し続けていた。

色んな意味で地獄みたいな光景だ。

しかしその地獄は、唐突に終わりを迎えることとなる。

ゾバアアアァァァァァァァッ！

はるか上空から降ってきたシャーロットが、魔法で創成した大量の荊で、魔法兵士たちを吹き飛ばしていったのだ。

「！」

窓から見えたその光景に、ゴードンが目を見開く中、どこからともなく現れたジャックも、裂断魔法で大量の兵士たちを斬り飛ばしていく。

「ぬおおおおおおおッ！　アジトはオレが取り戻おおおおぉぉぉぉす!!」

そしてさらに、
断魔に乗ってやってきたアスタが、アジトを覆う結界へと迫っていった。


「まずは黒の暴牛のアジトを救出しに行く」

時間は少し遡り、深夜の作戦会議中。

ヴァンジャンスが提案した最初の作戦に、アスタとノエルは驚いてしまった。

「い、いいんスか？　うちだけ……」

アスタは恐縮したように言う。ヴァンジャンスは組んだ手の上に顎（あご）を乗せながら、

「この作戦は『どれだけ戦力を温存できるか』にかかっている。それには、大人数で極力安全に移動できるものが欲しい」

「……なるほど」

と、ユノは納得顔だが、アスタにはさっぱりだ。メレオレオナが愉快そうに言った。

「分からんのか？　貴様（きさま）らのアジトなら、それができる」

そこでようやく理解したように、アスタは「あっ……」と声を上げる。

彼が納得したのを見て取り、シャーロットが話を進めた。

「しかし、コンラートは数十種類の属性の魔法を使い分ける強敵だ。通常の魔法攻撃では、魔法が相殺（そうさい）されてしまう……」

「そこで君だ、アスタくん」

ヴァンジャンスは作戦の核心（かくしん）に迫る。

「あらゆる魔法を打ち消すことができる反魔法（アンチ）。それを持つ君だけが、唯一彼に勝てる可能性を持っている。これがこの作戦の要（かなめ）だ」

無茶振り（むちゃぶり）をしている自覚はある。が、きっと彼ならこう答えるだろう、という確信もある。

そんな思いで、ヴァンジャンスはアスタにこの言葉を託した。

「コンラートを止めてくれ……できるな？」

「……うっす!!」

「うおおおおおぉぉぉぉぉォォォォォッ！」

上空から飛び降り、その勢いのまま結界に断魔を叩きつけるアスタ。

結界と断魔がせめぎ合い、激しいスパークが発生する。

が、やがて結界にひびが入り、ガラスが割れるように砕け散っていった。

「よっしゃあぁぁぁッ！」

作戦の第一段階は成功だ。

アスタはアジトの入り口に駆け込み、他の団員たちも素早(すばや)くそれに続いた。


「みんな、お帰り！　お客さんもいっぱいだ……！」

ゴードンに迎えられて、ヴァンジャンスやメレオレオナ、それから他の団員たちも続々とアジトに足を踏み入れていく。

アスタと黒の暴牛は一足先に共有スペースを抜け、アジトの主に事と次第を説明していた。

「そういうわけなんですけど、お願いできますか……ヘンリー先輩！」

黒の暴牛のアジトの主にして、魔力を吸収してしまう特異体質の持ち主、ヘンリーは、二階の吹き抜けの上で両手を大きく広げた。

「分ーかーっーたー!!」

すると、アジトにいるすべての者の魔力が、すごい勢いでヘンリーに吸収されていく。

彼は組替(くみかえ)魔法という特殊な魔法を使う。アジトを好きな形に変形させることができ、自在に動かすことも可能だ。

そしてその動力は、吸い取った魔力なのだ。

彼の魔法を使って空中要塞へと攻め込むのが、作戦の第二段階だった。

「らああああ！　減った魔力は食べて回復するのらあぁぁぁッ！」

チャーミーの〝ヒツジのコックさん〟たちが猛烈(もうれつ)な勢いで料理を作り、団員たちも「うおおおおおおッ！」と、すごい勢いで料理をかきこんでいく。

そうして生まれた大量の魔力を一身に受けたヘンリーは、カッと目を見開き、

「こーんーなーに量ーのー魔ー力ーはー、初ーめーてーーー！」

暴牛のアジト全体から魔力が噴き出した。続いて建物が分かれ、その一部がせり出し、あるいは浮き上がり、徐々に建物とはほど遠い形状に組み変わっていった。

そうしてできあがった、その全景は——。

「すげえええええ！　〝黒の暴れ牛号・飛行スタイル〟だああああぁぁぁぁぁ!!」

四枚の羽があり、下部と背部には魔力の昇圧器があり、四方が見渡せるコックピットのようなものまである。

そのコックピットの最前列でアスタが叫んだ通り、いまにも飛び立ちそうなフォルムに変形を遂げたのだった。

「……これ、ちゃんと飛ぶっハ？」

同じく最前列にいるセッケが懐疑的なことを言ったところで、下部の昇圧器から魔力が噴射され、徐々にその機体が浮上していった。

操作盤らしき台の前に立っているヘンリーが言う。

「多ー分ー魔ー力ーがー溜ーまーれーばー飛ーぶーとー思ーッ!?」

言葉の途中で、ガクン、と、機体が急停止し、全体が大きく傾いた。

左翼の裏に大量の魔法兵士が群がり、上昇するのを食い止めたのだ。

発進を妨害されるのは、ヴァンジャンスとて予想していなかったわけはないが……。

「想定よりも数が多い、か……」

「っく！　こうなったらオレが……！」

「待ちなさいよ、バカスタ！」

飛び出していこうとするアスタをノエルが止めていると、操作盤の上に備えつけられている通信魔導具(まどうぐ)から、シャーロットとジャックの声が聞こえてきた。

『ヴァンジャンス、団員たちに衝撃に備えるように指示を出してくれ』

『黒の暴牛のアジトだ。ちょっとぐらい壊れても大丈夫だよな、カカッ』

なにをするつもりなのか……と、ヴァンジャンスが聞くよりも早く、窓外を見ていたアスタは、彼らがしようとしていることに、気づいた。


「カカッ、裂断魔法……」

山状に絡(から)み合ったシャーロットの荊の上で、ジャックは両足にグッと力を込め、いっきに飛び立つ。

長く鋭い刃を前腕に生やし、一直線に滑空(かっくう)する姿は、巨大な蟷螂(かまきり)のようだった。

「〝デスサイズ・狂(くる)い裂(ざ)き〟!!」

それも、とびきり凶暴な蟷螂だ。彼が縦横無尽に刃を振るうと、四方八方に鋭い斬撃が飛び、魔法兵士たちが紙人形のようにバラバラになっていった。

そこに追い打ちをかけるように、

「荊魔法〝緋威(ひおどし)の麗戦槍(れいせんそう)〟」

地上にいるシャーロットが念じると、彼女の足元から大量の荊が吹き上がる。

荊は幾重にも絡まり合って、巨大な槍の形を成し、砲撃のような勢いで射出されていった。

それは機体の左翼へと向かい、その上に乗っていた魔法兵士たちを一掃する。

魔法兵士から解放され、〝黒の暴れ牛号〟は上昇を再開した。

「おお……！」と、コックピットに乗っている団員たちから感嘆の声が上がる。

その声に迎えられるように、左翼へと飛び乗ったシャーロットとジャックだったが、すぐに渋い顔をした。

「焼石に水か……」

「カカッ。うぜえなあ」

煙の中から次々と魔法兵士が姿を現し、再び機体の四方を取り囲んだのだ。

一方コックピットでは、何気なく進行方向を見たセッケが、それに気づいた。

「？　……フ……フッハーッ!!」

最初はそれがなにか分からなかった。しかし、一瞬遅れてその危険性に気づいた彼は、正面を指差して皆に水を向ける。震えるその指の先にあったものは……。

「「「「!?」」」」

それは、巨大な壁。

夥しい数の魔法兵士でできた、凄まじく巨大な包囲網の壁が、〝黒の暴れ牛号〟の前に立ちはだかっていたのだった。

その数は百や二百ではきかない。数百、数千あるいは、もっと……！

「カカッ、こいつぁ裂き甲斐がありそうだぜっ！」

その光景に、しかし一切ひるんだ様子はなく、ジャックは壁に向かって特攻していく。

「……ここは我々が食い止める！」

勇ましい口調でそう告げると、シャーロットもその後に続いた。

「テメェらはさっさと行きやがれっ‼」と、空中を蹴って壁に迫っていくジャック。遠のいていくその姿に、アスタは居てもたってもいられず、コックピットから飛び出そうとする。

「ジャック団長！　シャーロット団長！」

「オマエが行ったら意味ねえだろ！」

ユノはその肩を掴んで止めるが、アスタは食い下がるように、

「でも、ふたりだけじゃ……！」

「無理かもしれないね」

アスタの台詞を継ぐと、ヴァンジャンスはなんとも落ち着き払った仕草で、

「では、三人ならどうだろう？」

ふわりと飛び、コックピットの天窓から外へ出た。

そして止める間もなく、そのまま魔法兵士の壁に向けて飛んでいく。

壁に向かいながら、彼は冷静に位置を見定めると、

「世界樹魔法〝ミスティルテインの大樹〟」

中空に生じた世界樹の根は、爆発的に広がっていき、兵士たちの中心に直撃した。

その部分にいた魔法兵士は吹き飛ぶが、浅い。表面の敵だけを削っても、突破口は開けないのだ。

そう思われたが、着弾した部分から根が爆発的に成長し、見る見るうちに包囲網をこじ開けていく。

そうしてできた木の根の穴は、トンネルのように反対側へと繋がっていた。

「さあ、いまのうちに行くんだ！」

木の根のひとつに着地しながらヴァンジャンスが言う。

それはつまり、自分はここに残り、追手を食い止めるという意思表示でもあった。

「ヴァンジャンス団長！」

それを悟ったユノは思わず叫ぶ。ここで団長を失うわけにはいかない。

しかし、彼らが必死で開いてくれた突破口を無駄にするわけにもいかない。

そんなせめぎあいの中、後者を選び取ったヘンリーは「いーくーよー！」と声を上げた。

すると下部の昇圧器が止まり、今度は背面のそれから魔力が噴き出て、〝黒の暴れ牛号〟は勢いよく前進していった。

「…………！」

グングンと速度を上げ、木の根のトンネルへと入っていく機体の中で、ユノはなんとも言えない表情を浮かべる。

そんなユノに、アスタは進行方向を見たまま、黙って拳を突き出した。

オレたちがやるんだ。

無言の意思表示をしばし見つめてから、やがてユノはフッと息を吐く。

……そうだな。

団長たちもそれを望んでいることを信じて、自分の拳を重ねた。


「ユノ、魔法帝を頼んだよ……！」

飛び去っていく〝黒の暴れ牛号〟を眺めながら、ヴァンジャンスは呟いた。

次世代を担う三つ葉たちは、順調に育っている。

自分たちの代わりに、強敵の相手を任せられるほどに。

そして、魔法帝を任せても良いと思うほどに……。

万感の思いに浸っていると、ジャックとシャーロットがやってきて、ヴァンジャンスの横に立ち並んだ。

目の前には、夥しい数の魔法兵士たちが迫ってきている。

彼らに三つ葉は追わせない。

「さあ……野蛮なお客には帰ってもらおうか……！」

仮面の奥の双眸に鋭い光を灯しながら、ヴァンジャンスは静かに告げた。


〝黒の暴れ牛号〟は雲海の上を順調に進む。

ここまで高度を上げれば、敵も簡単には追って来られないだろう。

なにより、あの三人がそれを許すとは思えなかった。

コックピット内にて、腕組みをしたメレオレオナが皆に檄を飛ばす。

「よし、皆の者！　団長三名を欠きはしたが、このまま敵地へ……」

そこで思い直したように、最前列にいるアスタに向けて言った。

「いや、アスタ！　貴様が言え！」

「！」

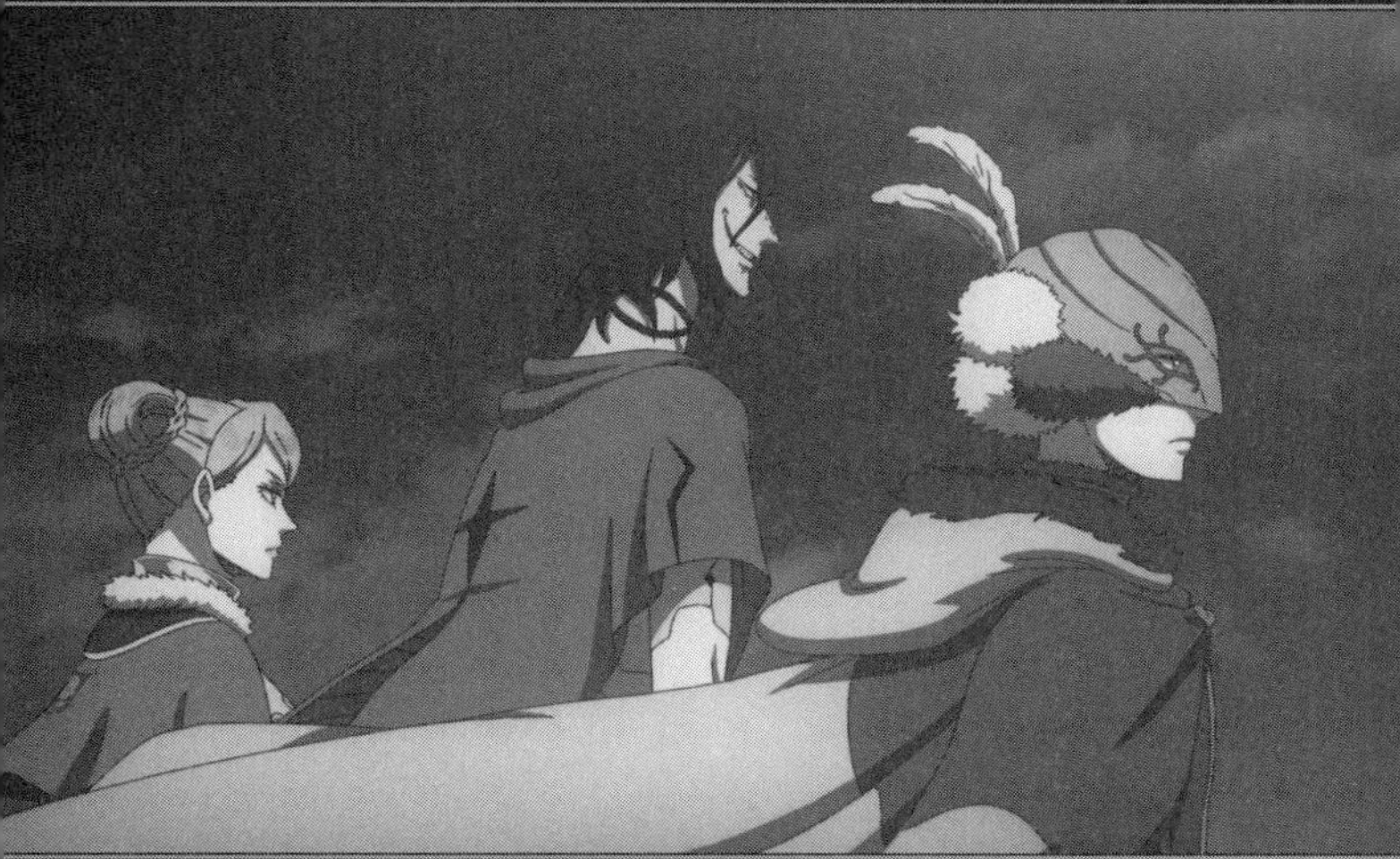

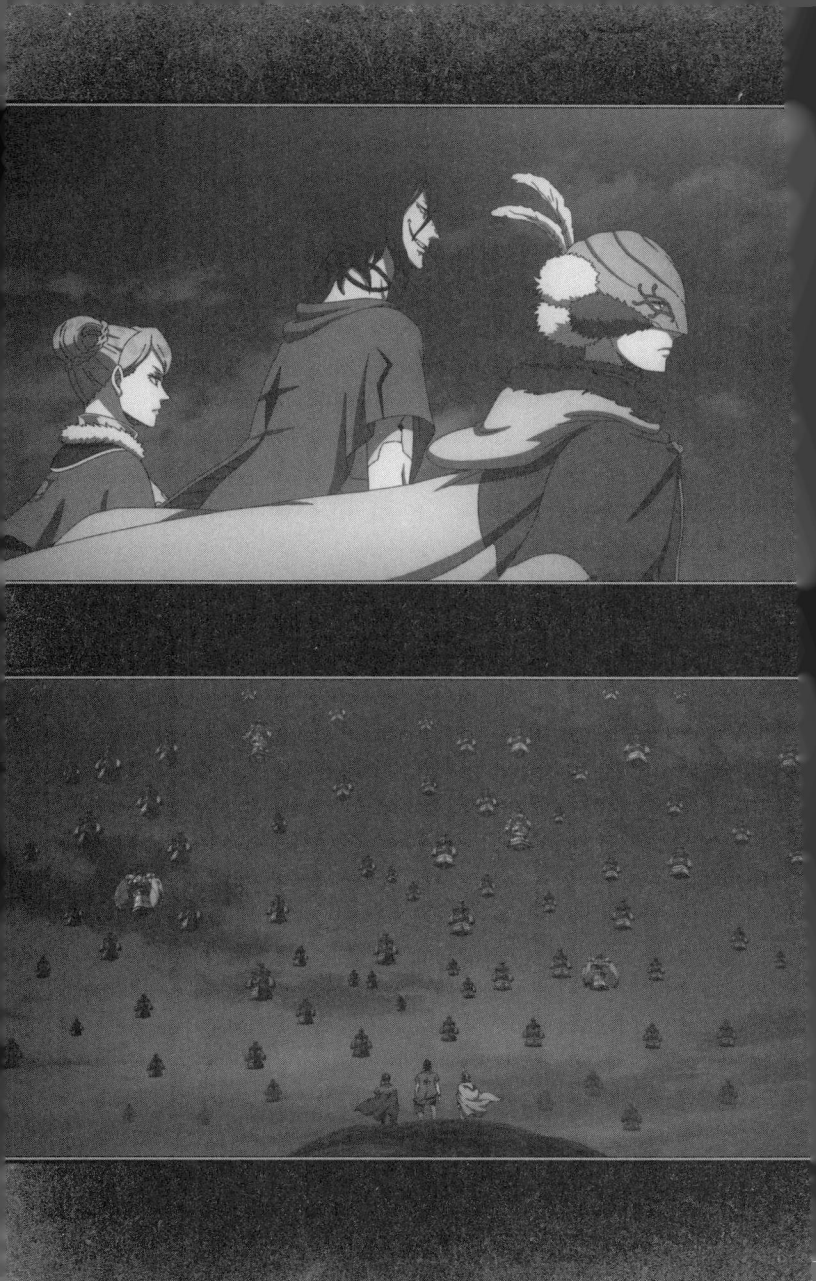

急に指名されたアスタは、戸惑いながら周囲を見渡した。

すると、黒の暴牛の面々が、そして他の団員たちが、アスタのことを力強い笑顔で見ていることに気づいた。

ユノを見ると、彼も黙って頷いている。

「……よし！　行こうぜ、みんな！」

そこに込められた思いを受け止めるようにして、アスタは正面を向いて叫んだ。

「アイツら全員ぶっ飛ばして、オレたちのクローバー王国を取り戻すぞおぉォ‼」

「「「「おうッ！！！」」」」

一同の決意を乗せて、〝黒の暴れ牛号〟は空中要塞へと向かっていった。

Edward Avalaché

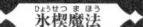

エドワード・アバーラシェ

第20代目魔法帝 ◆氷楔魔法◆

空中要塞、玉座の間にて。

歴代魔法帝たちは、帝剣を囲んで車座に設置された玉座に腰掛けていた。

「我が兵隊から報告だ。逆賊が動き出したらしい……どう対処する？」

兵士からの報告を受けたプリンシアは、右隣に座るコンラートに意見を求める。

しかし返事はなく、彼は「やはり来たか……そうだな。オマエなら来るはずだ……」と、独り言のようにブツブツ呟いているのみだ。

やはり、アスタにはなにか思うところがあるのかもしれない。

「……さあ、フィナーレだ」

やがて顔を上げた彼は、背後にいる人物に話しかけた。

「特等席で見せてやろう」

コンラートの背後にいたのはユリウスだ。

クローバーの処刑台に磔にされた彼は、力なくコンラートに訊ねた。

「……それが、ほとんど魔力のない私をここまで生かした理由かい？」

「愛する者、守りたい者、信じる仲間たちが無残に死んでいく景色を目に焼き付け、自分の無力さを責めながら死ぬがいい」

その時、空中要塞はちょうど目的地……ハージ村の魔神の骨の上へとたどり着いた。

「今からクローバー王国が始まるのだ……。さあ――新たなページをめくろう」

空中要塞は魔神の骨の上空で停止する。

そして結界がいったん解除され、巨大なドーム状の結界が、要塞を中心として新たに展開されていった。

要塞を視認できる距離まで近づいていた〝黒の暴れ牛号〟からも、結界が展開される様子は見て取れた。

「あわわわわわ……なんて巨大なんでしょう……！」

「騎士団のアジトに張ってあったものより、段違いに強力だわ……」

グレイはビビり倒し、ネロは冷静に分析をしていく。

「みんな、アレ！」と、ラックが指さした先は、〝黒の暴れ牛号〟の正面だ。

機体の進路上に、ジェスターの結界魔法が展開されていくのが見えた。

いくつもの結界が重ねられ、回転しながら形を変え、組み合わさっていく。

そうして出来上がったのは、歪な平行四辺形の、巨大な砲台と砲門だった。

「さーて、振り絞った最後の力、このオレが見てやろうじゃん？」

ジェスターは砲門の上に瞬間移動しながら言った。

「教えてやるぜ、魔法帝には……」

砲台は空気中のマナを高速で吸収し、上下四か所に淡い光が灯る。

その光が中央の砲門へと移動していき……、

「油断も隙もないってことをなあああぁぁぁ!!」

砲門から放たれた巨大なレーザー砲は、一直線に〝黒の暴れ牛号〟へと向かい、その全身を丸呑みにした。

「―――――っ!!」

〝黒の暴れ牛号〟に凄まじい衝撃が突き抜け、爆音とともに所々のパーツが弾け飛んだ。

機体はどうにか持ちこたえたが、各所から炎や煙が上がり、全体的に激しく破損している。

「さーて♪　どうする？」

砲門の上で、ジェスターが余裕たっぷりに言うと、黒煙の中から機体が姿を現した。

「これが魔法帝の力⁉　規格外過ぎるッハ……！」

逃げ出さなかったことを心底後悔しながらセッケが言う。先ほどの攻撃はどうにか耐えられたようだが、同じものを一発でも食らってしまったら、間違いなく……！

「どうすれば……⁉」

最悪の想像をしたセッケが情けない声を絞り出すのと同時、アスタは腹を決める。

今度こそ、自分が行くしかないだろう。

そう、決意のままに動き出そうとすると、「オマエの出番はまだだ！」と、鋭い声に呼び止められた。意外な表情で後ろを振り向くと……。

「どーするもこーするもねえよなァ‼　オレたちはいつだって限界超えてきたんだ！　なあ⁉」

派手な啖呵(たんか)を切るマグナと、その背後で頷(うなず)く黒(くろ)の暴牛(ぼうぎゅう)の団員たち。

その周囲では、他の団の団員たちもアスタに熱い視線を送っている。

ここはオレたちに任(まか)せろ、と。

彼らの力強い笑顔が、はっきりと告げていた。

「行くぜ、オマエらぁッ！」

マグナの声に応じて、団員たちは素早(すばや)く持ち場についていった。

〝黒の暴れ牛号〟の両翼の付け根から、格納されていた砲門が出てくる。

そして、その砲台の内部では、

「根性見せるぜ！」

全身に熱い魔力を滾（たぎ）らせたマグナが呼び掛けると、その周囲にいる団員たちも「おうッ！」と気合十分に応じた。

マグナは滾らせた魔力を右の拳（こぶし）に集め、吠える。

「炎魔法〝極大爆殺轟炎魔球（きょくだいばくさつごうえんまきゅう）〟！！！」

生じた巨大な火の玉を、大ぶりのオーバースローフォームで砲塔内にぶち込んだ。

「雷魔法〝迅雷（じんらい）の崩玉（ほうぎょく）〟！」

「毒魔法〝禁じられた果実（ファボーテン・オーブスト）〟！」

ラックとゴードンも得意の魔法攻撃を創成（そうせい）し、同じように砲塔内へと叩き入れた。

「みーんーなーいーくーよー！」

「「「うおおおおおおおぉぉぉぉ!!」」」

ヘンリーの合図とともに、ノエルを中心として団員たちが魔力を放出していく。

グオオオォォォォォォンッ！

四つの砲門から、一斉にレーザーが射出された。三人が放った魔法に、団員たちの魔力を上乗せし、何倍にも強力にして放ったのだ。そしてさらに、

「鏡魔法〝ラージリフレクト・リフレイン〟!!」

機体の外に出ているゴーシュが魔法を発動すると、レーザーの進行方向に巨大な鏡が生じ、レーザーを反射した。すると、反射した先にまた別の鏡が創成され、レーザーを跳ね返し、その先にもまた鏡が現れる。

そうして反射を繰り返しながら、レーザーは螺旋の軌道を描くようにしてジェスターの砲門へと向かっていった。

反射を繰り返すたびにレーザーの威力は跳ね上がる。

ジェスターの砲撃に負けずとも劣らない威力にまで昇華されたそれは、四発同時にジェスターの砲門へと突き刺さった。

「いっけえええええぇぇぇエエエエッ!!」

みんなの思いをひとつにするように、ヘンリーは叫んだ。

その声に後押しされるように、レーザーは砲門を貫き、その背後に抜けていく。

レーザーはそのまま結界に直撃し、弾かれて霧散してしまったが、〝黒の暴れ牛号〟は砲門に空いた穴を抜けて直進することに成功した。

しかしその直後、新たな窮地が一同へと降りかかる。

「フッッハ⁉　ま、また⁉」

〝黒の暴れ牛号〟が行く先に二つの扉が展開され、中からプリンシアとエドワードが顔を出したのだ。

すかさずフィンラルが動いた。先ほどはジェスターの砲門まで距離があり過ぎたが、これくらいの短距離なら可能なはずだ、と確信して。

「いまなら……！　空間魔法〝堕天使の抜け穴〟‼」

すると、目の前に巨大な空間魔法のポータルが開き〝黒の暴れ牛号〟はその中へと入っていく。直後、プリンシアたちの背後に出口となるポータルが展開され、機体はそこから抜け出ていった。

「……ほう」と、少しだけ感心したような声を漏らしてから、プリンシアはエドワードとともに〝黒の暴れ牛号〟を追う。

「あわわわわわ。もうすぐあの巨大結界に到達します～‼」

グレイのビビり声を聞きながら、フィンラルは神妙な顔をして結界を睨んでいた。

（これ以上は空間が遮断されているから、オレの魔法で突破はできない。だから……頼んだよ……‼）

「…………」

〝黒の暴れ牛号〟の先端へと出たアスタは、無言で断魔を構えた。

空中要塞の幽閉塔で、ヤミは四肢と胴体を壁に拘束されていた。

狭い窓からは、外の様子を窺い見ることはできない。

しかし氣を読むことで、ヤミには分かっていた。

あの小僧が、なにやらぶちかまそうとしているようだ。

「オマエならやれるだろ、アスタ……！」

ヤミはできないヤツにはやらせない。

トライアンフ会場でも、アスタになら託せると思ったからこそ、彼を逃がしたのだ。

自分の代わりに黒の暴牛を引っ張り、道を切り開いていく、その役割を――。

「うううおおおおおぉぉぉォォォッ!!」

アスタは後方に断魔を振りかぶり、〝ブラックディヴァイダー〟を発動した。

黒いスパークが奔り抜け、その刀身が長く、黒く伸びていく。

伸びきった〝ブラックディヴァイダー〟を、アスタは正面に向けて構えた。

そうして特攻の体勢が整った時、アスタの背後に、二つの不吉な気配が生じる。

「……うろちょろと逃げ回るでないわ」

機体に追いついてきたエドワードが、億劫そうに言って、続いてプリンシアもその横に舞い降りる。そのままアスタを攻撃しようとするエドワードだったが、

「……む？」

彼らの足元で罠魔法が発動し、灰の渦がふたりの身体をその場に縫い留めた。

「キヒヒ、ありがとよ。わざわざ自分から罠にかかりに来てくれて♪」

ひょっこりと顔を出したゾラが嫌みたっぷりに告げる。

「この程度の魔法がどうしたと……」

「封緘魔法〝囹永〟！」

プリンシアが言い切るより早く、空間魔法のポータルから出てきたネロが魔法を発動し、ふたりを〝囹永〟の立方体の中へと閉じ込めた。

「フィンラル！　いま！　さっさとやりなさい！」

「はいよ！　久しぶりに言うけど、オレ先輩！」

あらかじめ屋上へ出ていたノエルにお尻を叩かれて、同じく屋上で準備をしていたフィンラルは〝堕天使のはばたき〟を発動する。

〝堕天使のはばたき〟。それは触れた相手を任意の場所へと強制的に移動させる魔法だ。

フィンラルは空間魔法で〝囹永〟の中にそれを送り込み、プリンシアとエドワードにぶつけることに成功した。

「くっ！」

「むぅ⁉」

と、短く呻いて〝堕天使のはばたき〟に呑み込まれていくプリンシアとエドワード。

作戦の第三段階も成功だ。

「よし！　これで……！」

フィンラルは視線を進行方向に振る。

作戦の第四段階。これがある意味、最も大きな難関だ。

〝黒の暴れ牛号〟は、すでに結界の目と鼻の先まで接近していた。

「うおおおおおおおおぉぉぉぉぉぉぉォォォォッ！」

アスタの全身の筋力と反魔力、そして〝黒の暴れ牛号〟の推進力を丸々吸収した剣先が、巨大結界へと突き刺さった。

激しいスパークが発生し、接合部を中心に六角形の波紋が広がっていく。

結界と〝ブラックディヴァイダー〟がせめぎ合う中、追いついてきたジェスターが上空から声を上げる。

「言ったろ？　隙はねえんだよっ！」

彼は円状にした結界の刃を大量に創成し、次々と〝ブラックディヴァイダー〟に撃ち込んだ。

そして最後に、彼自身の強烈な踵落としも叩き込まれる。

「「「うわ！」」」

拮抗していたバランスが崩れて〝黒の暴れ牛号〟が大きく傾き、団員たちは悲鳴を上げる。

が、すぐさまメレオレオナが空間魔法で機体の下部へと移動すると、その胴体に掌底を叩き入れてバランスを立て直した。

「ありがとうございまあぁぁす!!」

アスタは思わず声を上げる。〝ブラックディヴァイダー〟と結界は離れてしまったものの、どうにか結界に激突することは免れたようだ。女獅子の拳は、やはり強い。

「ア・ハーン。この特製結界は帝剣でさらに強化してあるから、万一壊れてもすぐ再生するし、ヨユーなんだが……」

その様子を遠くに眺めながら、ジェスターは嗜虐的な笑みを濃くする。

「完璧な世界を作るためにも、邪魔者は駆逐しとかなきゃ・な♪」

彼は攻撃の反動で少し遠くまで飛ばされていたものの、当然ダメージなどあるわけもなく、アスタの首を刈り取るのに不自由な距離でもない。

　態勢を立て直す隙など与えない。

　ジェスターは円盤状の結界を創成しながら、一直線にアスタへと向かった。

「これで終わりだっ！」

「――オマエがな！」

　冷静ながらも強い意志を携（たずさ）えた声は、ジェスターの横手から聞こえた。

　見ると、風で創成した複数の弓（ゆみ）を構えたユノが、こちらに向けて照準を絞（しぼ）っている。

「！」

　すべての弓矢が一斉に放たれてジェスターを直撃し、結界へと叩きつけられる。

　不意を突かれた一撃に、しかしジェスターはさらにテンションを上げた。

「いいねいいねぇぇッ！　あがいてみせろ！」

　ユノはジェスターの上空背後へと高速移動し、すぐさま魔法を放つ。

「マナゾーン〝暴嵐（ぼうらん）の牙（きば）・双撃（そうげき）〟」

　二本の〝暴乱（ぼうらん）の牙（きば）〟がジェスターを襲う。

　結界の盾（たて）がそれを防ぐが、その勢いにやや押されてしまった。

「それがどうしたッ!?」

ジェスターが巨大な爪を創成して攻撃を弾いた時、遠くからマグナの号令が聞こえてきた。

「いまだ！　打て打てえええぇぇぇ!!」

〝黒の暴れ牛号〟からの砲撃が始まり、それが次々とジェスターに着弾していく。

「ちっ！」

ジェスターは飛ばされるように後退していく。ダメージは問題ない。しかし、このままではらちが明かない——。そんなふうに苛立ちを募らせながら、結界の横壁へと着地すると、

「！」

いつの間にか、ジェスターの真正面に〝黒の暴れ牛号〟が迫ってきていることに気づいた。

「もう一度だ！」

先ほどと同じように、その先端ではアスタが〝ブラックディヴァイダー〟を構えている。

「……アン？」

そしてその背後に立っているユノが風魔法で颶風を放ち、ジェスターの身体を結界に押しつけるようにして固定した。

……彼らがなにをするつもりなのか、ジェスターは理解した。

「いーくーよー！」

ヘンリーが叫ぶと、果たして〝黒の暴れ牛号〟の背面の昇圧器から魔力が放たれ、機体が前

進をはじめた。アスタの剣先は、ジェスターへと向いている。

彼らはジェスターの身体ごと、結界をぶち抜くつもりなのだ。

「いいよオマエら……来やがれっ！！！」

ジェスターは結界の盾を展開しながら待ち構える。

逃げる気になれば逃げられたが、選択肢として浮かびすらしなかった。

ジェスターは逃げない。

遠い昔。魔法帝を務めていたあの頃も、逃げずに最期まで戦い抜いた。

あの時は力及ばず、本当に護りたいものを護れなかったが、今度こそは……！

「ハアアアアアアアッ!!」

ジェスターの盾に〝ブラックディヴァイダー〟が突き刺さる。

その接合部は激しいスパークを散らし、衝撃で機体が大きく揺れた。

「「「「うおおおおおおおおッ！」」」」

それでも一切ひるむことなく、団員たちは魔力を放出し続け、〝黒の暴れ牛号〟の推進力は臨界点近くまで達した。

「「いっけえええええええぇぇぇェェッ!!」」

アスタもまた、温存などは考えずに全身全霊の力で剣の柄を握り込み、ユノも凄まじい魔力

を放出しながらその身体を支える。

黒の暴牛の、そして他の勇気ある団員たちの総力の乗った刃先は、ゆっくりと、しかし確実に結界を押しはじめ、やがて……！

バキンッ！

とうとうジェスターの結界を破壊し、その先にある巨大結界をも砕き割ったのだった。

アスタとユノは放り出されるようにして、巨大結界に空いた穴の中に入っていく。〝黒の暴れ牛号〟もその後に続こうとするが、

「ハンッ！　マジかよ……すげえよオマエら！　だが……！」

同じく穴の中に放り出されたジェスターは腕を振り上げる。

すると結界の穴が瞬(またた)く間に修復され、その中に入っていた〝黒の暴れ牛号〟の角が分断されて落ち、機体は結界へと叩きつけられた。

「みんなっ！」

アスタは彼らの身を案じながら振り向くが、

「！」

それは無用な心配だったと、すぐに思うことができた。

〝黒の暴れ牛号〟の先端には、黒の暴牛の面々とメレオレオナが勢ぞろいし、勇ましい顔でア

スタとユノのことを見送っていたのだ。

その先頭にいるメレオレオナが叫んだ。

「任せたぞ、アスタ！　貴様がやつを倒すのだあああぁぁぁぁぁ！」

「……うすっ！　行ってきまあああぁぁぁぁぁすッ!!」

みんなの願いを託されたアスタは、断魔に乗って空中要塞へと向かった。

ユノも飛行魔法でそれに合流し、ふたりで目的地へと飛んでいく。

その最中、ユノはふと魔神の骨の上を見て言う。

「オイ、あれ……！」

アスタもそちらに目をやると、コンラートがひとりで佇んでいる姿が見えた。

「コンラート!?　なんであんなところに!?」

「……そうか、特異点」

ユノがなにかを理解したようにそう呟くと、アスタも一拍遅れてそれに気づいた。

クローバー王国の地脈。マナが流れる大地の大動脈ともいえる特異点。

コンラートたちが帝剣を打ち込もうとしている、その場所は……！

「魔神の骨、なのか……!?」

だとしたら目的地は空中要塞ではない。ふたりが魔神の骨に進行方向を変えようとすると、

「アアアァァァ・ハアァァァァァアンッ！」

怒気を孕んだその声と、ただならぬ圧力が、背後で生まれた。

「オレたちの邪魔ァ……」

アスタが驚きながら背後を振り向くと、〝黒の暴れ牛号〟の半身ほどもありそうな、恐ろしく巨大な斧を肩に担いだジェスターが、ふたりに向けて急接近していた。

「すんじゃねえええぇぇぇエエッ!!」

ブゥンッ！　と、大音量の風切り音を伴って振り下ろされた斧を、アスタとユノは別々の方向に飛んで躱した。

制動距離まで振り切られた斧が、今度は横薙ぎの一閃となり、アスタへと迫ってくる。

それがアスタの背に食らいつく直前、ユノがやってきて風の壁を展開させた。

斧は風の壁に当たって軌道が逸れたものの、ふたりは衝撃で散り散りに吹き飛んでいく。

「アスタ！　オマエはコンラートの所に行け！」

アスタの真下で止まったユノが、ジェスターを注視したまま叫んだ。

「……！」

アスタは思わずユノの方を見る。

ユノもアスタに振り返り、口元に笑みを貼り付けた。

そして、たった一言だけ。
「……ぶちかましてこい！」
その台詞に、呆けたような表情を浮かべたアスタだったが、やがて大きく笑いながら、
「……おう！」
一言だけ、言葉を返した。
……そうだ。
アスタとユノは、ライバルなのだ。
互いに認め合い、競い合い、高みを目指していく関係なのだ。
自分が認めた相手が、ここは任せろと言っている。
だったらその身を案じるのではなく、その言葉を信じるべきなのだ。
アスタはコンラートに勝つ。
だからユノだって、きっと……！
アスタはグッと拳を握り、ユノに突き出す。
ユノもまた、同じように拳を突き出した。
どちらが先に魔法帝になれるか、勝負。
その決着がつくまで、お互いに立ち止まってなどいられないのだ。

アスタは大きく方向転換をして、魔神の骨の上を目指した。

ジェスターは舌打ちをすると、面倒くさそうにその背を追おうとする。

しかしそこで強烈な風に押し戻され、周囲にも強い風が吹き荒れていることに気づいた。

瞬く間に、ジェスターの周囲は竜巻(たつまき)のような風の壁に囲まれていく。

どうやらこの一瞬で竜巻を発生させたユノが、その中にジェスターを閉じ込めたらしい。

激しい風に黒髪をなびかせながら、ユノは決意を固めたようにジェスターを睨んでいた。

「行くぞ、ベル」

ユノが静かに告げると、ベルは「待ってましたッ！」と言って彼に抱き着く。

「全力だ……！」

緑色の光が弾ける。

燃え上がるように放出された緑色の魔力は、やがてユノの身体へと収束(しゅうそく)されていき、腕輪に、片翼(かたよく)に、片側だけの王冠に、そしてすべての物質を風化させる宝剣(ほうけん)〝スピリット・オブ・ゼファー〟へと姿を変えていった。

それは、精霊の並外れた魔力を己の中に留(とど)め、意のままに操ることを可能とした状態。

気の遠くなるような努力の果てにたどり着いた、ユノだけが使うことのできる最強の魔法。

「――精霊同化〝スピリット・ダイブ〟」

風の精霊とひとつになった四つ葉の魔道士は、スピリット・オブ・ゼファーを手に、構えを取った。


「総員、予定の配置につけ！」

ユノが発生させた竜巻を結界越しに眺めながら、メレオレオナは鋭く指示を出す。

それは通信魔導具を通して、団員一同の耳へと届いていた。

フィンラルは〝黒の暴れ牛号〟の屋上で、各所に空間魔法を発動させる。

ここからが、本当の正念場だ。


『作戦通り、敵の分断は成功した！』

〝堕天使のはばたき〟でユルティルム火山へと飛ばされたエドワードは、様子を見るように周囲を散策していた。

しかし足元に違和感を覚え、ふいに立ち止まる。

そこには魔法陣が展開されており、灰魔法の煙幕が広がっていった。

『あとは、各々の場所で、』

魔法の吹雪でそれを散らしていると、正面の岩場に空間魔法が展開され、その中からヤンキー座りのゾラが「キヒヒ……」と姿を現した。

『各々が魔法騎士団として死力を尽くせ！』

さらにエドワードの背後にはネロとバネッサが、右手側にはラックが、その反対側には鏡を携えたゴーシュが現れる。

そしてゴードン、マグナ、グレイがゾラの横に立ち並ぶようにして現れたところで、一同のマナが攻撃色を帯びていった。

「……ふむ」

一瞬にして四方を囲まれたエドワードは、しかし落ち着き払った様子で息を吐いた。

『死ぬ気で戦わない者は許さん！』

結界内部、ユノが発生させた竜巻の中から、一筋の煙が突き出る。

〝スピリット・オブ・ゼファー〟を叩きつけるユノと、それを巨大斧で受け止めるジェスターだ。

ユノはそのまま、空中要塞に向けてジェスターの身体を押し込んでいった。

『そして、誰ひとりとして死ぬことも許さん！』

〝黒の暴れ牛号〟は、休むことなく結界に大砲を撃ち続けていた。

その内部では、魔法騎士団員たちが必死で砲塔内に魔法を打ち込み、それと同じくらい必死の形相で、チャーミーの料理をかきこみ続けている。

『手を抜いたり死んだ者がいれば、この私が焼き殺す!!』

強魔地帯の砂漠の上を、プリンシアは歩き進んでいた。

そのはるか上空に空間魔法が展開され、その中からメレオレオナが飛び降り、自由落下に任せて地面に降り立った。砂埃や砕けた岩石が派手に舞い、足元の地面は圧縮熱で溶解して赤く染まっている。

獲物を前にした猛獣の目でプリンシアを見据えながら、メレオレオナはこう締めくくった。

「いいな貴様ら!?　死にたくなければ……!」

『死ぬ気で戦え!!』

エドワードのいるユルティィルム火山へと最後にやってきたのは、フィンラルとノエルだ。

ノエルは緊張した面持ちで、しかし、一同の耳に届くように、はっきりと言い切った。

「……行くわよ!!」

「「「「「「「おうッ！！！」」」」」」」

そうして、それぞれの戦いが始まった。

「この私を相手に、なんの策も弄(ろう)さぬとは……」

砂丘の上からメレオレオナを見下(みくだ)しながら、プリンシアは退屈そうに告げた。

「つまらぬ阿呆(あほう)を相手にすることになってしまったな」

「策を弄する……？　なぜそんなことをする必要がある？」

対するメレオレオナは、ザクザクと砂丘を上りながら、

「プリンシア・ファニーバニー……歴代魔法帝の中でも屈指(くっし)の戦闘能力を誇る、一騎当千(いっきとうせん)の豪傑(ごうけつ)。記録上、貴様が関わった戦闘行為では、ただの一度も敗北が無かったとされている」

遊園地に足を踏み入れた子どものように、嬉々(きき)とした口調でそう語る。

「そんな相手を前に、つまらぬ小細工などするわけがなかろう!!」

「なるほど……前言を撤回しよう」

ただの阿呆ではなく、驕(おご)り高ぶった阿呆である、と、認識を改めることにする。

「軍隊魔法(レギオン)〝盤上の無限兵団(エンドレス・ドミネーション)〟」

プリンシアの背後に巨大なチェス盤が広がり、回転を始める。そしてそこから次々と魔法兵

士が生み出されていった。

「私に相手をして欲しければ、まずは力を示してみろ」

チェス盤から飛んで来た数十体の兵士たちは、プリンシアの前で隊列を組み、メレオレオナの前に立ちはだかった。

威圧感すら覚えるその光景に、メレオレオナは黙って拳を握り込むと、

ズドオオオォォォォォォォォォォンッ!!

〝灼熱腕（カリドウス・ブラキウム）〟の正拳突（せいけんづ）きから放たれた熱線が、その射程にいた魔法兵士たちを焼き払いながら吹き飛ばす。

「力試しというなら受けて立とう。だが……」

熱線はプリンシアの真横を通り抜け、彼女のマントを大きく揺らしながら、彼方へと飛んでいった。

「出し惜しみはしないで欲しいものだなぁッ!」

拳を振りきったポーズのまま、メレオレオナは熱く吠える。

空中要塞の上空では、ユノが〝スピリット・ストーム〟をジェスターに向けて放っていた。

しかしそれは躱され、いなされ、あるいは弾かれて、会場内の塔や客席を破壊していくばか

りで、ジェスターの軌道を捉えることはできない。

「ハァ……ハァ……次は……！」

「ど～こ狙ってんの～？」

「！」

頭上からチャラついた声が降ってきて、続いて巨大斧が振り下ろされた。

その直撃を食らったユノは、凄まじい速度で客席へと墜落していく。さらに落ちた先の床が崩落し、そのまま地下に落ちていった。

「……？」

そこには広大な空間が広がっていた。

床や空中には、不気味なキューブ状の魔導具が散在し、不規則な動きを繰り返している。

「誘導成功～！　とか思っちゃってた～？」

それがなんなのかを考え出す前に、キューブの奥からジェスターが現れる。

「逆だよバカチン！　オレがオマエを！　ここに誘い込んだんだ！」

ジェスターが大きく手を広げると、キューブが発光し、次いで部屋の中に結界魔法の剣や槍などが次々と創成されていく。

「オレたちはなあ、この空中要塞の動力になってる魔力も、自分のものにできちゃうのでしたあ〜！」

それらは部屋の天井付近まで浮き上がり、その鋭利な矛先をユノに向けた。

「つまりここにいる限り、オレは無尽蔵に魔力を回復できるんだ・よぉ！」

ジェスターが叫ぶと、武器が一斉にユノへと襲い掛かる。

ユノはすかさず、マナゾーン〝精霊の静かなる舞踏〟を発動した。

周囲のマナの流れを感知し、超反応で攻撃を回避する魔法だ。それを駆使して武器を避け、剣で弾くが、いかんせん数が多い。

絶体絶命の状況で、ユノはしかし、意味深な笑みを浮かべながら槍を弾くと、

「……それだけで、勝った気になっているのか？　オレたちに」

「……オレたち？」

ジェスターが聞き返すと同時、ユノの背後の煙の中から、アンニュイな声が聞こえてきた。

「おいおいイケメンくんよ〜。囚われのお姫様は、優しく助けろって教わらなかったか？」

やがて煙の中から姿を現したのは、ゴリゴリの大男——ヤミだ。

「乙女座だからね、オレ」

彼がぶっとい腕で刃を抜き放ちながら、不敵な笑みを浮かべた。

突如として現れた彼に、ジェスターは忌々しげに上を見ながら、

（さっきの攻撃……）

思い出されるのは、ジェスターの避けた〝スピリット・ストーム〟が、中央の塔に直撃している光景。

あそこは幽閉塔として使っており、捕らえた魔法騎士団員を中に拘束していたのだ。

（これが狙いだったか……！）

ユノの並外れた感知能力なら、どこに誰が捕らえられていて、どこに攻撃すれば拘束が解かれるか、正確に把握することができたのだろう。

……本当に、忌々しい天才だ。

ジェスターの静かな苛立ちを他所に、ユノがヤミに問いかけた。

「覚えておきますよ……いけますか？」

ヤミはユノの横に立ち並び、雄牛の構えを取った。

「下のもんに踏ん張らせておいて、団長が限界超えねえワケにはいかねーだろ……なあ、オマエら！」

そう呼び掛けると、大量の水銀が床を這うようにしてジェスターに迫った。

ジェスターが結界の盾でそれを防ぐと同時、優雅に舞う銀翼の大鷲が視界に姿を現す。

その背に乗り、ジェスターを鋭く睨んでいるのは、ノゼルだ。

「貴様に言われずとも……」

ノゼルの言葉とともに、結界に飛び散った水銀が蠢く。

そのままじわりじわりと結界内部に侵食し、針状になってジェスターへと撃ち出された。

「魔法騎士団の力、いまここで見せてやろう！」

飛び退ってそれを躱すジェスターだったが、その先で待ち受けていたのは、火の精霊サラマンダーと、その背に乗ったフエゴレオンだ。

「ユノ！　オレたちが加勢する!!」

彼がそう言い放つと、サラマンダーは大きく口を開き、巨大な火球を連続して吐き出した。

それらはすべてジェスターの周囲に着弾し、視界いっぱいを紅蓮に染め上げた。

「オマエは攻撃に集中しろ！」

フエゴレオンはサラマンダーから飛び降り、ユノたちの元へと着地する。ノゼルも銀翼の大鷲に乗ってヤミの横に舞い降り、四人がその場へと並び立った。

紅蓮の獅子王。銀翼の大鷲。そして黒の暴牛。

各団を統べる大魔法騎士の三人と、金色の夜明けの副団長がひとり。

この四人が手を組めば、勝てない相手などいないだろう。

「アァァァァァァァ・ハァァァァァァァァ……」

たとえ相手が、魔法帝だったとしても……！

ユノが強くそう思っていると、火の海の中から、球体の結界に守られたジェスターが、気だるそうにこちらへ歩いてきた。

「ダリぃんだよ、死にぞこないどもが……」

結界を消し去った彼は、挑発的な表情で地面を指差しながら、

「ここにいる連中はなぁ、要塞の動力にするために、ずぅ〜っと魔力を吸収して生かしてやってたんだよ。そいつらだってもう、搾りカスみてぇな魔力しか残ってねぇ」

彼の言うように、団長たちの顔には疲労の汗が浮かび、その全身は傷だらけだ。

その姿をあざ笑うかのように、ジェスターは挑発的に喋り続ける。

「それが？　根性論で魔力が上がんのかよ……あぁ⁉」

ジェスターの背後の炎が一瞬で消し飛び、その奥から武器の大群が姿を現した。

「限界がどうのって、いますぐ強くなれるわけねーだろ⁉」

対するユノは険しい表情で、しかし、口元には笑みを張り付けて、一言。

「そんなことも知らないで魔法帝やってたのか？　ありえねー……」

「…………っ上・等だゴラアアァァァァッ‼」

ジェスターの背後の武器群が、一斉にユノたちへと襲い掛かった。

「炎魔法〝爆殺散弾魔球(ばくさつさんだんまきゅう)〟!!」

　マグナの手から放たれた火の玉が無数に分散し、不規則な軌道を描きながらエドワードへと向かっていく。エドワードは氷魔法で防御すると、その氷を氷柱に造り変えて発射した。

　氷柱の切っ先がマグナにたどり着く直前、ゾラの魔法陣がそれを止め、そのまま回転して魔法を吸収する。

　さらに魔法陣が逆回転を始めると、吸い込んだ氷柱が倍の太さとなって、勢いよく飛び出ていった。彼が得意とするカウンタータイプの罠(トラップ)魔法だ。

　上空に飛び立ってそれを避けるエドワード。その背後にラックが肉薄し、首元を目掛けて鋭い蹴りを放った。

　雷魔法で強化したその蹴りを、しかしエドワードは軽々と受け止め、掴(つか)んだ場所に氷の魔法をかける。すると、ラックの身体は見る見るうちに氷漬けになっていった。

「！」

　直後、エドワードはわずかに目を見開く。氷漬けになったはずのラックが、何事もなかったようにその氷の上に着地し、再びエドワードに蹴りを放ったからだ。

その肩には、バネッサの糸魔法で創成された赤い猫、ルージュが乗っている。

バネッサの運命操作で、『氷漬けになる未来』を回避したのだ。

今度こそラックの蹴りはエドワードにヒットし、その身体を地面に吹き飛ばしていった。

その先の地面には、ノエルが初級魔法で作った大きな水たまりがある。

「来たっ！　グレイ！」

「は、ははははは、はいっ！」

ノエルが叫ぶと、水たまりの淵にいるグレイは、そこに手をかざし、

「マジックコンバート！」

彼女の魔法は、付近にある魔法を違う魔法へと変身させることが可能だ。グレイがかざした手を起点に、水たまりが煮えたぎる溶岩の沼へと変身していった。

そこへ落ちてきたエドワードだったが、その足が沼に触れる直前、溶岩が逆立ったつららのように凍り付き、そこから徐々に氷が広がっていく。

一瞬にして溶岩の沼を銀板へと変えた彼は、何事もなかったようにそこに着地した。

グレイが腰でも抜かしたように「ひ、ひいぃいぃっ！」とお尻をつくと、その隣にゴードンがやってきて、魔法で毒の液体を創成した。

それは瞬く間にアナグマの姿となり、俊敏な動きでエドワードを襲う。

エドワードは軽く手を振って冷気の風を発生させた。それは毒のアナグマを瞬時に氷漬けにし、さらにゴードンとグレイにも迫っていく。

風がふたりを襲う直前で、ゴードンの横にはフィンラルの空間魔法が、グレイの横にはゴーシュの鏡が出現し、ふたりはその中に飛び込んで難を逃れた。

「た、たた、助かりました～！」

グレイは半べそをかきながらゴーシュに抱きかかえられ、ゴードンも空間魔法のポータルからずるりと落ちてくる。

その場所には黒の暴牛の面々がそろい、険しい表情でエドワードを見ていた。

「……大した魔法はまだ使えないけど、魔導書なしでも、これくらいならなんとか持ちこたえられそうね」

ノエルがそう言うと、身構えたネロが正面を見ながら、

「ええ……蘇った魔法帝も、この国を滅ぼす魔法も、アスタが断魔の剣で帝剣に触れることができれば、すべて無効化できる……」

ネロが見据える先の冷気の煙の中に、うっすらとエドワードの影が現れ、それが徐々に近づいて来る。

「それまで、私たちは敵を足止めできれば、それでいい……」

やがて煙の中から姿を現したエドワードは、良く通る声で一同に告げた。

「実に哀れ……悪いことは言わん。降参せい」

ブワッ、と、エドワードの頭上で冷気の煙がいっきに晴れていく。

そうして姿を現したのは、コロシアムでも彼が展開していた氷の方陣だ。

それは凄まじい速さで回転し、魔力を溜め込んでいるようにも見えた。

「そしてどこか、儂らの目の届かん所に行ってくれぬか？」

「ハッ、随分お優しいことで。アンタらの目的は、オレたちを殺すことじゃねえのかよ？」

ゾラが皮肉交じりに質問を返すと、彼は立ち止まりながら静かに応じる。

「主らが私腹を肥やすことしか考えておらぬ、貴族や王族のような連中ならば、容赦なくそうしよう」

「……？」

エドワードの言葉の途中で、ノエルはおぼろげながらも感じ取った。

彼の周りで、子どものような姿のなにかが、楽しそうに走り回っているような気配を。

姿かたちは見えない。しかし、視覚ではなく感覚としてそれを捉えたのだ。

魔法は術者の感情の影響を受けることがある。エドワードの思い出が強い感情になって、彼の魔力になにかしらの影響を与えているのかもしれない。

しかし、この冷厳な男に、なぜ子どものイメージが……？

「……しかし、主らの心は彼ら（きやつ）のように穢れ（けが）てはおらぬ」

ノエルの場違いな思考をよそに、エドワードはそう告げてから、

「退け（ひ）。儂らの邪魔立てをせぬというのなら、ここは見逃してやる……」

一同に向けて、最後通牒のように言い渡した。

なぜかは分からないが、自分たちはエドワードの殲滅（せんめつ）対象から外れているらしい。

……そう。『自分たち』は。

「あはは……それってつまり、この国が壊れるのを、黙って見てろってことだよね？」

ラックがそう言って、ノエルは敵意を乗せた視線をエドワードに戻した。

ゴードンも軍帽を直しながら彼を睨み据え、

「だったら……」

「「「「「死んでも退くわけにはいかねぇだろッ（ないでしょ）!!」」」」」

語尾はそれぞれのもので、異口同音に決意表明を放つと、一同はエドワードへと襲い掛かっていった。

「愚かとは、哀れ也（なり）……」

そんな彼らを眺めながら、エドワードはそう言わずにはいられなかった。

死とはあくまでも、救済の最終手段だ。心が穢れ切っている者たちは、死してマナに戻ることでしか、その穢れを濯(すす)ぐことができないのだ。

しかし、先ほどにも言ったように、彼らの心は穢れていない。

かつてエドワードが、明るい未来を授(さず)けたいと願った、あの子どもたちのように。

彼らと黒の暴牛を重ねるようにして、エドワードは遠い過去の記憶を想起(そうき)する。


晴れ渡った空の下、柔らかな風に木々が揺れている。

木漏れ日(こもれび)が差す地面の上を、子どもたちが元気に走り回っていた。

その近くにある竈(かまど)では、他の子どもが火入れをして、朝食の支度をしている。

朝の礼拝(れいはい)を済ませたエドワードは、ゆっくりと教会のドアを開けた。

エドワードに気づいた少女のひとりが、こちらに駆け寄ってきた。

その頭を優しく撫(な)でると、彼女は幸せそうに笑いながら、エドワードに花冠を差し出す。

『しんぷさま！　私たちね、しんぷさまに拾ってもらえて、ほんとうに——』

「……氷楔魔法(ひょうせつまほう)〝氷獄世界の懺悔室(ワールドエンド・チャーチ)〟」

蘇ってきた光景と感情をかき消すように、エドワードは魔法を発動した。

すると氷の地面が爆発するように崩壊し、冷気の煙や氷の破片が巻き上がる。先行していたラック、マグナ、そしてゴードンは、小さく呻きながらその煙の中に呑まれていった。

爆発の反動で地面から溶岩が噴き出し、空中で波のように広がっていく。

しかしそれは根元から氷漬けになっていき、一瞬で砕け散った。

その破片がダイヤモンドダストのように降り注ぐ中、エドワードの魔法が形を成していく。

「この程度の魔力で儂を抑える気になっているとはの……」

尖塔が、柱が、外壁が。氷の地面から徐々に突き出てくる。

最後に、氷の方陣が薔薇窓のように嵌めこまれて完成したその建物は、巨大な教会だ。

「儂のマナゾーンは、その空間の温度を零下にまで下げることができる」

その言葉を裏付けるように、大地が溶岩ごと凍っていき、はるか遠くの火山まで氷漬けにしていく。

活火山が乱立する火山地帯が、あっという間に氷の大地へと変貌してしまった。

「未熟な者は、この空間では呼吸すらままならんだろう」

先行した三人の下半身は完全に凍り付き、その場に足止めされている。

「ぬぎぎぎ……う……ご、けぇ～～っ！」

マグナは前にも進もうともがくが、その身体には徐々に霜が張っていった。

あまりの魔力に、マナスキンの維持もままならず、ノエルの全身も凍り付いていく。他の面々も苦しそうに膝をつき、黒の暴牛の動きが完全に止まってしまった。

「解せん……主らも世界に虐げられてきた者のはず」

教会を背に浮遊しながら一同を見下ろすエドワード。教会の上空だけ曇り空が晴れ、神々しい光が降り注いでいる。

「なぜ儂らの考えを否定するのか……？」

「ふざけ、ないで……！」

霜に覆われつつある身体を酷使して、ノエルは立ち上がった。

「みんな、一生懸命生きているのよ！　辛くても必死に立ち向かっている……」

なけなしの魔力を振り絞り、マナスキンを発動させながら、完全に身を立て直す。

「そんな人たちの命を奪う権利なんて……アナタにないわ!!」

「…………」

決死の声に対して眉をひそめてから、静かに瞑目するエドワード。

その瞼の裏には、子どもたちを失った時の記憶が、鮮明にフラッシュバックされる。

「そう……誰の手にもないが故に……」

目の前には燃え盛る教会。

エドワードは敵からの攻撃を受け、顔から血を流して地面に倒れ伏している。

それでも、崩れた教会に向けて必死に手を伸ばした。

その先には、教会の瓦礫(がれき)に挟まれ——こと切れている女の子の手が、あった。

彼らは戦火に巻き込まれ、命を落としたのだ。

「なくても、やらねばならん」

エドワードは神への信仰を捨てている。

いくら祈りを捧げても、願っても、大事な者たちを護ることができなかった。

人を救えるのも、裁けるのも、人だけなのだ。

故に、誰かがやらねばならないのだ。

そう。誰かが……！

「魔力無き者や、異端の者が、笑って暮らせる世を作るためにはな」

「だからって、こんなやり方……かはっ！」

ノエルがせき込みながらくずおれ、マナスキンも霧散した。

それと同時、曇り空の穴から屈強(くっきょう)な氷の巨人が舞い降りた。十字の兜(かぶと)を被(かぶ)り、翼(つばさ)を生やしたその姿は、神々しくもどこか禍々(まがまが)しい、堕天使(だてんし)を彷彿(ほうふつ)とさせるフォルムだ。

「弱さもまた、哀れ也……」

ズシン、と、地に降り立った堕天使を背に、エドワードは祈るようにそう告げた。

✤

メレオレオナは、砂漠の上を飛ぶように疾走していた。

「うおおおおおおお!!」

ところどころにいる魔法兵士は無視し、プリンシア目掛けて一直線に突っこんでいく。

彼女の獰猛(どうもう)な笑顔が目前に迫った時、プリンシアはサーベルを顔の前に構え、

「軍隊(レギオン)魔法〝女帝の影武者(ブリンク・キャスリング)〟」

「はぁッ!」

魔法が発動された直後、メレオレオナの正拳突きがプリンシアを捕え、爆炎と煙が広がる。

が、その拳が貫いたのは、魔法兵士の一体だった。

「!……うっ!」

怪訝(けげん)な顔で魔法兵士を睨んでいると、右の肩口に鋭い痛みが走る。

すぐさま振り向くと、そこには血の付いたサーベルを構えたプリンシアの姿があった。

どうやら彼女は、魔法兵士と自分の位置を入れ替え、その隙をついてメレオレオナを刺したらしい。

「無駄だ。貴様が私にたどり着くことはない」

メレオレオナはプリンシアに殴り掛かるも、再びプリンシアと魔法兵士の位置が入れ替わり、それと同じ光景が何度も繰り返された。

その攻防に飽き飽きとし、メレオレオナが不満顔を浮かべながら動きを止めた、その時、
ズブッ。

しゃがみ込んだプリンシアが、下から突き上げるようにして、メレオレオナの腹を背後からサーベルで刺し貫いた。

「眠れ」

プリンシアが酷薄に告げると、メレオレオナはしばし動きを止め……。

「……断る*!!*」

獰猛な笑みを浮かべると、サーベルを鷲掴みにした。

ようやく、捕まえることができた。しかしその気になれば、プリンシアはここからでも魔法兵士と入れ替わることができるだろう。

だったら……*!*

「すべて燃やし尽くせばいいだけの話だ!!」

メレオレオナの全身から、燃え上がるように魔力が立ち昇る。

「マナゾーン・全開!!」

その熱気が爆発的に広がっていき、周囲にいた魔法兵士たちの身体に焦げ跡や穴が刻まれていった。そして——。

「炎魔法〝灼熱腕〟煉獄!!」

メレオレオナを爆心地として、爆発が巻き起こる。

それは凄まじい速度で燃焼範囲を広げ、周囲にいた魔法兵士はもちろん、遠方で待機していた軍勢まで、容赦なく焼き尽くしていった。

「さあああああ!! 遊んでもらおうかああぁぁぁぁぁァァッ!」

爆炎の中、メレオレオナはサーベルを握り潰すと、しゃがんだままのプリンシアに向けて拳を叩き込んだ。

ドガアアアアアアアアンッ!

先ほどの爆発をかき消すほどの大爆発が発生し、大きな火柱が空へと昇る。

それらは黒煙となって、まだ夜明け前の空に残っている月を隠した。

やがてその黒煙も晴れ、露わになったプリンシアは……。

「……貴様、確かメレオレオナと言ったな」

鎧のような魔法を纏った左手で、メレオレオナの拳を受け止めていた。

「この私に拳を使わせるとは……」

無表情で塗り固めていた彼女の口元に、初めて笑顔が刻まれる。

メレオレオナと同じくらい、獰猛で、好戦的な笑顔が。

「貴様は本当に……面白い」

ゴガッ！

メレオレオナの顎に強烈な右の拳が叩き込まれ、彼女の身体は黒煙を割りながら空へと吹き飛んでいく。

やがてその身体が雲を割り、月と重なる高度にまで打ちあがったところで、高速移動してきたプリンシアが、組んだ両手を振り下ろして墜落させる。

今度は凄まじい速度で落下するメレオレオナだったが、空中でプリンシアに飛び蹴りをぶち込まれ、砂漠の岩場に叩きつけられた。

「あはぁ、あはははは、はははぁ！　あはははははは‼」

新しい玩具を与えられた少女のように、あるいは、新たな標的を見つけた殺人鬼のように。

プリンシアは、無垢で歪な笑い声を響かせる。

メレオレオナは飛び石のように砂漠の上をバウンドしながら吹き飛んでいった。

「これを使う相手は滅多に現れない」

ようやく止まることのできたメレオレオナが、煙を吹き飛ばしながら立ち上がると、月を背に浮遊しているプリンシアが視界に映り込む。

その全身は、鎧のような魔法に覆われていた。

「いいぞ、メレオレオナ！　私が認める！　貴様は強い!!」

プリンシアが認めた相手と戦う時にのみ発動する、戦闘能力を強化する魔法の鎧だ。

その顔に鎧の甲冑が被さり、目元が覆われていく。

露出している口元に大きな笑みを浮かべたまま、姿勢を沈み込ませ、

「この私の次に、だがな！」

プリンシアは、メレオレオナへと突っ込んでいった。


「おらぁッ！」

「ア・ハーン！」

ユノの目の前では、ヤミとジェスターの剣戟が繰り広げられている。

ヤミの動きは、良いとは言えない。その剣撃はいまいち精彩を欠き、普段のように魔法を連

発することもできないようだ。対するジェスターは余裕の表情で彼の攻撃を受け、フエゴレオンとノゼルの魔法攻撃もいなし続けていた。

その攻防を見て、ベルがユノの心に直接訴えかけてくる。

『どうするの、ユノ!?　このままじゃヤミたちが保(も)たないわ！』

「……分かってる」

ユノは焦(あせ)っていた。先ほどから、団長たちが何度も攻撃のチャンスを与えてくれているというのに、それを一度も活かせていないからだ。

焦りに駆(か)られるように、ユノはジェスターに向けて駆けだした。

無防備なその背を狙い、剣を振りかぶる。が……。

「！」

剣を振り下ろそうとした瞬間、ジェスターはこちらを振り向き、ニヤリと笑う。

この攻撃も読まれている……！

そう気づいた時には、ジェスターの反撃を食らい、ユノは地面をバウンドしながら吹っ飛んでいった。カウンターで、しかも不意を突かれた一撃だ。そのダメージは計(はか)り知れない。

……そう、思われたのだが。

「……!?」

吹っ飛ばされた先では、倒れ込むユノをフエゴレオンが支えており、ユノの前にはノゼルが膝立ちしていた。

「……っく！」

「ノゼル団長！」

ジェスターの一撃を食らったのはノゼルだ。彼はユノが攻撃を受ける直前に割り込んで、その身を挺してユノを庇ったのだった。

彼の横っ腹に刻まれた刀傷を見てから、ユノはさらに焦る。

普段は怜悧冷徹な彼が、身を削ってまでユノを庇っているのに、自分はなにもできない。

考えろ。考えろ。敵の意表をつく方法を。有効打に繋がる新たな攻撃手段を……！

まとまらない思考がぐるぐると廻るが、とにかく攻め続けなければならない。ユノは腰を浮かし、再びジェスターに立ち向かおうとするが、

「……ユノ」

フエゴレオンの大きな手に肩を掴まれて、引き戻された。

「できないことをしようとしなくていい……オマエは強い」

そう言ってユノに向けられた彼の瞳には、全幅の信頼が寄せられているように思えた。

「いま一度、自分にできることと向き合ってみろ」

「………」

呆然（ぼうぜん）とするユノの背中を押すように、ノゼルもいつも通りの口調で、

「私たちの心配など、するな……」

告げてからユノの前へ進み出ると、彼の横にフエゴレオンも立ち並んだ。

「……フ――……」

団長ふたりの大きな背中を見上げながら、ユノは大きく、長く息を吐く。

尊敬する団長のふたりが、ユノに信頼を置いてくれている。

ユノの力ならできると、信じてくれている。

だったらやることはひとつだ。

「……もう少しだけ、時間を稼（かせ）いでください」

ユノが信じた人たちが、ユノを信じてくれている。

だからユノ自身も、自分の力を信じるのだ。

ユノはゆっくりと立ち上がると、口元の血をぬぐった。

「……次の一撃で、決めます」

ユノはもう、焦っていなかった。

キューブの上で、ヤミとジェスターの攻防は続く。

ヤミが大きく飛び退ると、サラマンダーの炎がジェスターの周囲に放たれ、一面が火の海と化した。

「ヘイヘイ髭面マッチョ！　威勢がいいのは最初だけかぁ～？」

炎の壁に囲まれながら、ジェスターが挑発するように呼び掛ける。すると彼の背後の炎を割って、ヤミがジェスターに躍りかかっていった。

背後を狙ったその一撃を、ジェスターは予見していたように剣で受け、そのままヤミを追撃していく。

「くっ……あだ名のセンスねえなぁ！」

振り下ろされた剣を、ヤミは刃でどうにか受け止めた。が、堪えきれずに立ち膝となり、足元の床もミシリと砕ける。

「どー見たってキューティー&ガーリー系マッチョだろうが……よっ！」

ヤミは刃を傾け、反射させた光をジェスターの目に当てた。そうして視界を奪った一瞬の隙に、ジェスターの真上から、フエゴレオンが拳を振りかぶりながら急降下していく。

ヤミが反射したその光は、精霊の炎で象られたフエゴレオンの右腕だ。

「おおおおお！」

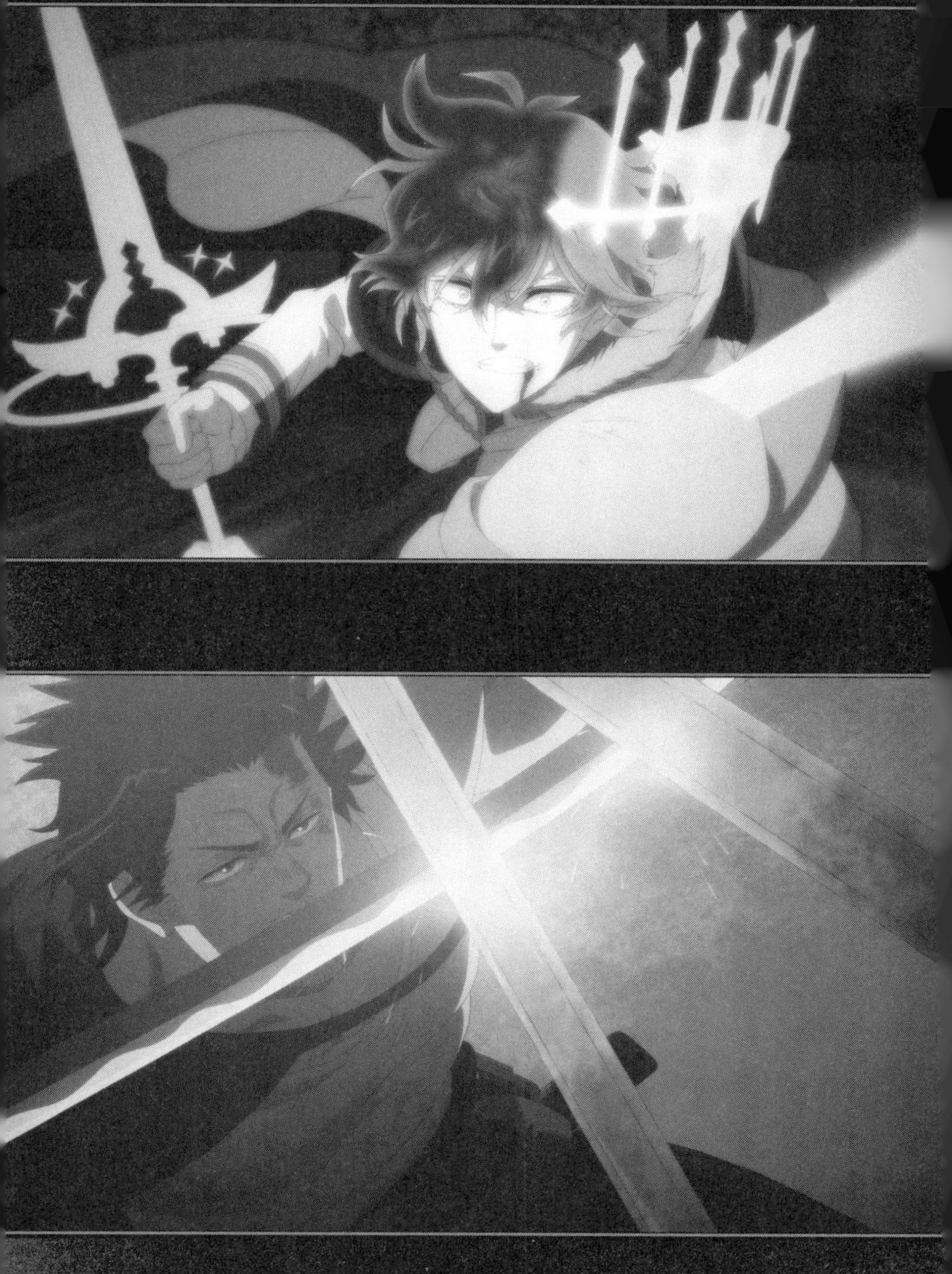

フエゴレオンが雄叫びを上げると同時に、地面から無数の水銀の針が出現し、ジェスターを囲むように迫っていった。

キューブの裏側にいるノゼルが、キューブに長い針を突き刺し、貫通させてジェスターを狙っているのだ。

上下左右を囲まれたその状況で、ジェスターは冷静に魔力を操作していく。

結界魔法とは、魔力を圧縮して作り上げるものだ。

それと同じ要領で、多量の空気を圧縮し、ジェスターの周囲に留めていく。

そして、それをいっきに爆発させた。

ジェスターを中心として衝撃波が発生し、水銀と炎が消し飛ぶ。

フエゴレオンも吹き飛ばされて上空のキューブに激突し、キューブの裏側にいたノゼルも衝撃で墜落していった。

ヤミは刃を寝かせて衝撃に耐えていたが、やがて吹き飛ばされてキューブの一つに叩きつけられていく。

「……？」

一瞬にして団長三人を打ち破ったジェスターだったが、その直後、
ジェスターの背後で、暴風が吹き荒れる。

振り返ると、〝スピリット・オブ・ゼファー〟を中下段に構えたユノが、風の魔力を立ち昇らせながらこちらを睨んでいた。

激しい風のなびきを受けながら、ユノは剣の切っ先をジェスターに向ける。

「ハ。バカのひとつ覚えが……」

その言葉通り、ユノは力強い踏み込みでジェスターの方へ突撃してきた。

ジェスターは片手で結界を展開し、いままでと同じように余裕でそれを防ぐ……が、

「!?」

初めて、結界に小さなひびが入った。ジェスターは両手を使って結界を強化する。

ユノは押し返されそうになったが、さらに膨大な魔力を使ってそれに対抗した。

（コイツ……この一撃に全魔力を注ぎ込んで……!?）

ヤミはその様子を遠巻きに見ながら豪快に笑う。

「わはは！　結局力でゴリ押しかよ！　泥くせぇことやってんなあ、イケメンくん！」

ヤミの言葉通り、ユノはもう、小細工することをやめた。

全身全霊の力を込めて、まっすぐ敵に立ち向かう。

ユノのよく知る誰かだって、きっと同じことをするはずだ。

「「………………っ！」」

ユノとジェスターの力は拮抗している。

強力な力場と力場が衝突し、その衝撃波がどんどん広がっていった。

台風の目の中で、ユノは懸命に剣を押し続けている。

決死の表情で。一瞬たりとも力と魔力を弱めず。ただ愚直に。

すると、徐々に、徐々にだが……。

パキン……パキン！

結界に、ひびが入り始めた。

それに対して反応するよりも早く、ジェスターが「クフ、クヒヒヒヒ……」と、不気味な笑い声を上げ、そして――。

「オモシレーじゃ・ねえかよおおおおぉぉぉぉぉォォォォッ!!」

その背中から、膨大な数の武器を生み出していった。

それは何本もの巨大な奔流となり、瞬く間に空間を埋め尽くしていく。

やがて天井に届きそうなほどの大きさに膨れ上がった武器の奔流は、のたうつ大蛇のように暴れ回り、壁や天井をめちゃくちゃに攻撃し始めた。

Lumiere Silvamillion Clover

ルミエル・シルヴァミリオン・クローバー

初代魔法帝　光魔法

魔神の骨の上。

かつてルミエルの像が立っていた場所に、コンラートは自身の足跡を重ねた。

「この国をずっと、守っていたというわけか……」

かつて夢を語り合った時、その場所にはルミエル像があり、横にはユリウスがいた。

いまは、コンラートひとりだけだが。

「……ルミエル。アナタの思い描いていた世界を」

初代魔法帝に。そして、胸元のネックレスに誓うようにして、

「オレが、実現してみせる……！」

コンラートがそう言いきると、そのはるか上空で。

——コンラートのすべてを否定するような声が、響き渡った。

「コンラートオオオオォォォォッ!!」

断魔に乗ったアスタが、猛スピードでこちらに接近してきたのだ。

「来たか……！」

招かれざる客の登場に、しかしどこか高揚感を覚えながら、コンラートも叫び返した。

「アスタアアアァァァッ！」

コンラートを起点として放射状の光が放たれ、それが扉の形に変化していく。

「くっ！」

光の扉から光線が飛び交い、アスタの進行を阻む。その隙に、コンラートは帝剣をゆっくりと掲げていった。まだ魔法の融合は完璧ではないが、計画の達成になんら支障はない。

クローバー王国を消し去るという、この計画に……！

「一足遅かったな、アスタ」

「やめろォッ！」

必死で叫ぶアスタをあざ笑うかのように、コンラートは帝剣を魔神の骨の上……特異点に突き刺した。

「これで、終わりだ！」

バシャアアアアアァァァァッ！

魔神の骨に光の柱が昇り、凄まじい衝撃波が巻き起こる。

アスタは吹き飛ばされ、骨に隣接している地面もめくれ上がっていった。

その衝撃を一身に受けながら、コンラートは帝剣を突き立て続けている。

手の皮は剝がれ、激痛による冷や汗を滲ませ、それでも、なお。

歓喜に打ち震えながら、その言葉を口にした。

「この世界にとっては『始まり』だがな……！」

大地に亀裂の形の光が奔り抜け、その亀裂に沿うようにして地面が割れていった。

暗雲に包まれた空に、次々と光の柱が立ち昇り、柱の根元を起点として大地が崩落していく。

その現象は瞬く間に広がっていき、はるか彼方の空まで光の柱が昇っているのが見えた。

「ハア……ハア……ハッ……！」

地面の上で起き上がったアスタは、崩れゆく世界を見ながら荒い呼吸を繰り返す。

間に合わなかった……！

アスタの目に入る範囲だけでも、こんなとんでもないことになっているのだ。他の街やハージ村……いや、クローバー王国全土が大変なことになっているに違いない。

どうすればいい。どうすれば、この地獄を止められる……!?

「諦めろ、アスタ……帝剣の魔法を特異点に撃ち込んだのだ」

追い込まれていくアスタの正面で扉魔法が展開され、その中からコンラートが姿を現す。

「もう誰にも、この国の崩壊を止めることはできない」

傷ついた手を魔法で癒しながら、勝ち誇ったように言う彼。

しかしその声は、アスタに届いていなかった。

アスタの目線の先にあるのは、魔神の骨に突き刺さったままの帝剣。

あれさえ、どうにかすれば……！

「……まだだ！」

アスタは腕を掲げ、宙に浮いていた断魔をその手に引き寄せた。

この地獄を終わらせる唯一の方法。それは……！

「あの剣引っこ抜いて、オマエもぶっとばすッ!!」

アスタには難しいことはよく分からない。

しかし目標さえ定まれば、そこに向かって、どこまでも突っ走れるのだ。

「オレは滅茶苦茶しつこいし、やるって決めたことは死んでもやる！　オマエの方こそ諦めろおッ!!」

対するコンラートも、その瞳に揺るがない決意を滲ませて、アスタをまっすぐに見据えた。

「ならば、オレの言うことも分かるはずだ、アスタ……」

——滅びに向かう世界の中心で、アスタとコンラートは同時に叫んだ。

「「諦めないのが、オレの魔法だ!!」」

遠い昔の記憶の中で、プリンシアは死体の山の上に立っていた。

プリンシアの魔法の餌食(えじき)となった、ダイヤモンド王国の兵士たちだ。

彼女を遠巻きに眺(なが)めているのは、クローバー王国の騎士団だったが、その目に敬意や憧憬(どうけい)などはなく、怯えるような表情を浮かべたり、冷や汗交(ま)じりの笑顔を取り繕(つくろ)ったりしている。

誰も、プリンシアの強さにはついて来られない。

誰も、プリンシアの隣にいる者はいない。

プリンシアは目深(まぶか)に軍帽を被(かぶ)り、目元を隠した。

「……貴様(きさま)のような者が傍(そば)にいれば、私の孤独も紛れたかもしれんな」

回想を終えたプリンシアは、もの悲しげな笑顔でそう語り掛けた。

もっとも、その声に応える者はいない。

「なあ……メレオレオナ」

彼女の目の前にいる人物……メレオレオナは、ボロボロの身体(からだ)で砂に埋(う)もれ、気を失っているからだ。

しばし無言でメレオレオナを見つめてから、プリンシアはきびすを返す。

彼女もまた、プリンシアの強さにはついて来られなかったのだ。

少しばかりの虚(むな)しさを胸に、プリンシアがその場から離れようとした時、ドオオオォォォォォォォンッ！

その背後で、強烈な光の柱が立ち昇った。

プリンシアは、自分でも驚くほどの歓喜(かんき)を覚えながら振り返る。

光の中心にいるのは、メレオレオナ。

「オイ。まだ、勝負は……」

そう言って彼女は血を滴(したた)らせながらも、しっかりとした足取りで立ち上がり、

「終わってないぞおおおおぉぉぉォォォッ!!」

いきなり、プリンシアにドロップキックをぶちかましたのだった。

「バカな……力が増している⁉」

蹴り飛ばされたプリンシアは、地面を削(けず)りながら着地して驚きの声を上げる。戦闘不能にするには十分なダメージを与えたはずだ。ここにきて攻撃の威力が上がるなどありえない。

いや、それ以前に、

「貴様……なぜまだ動ける⁉」

「…………」

メレオレオナは、気絶中に見ていたおかしな夢を思い出す。

良く晴れた空の下、メレオレオナはひとりで佇(たたず)んでいた。すると、ヤミやアスタ、レオポル

ドや他の紅蓮の獅子王団員たちが、メレオレオナを追い越していくのだ。

「げ、アネゴレオン……」「オッス、メレオレオナ様！」「姉上、おはようございます！」「「「おはようございます、メレオレオナ様！」」」

皆が皆、思い思いの言葉で親しげにメレオレオナに声をかけていく。

そして、最後にやってきたのは、

「……姉上」

莫迦真面目の堅物にして、紅蓮の獅子王団団長、フエゴレオン。

『最強』の称号に相応しい強さを持つ、メレオレオナの弟だ。

夢で見た、彼が歩き去っていく姿を思い浮かべてから、ドン！　と胸に拳を当てた。

「根性だあああぁぁぁぁぁぁぁッ!!」

叫んでから、プリンシアに向けてずんずんと歩き進んでいく。

メレオレオナを追い越していった者たちを、再び追い抜いていくように。

「それに！　こんなところで死んでいるようでは！　アイツらに笑われてしまうからなぁ！」

メレオレオナの全身が炎に包まれ、やがて身体そのものが炎へと変身していく。

〝業火の化身〟となったメレオレオナは、凄まじい速度でプリンシアに突っ込んでいった。

その突進をのけ反って躱したプリンシアは、すぐさま体勢を立て直して構えを取る。

メレオレオナもまた、地面に降り立って拳を構えると、

ゴガァッ!!

凶暴な笑顔を突き合わせた女戦士ふたりは、凄まじい打撃音を伴って、互いの拳を互いの顔面に叩き込んだ。プリンシアの顔の鎧が砕け散り、嬉々とした笑顔が露わになる。

そのクロスカウンターを皮切りとして、苛烈な拳の応酬が始まった。

「それともうひとつ……最強で在り続けねば、張り合えんやつがいるものでなあ!!」

魔法騎士団員の先達として。団長として。未踏を行く者として。

――そして、最強たる弟の姉として。

メレオレオナは、強く在らねばならないのだ。

その思いを乗せた拳が、プリンシアの胸元に突き刺さり、彼女を押し倒すように地面に叩きつけた。

巨大な爆発が巻き起こり、割れた地面の中に突き落とされたプリンシアは、岩盤を砕きながらより深くまで落ちていく。

「仲間を糧として立ち上がる、か……確かに私にはできん芸当だ」

深く、深く落ちていきながら、プリンシアはどこか羨むようにそう呟く。

プリンシアにも愛する人たちがいた。

彼らの生活さえ守ることができれば、他になにもいらなかった。

しかし、プリンシアが戦争に赴いている最中、敵の暗殺部隊の襲撃を受け、皆殺しにされてしまった。

戦う理由も、生きる理由すらも失い、プリンシアは空っぽになった。

あの時、その隙間を埋めてくれる誰かが、隣にいたのなら……。

「だが……！」

胸に浮かんだ淡い思いを断ち切るように、プリンシアは手を掲げ、魔法を発動した。

すると、地平線の彼方から夥しい数の魔法兵士たちが押し寄せ、空に向かって山のように伸びていく。

「見事だメレオレオナ！　この私が拳で敗れるとはな……！」

プリンシアは魔法兵士の山に合流すると、その身体を次々に吸収していった。

それが徐々に肥大化し、巨大な手となり、足となり、そして……！

「貴様なら……！」

雲にも届きそうなほどの巨大な魔法兵士が、メレオレオナの前に立ちはだかった。

「本気の私と勝負ができるかもしれん!!」

巨大魔法兵士と一体化したプリンシアは、久々に、心の底から笑った。

✤

空中要塞の闘技場の上空。結界魔法で創成した巨大な砲門を背にしながら、ジェスターはうんざりしたように言う。

「あ～……ったく。つえーよ、オマエら……奥の手まで使わせやがって」

上半身の服は吹き飛ばされ、ユノの剣でダメージを受けた胸は、結界魔法の結晶で覆っている。舐めていた相手を前に、こんなみじめな姿を晒すとは思ってもみなかった。

とはいえ、彼らは本当に強い。あの量の武器の嵐を潜り抜け、いまも四人そろってジェスターを睨み上げているのだから、なおさらにそう思う。

そんなふうに感心していると、ユノが勢いよくジェスターに飛びかかって来た。

「オレが魔法帝やってる頃だったら、側近にしてやってたかも……な！」

ジェスターがユノに向けて手をかざすと、砲門の中にマナが収束して溜まっていき、瞬く間に巨大なレーザー砲となってユノへ撃ち出された。

ユノはレーザーの直撃を受けるが、風魔法で相殺し、その中を突き進んでいく。

「オマエたちは……間違ってる!!」

「……ざけんなよ」

ユノの台詞に、いつものような軽口を返すことはせず、ジェスターは固い声で吐き捨てた。

「なにが正しくて、なにが間違ってるかなんて、誰にも分かんねえんだよ！」

武器の奔流でユノを攻撃しつつ、ジェスターは吠えて返す。

先ほどのユノの言葉だけは、受け流すことができなかったのだ。

ジェスターは、繰り返される戦争に終止符を打つため、ダイヤモンド王国、ハート王国、スペード王国、そしてクローバー王国――すべての国を『ひとつ』にすることを画策した。

前人未到の『四国制覇』を実現するため、行動を起こした唯一の魔法帝だ。

が、そんな気宇壮大な目標を持つようになったきっかけは、たったひとつの約束だった。

オレが魔法帝になって、戦争を終わらせてやる。もう誰もなにも奪われねえ。誰も死なねえ。最強の国を作る……と。

戦争で死んでいった親友たちと、約束をしたからだった。

彼らの形見である胸の徽章に、逃げずに戦い抜くと誓ったからだった。

ユノたちにとって、この世界を守ることは、きっと『正しいこと』なのだろう。

しかし自分たちのように、この世界の在り方に押し潰された者たちも、確かにいるのだ。

彼らのために、この世界を変えようとすることは、間違ったことなのだろうか？

散っていった親友たちのために戦うことは、間違ったことなのだろうか？

「オマエらと一緒だ！　コンラートもオレらも、オレらなりの信念持って……」

ユノが武器の奔流に気を取られている隙に、砲門そのものをユノの眼前まで移動させる。

そして至近距離からレーザー砲を放つべく、砲門に魔力を収束させていった。

「喧嘩してんだよおおォォッ!!」

「――分かるぜ。そういう喧嘩に、合ってるも違うもねえよな」

その時、銀翼の大鷲に乗ったヤミとノゼルが、猛スピードで砲門へと迫っていった。

「ただ護りてぇもん護るために……！」

ヤミが刃を水平に振るうと、その刃先から水銀の刃が鋭く伸びる。

それを大きく振りかぶりながら大鷲から飛び降りると、サラマンダーに乗ったフエゴレオンがやってきて、ヤミの刃を灼熱の炎で包んでいった。

皆の力を束ねるようにして、ヤミは叫んだ。

「どっちも踏ん張るだけだッ!!」

「「合体魔法〝次元斬り・灼光〟」」

炎と水銀、そして闇を纏って振り下ろされたその刃は、巨大な砲門を一刀両断し、その斬撃がジェスターにも迫る。

「…………っ」

斬撃がたどり着くまでの限りなく短い時間で、ジェスターは思う。

ヤミの言う通り、戦争に正しいも間違っているもない。

思いや覚悟、そして積み上げてきたものなど、互いのすべてをぶつけあうだけだ。

まさか自分たちのそれは、彼らに負けて……!?

「ぐううぅああああああああぁぁぁぁアアアッ!!」

斬撃がジェスターに食らいつき、空中要塞の上空で大爆発が巻き起こる。

やがてその煙が風に流されていく。すると、切り裂かれた部分を結界魔法で覆い、肩で息をするジェスターの姿が露わになった。

「負けねえ……こんなもんじゃ、オレは負けねえ……!」

「残念だったな」

「!!」

いきなりジェスターの正面の煙が吹き飛び、その中からユノが飛び出てくる。

（アスタ……技(わざ)借りるぞ）

ユノは〝スピリット・オブ・ゼファー〟を突きの構えに持ち替えた。

〝片角(ワンホーン)ブル・スラスト〟。負けず嫌いの幼馴染(おさななじみ)が得意な技だ。

それとよく似た刺突を、ユノは全身の力を込めてジェスターに放った。

「オレも死ぬほど、負けず嫌いなんだよッ!!」

「ぐううおおおああああああぁぁぁぁぁッ!」

剣の先端から竜巻が巻き起こり、それがジェスターに直撃する。ジェスターの身体の結晶は砕け散り、その身体は巨大結界に向けて吹き飛ばされていった。

ジェスターたちの思いは、強い。

それはもう、十分過ぎるほどユノにも分かった。

しかし、こちらの思いもまた、譲れない。

だから、勝つ。

魔法帝に――勝つ!

バキンッ!!

ジェスターの身体は凄まじい勢いで巨大結界に叩きつけられ、結界に大きな亀裂を刻んだ。

やったか……? と、一同が、結界に磔となったジェスターの様子をうかがっていると、彼は白目を剝いたまま、

「もぉいいわ……」

そう呟くと、砕けた結界の破片を吸収していった。

「要塞の魔力温存とか、やめだ……」

クローバー王国を『浄化』したのち、選別した国民を蘇らせるのに、莫大な魔力が要る。

だから極力、魔力は温存しておきたかったが、後のことなどどうでもよくなった。

それよりも……！

「ただ！　全力で！　テメエらをッ！　ぶっ壊あああああああぁぁァァッす!!」

全身を結界魔法で包んだジェスターは、猟奇的な笑顔で叫んだ。


宙に浮いた膨大な数の扉の中から、多種多様な攻撃魔法が飛び交う。

アスタは断魔に乗ってそれを回避し続けるが、思うように帝剣に近づくことができないらしく、焦りの表情を浮かべている。

「考え直せアスタ。このイカれた世界に守る価値などないのだ」

コンラートは両手を広げ、謳うようにアスタに語り掛けた。

世界が壊れていく音が、なんとも耳に心地よい。

そして、この音が鳴りやんだ後に待っているのは、

「……オレたちとともに！　新世界を築こう！」

「オマエの世界がどうとか知らんッ！」

宿魔の剣で光魔法を切り裂きながら、アスタがコンラートに迫る。

「オレの夢は、魔法帝になることなんだよ！」

「……くだらん。この世界で魔法帝になっても、なにも変わらんぞ」

コンラートは胸元のペンダントに手を伸ばし、遠い過去の情景を思い出す。

「……そう。なにもな」

コンラートの妻にして、月白の大蛇の副団長を務めていた女性、ロビリア。

彼女は王権派の策謀によって、他の団員たちとともに殺された。

下民や平民など、立場の弱い者たちの味方をしていた月白の大蛇は、権威主義の貴族や王権派から疎まれていたのだ。

コンラートが駆けつけた時、ロビリアはすでに胸を貫かれて死んでいた。

コンラートは、震える指で彼女の首元からネックレスを外した。

それはコンラートが彼女に贈ったものだった。

いずれ家族が増えたら、その写真を入れておくために……。

「……すべての道は絶った」

こみ上げてきた寂寥感を散らすように、コンラートは指を鳴らして魔法を発動させた。

すると無数の扉が新たに現れ、瞬く間にアスタの四方を取り囲む。

「オマエの剣はオレには届かない。どれだけ足掻こうと、これがオマエの限界だ……」

扉の籠に囚われたアスタに、コンラートは手を差し伸べた。

「最後にもう一度だけ言うぞ。オレたちと来い、アスタ……オマエならオレの後継になれる……新世界で魔法帝になれ!!」

新世界の住人は、コンラートたちによって選別された心清き者たちだ。その大半は、いままで虐げられてきた者たち……つまり、下民や平民となるだろう。

彼らを導いていくのに、アスタ以上の適任はいない。

そんな思いを込めた言葉に、アスタはゆっくりと目を閉じ、やや間を溜めてから、

「絶っっっっっっっっ対に嫌だね!!」

コンラートの目をしっかりと見ながら、全開で拒んだ。

「魔法帝は誰かにしてもらうもんじゃねえ！　自分の力でなるもんなんだよ！　それに！　道ならある！」

アスタはブラックとなり、断魔を蹴り上げて力強く握り込んだ。

そうして〝ブラックハリケーン〟を発動し、その風圧で扉の隊形を崩していく。

「ないんだったら、創る!!」

扉の間を縫って包囲網から抜け出たアスタは、コンラートの真上まで飛びあがり、一筋の黒

い稲妻と化した。

「いつも言われてるしな！　限界超えろってなあぁぁァァッ!!」

ゴガァッ!!

破壊神からの教えとともに、落下の勢いが乗った一撃をコンラートへと叩きつける。

そのまま一直線に墜落していくコンラートを尻目に、急いで帝剣へと飛んでいった。

が、帝剣の前に無数の扉が連なるように生み出され、その中から高密度の雷魔法が発射された。それを受け止めるアスタだったが、余りの勢いに押し込まれ、そのまま更に遠くへ吹き飛ばされてしまった。また振出しに戻された……！　と、アスタは奥歯を噛みしめる。

「いまのは良い一撃だった……だから、避けずに受け止めた。オマエの志もな」

アスタが飛ばされていった先に、コンラートがゆっくりと浮き上がってきた。

「だが遊びは終わりだ、アスタ。ともに道を歩めぬのなら、もはや手加減をする意味はない」

コンラートは上半身の服を破り捨てる。それと同時に、今度はコンラートを囲むように、複数の扉が集まり始めた。

「アスタ、オレがオマエを誘った一番の理由は、オマエの力が欲しかったからではない。オマエがオレと同じ境遇だったからでもない」

集まった扉に次々と鍵が差し込まれ、その中から膨大な量の魔力が溢れ出す。そしてそれが、コンラートを中心にゆっくりと渦巻いていった。

「――オレと同じ志を持つオマエには、報われて欲しかったからだ」

「っく！」

あまりの魔力に大量のスパークが生じ、アスタはそれを切り裂きながら戦慄する。

魔力がないアスタにでも分かる。

彼はいま、凄まじいまでの魔力をその身に留めている……！

「最期までオマエの目を覚ましてやることができず、無念だ……」

渦巻く魔力の奔流が、コンラートに集束していき、その身体を変容させていく。

まずは魔法の四元素がその背に宿り、光輪のような形を成していく。続いて火と土の属性の魔力が右腕に宿り、左腕には水と風が固着していった。

最後に四元素で創成した剣を手に取り、コンラートはその切っ先をアスタに向けた。

「…………っ!!」

驚異の変身を遂げたコンラートだったが、しかしアスタは、それとは異なる理由でも驚愕していた。

それまでアスタは、コンラート自身も『悪いことをしている』と自覚しているものだと思っていた。たくさんの人を殺すことも、国を壊すことも、悪いことに決まっているからだ。

それは間違いだった。

彼は心の底から、自分が正しいと信じている。

大量虐殺(ぎゃくさつ)も、国一つを破壊することも、彼にとっては『正しいこと』なのだ。

改めて背中がゾクリとする。ここでコンラートを倒さなければ、この歪(ゆが)んだ倫理観にクローバー王国が支配されてしまう。そう再認識したのだ。

やはり、この男を魔法帝にするわけにはいかない。

魔法帝だと認めるわけには、いかない……！

「ずあああああッ！」

アスタは気流を切り裂きながらコンラートに突っ込んでいく。

コンラートは予備動作なしでいっきに加速し、それを真っ向から受け止めた。

ギィンッ！　と、硬い音とともに両者の剣がぶつかり合い、そのまま競(せ)り合(あ)いとなる。魔法でできた剣ならば、アスタの反魔法(アンチ)で無効化できるはずなのだが……。

(反魔法(アンチ)で打ち消してんのに、追いつかねェ……！)

それはつまり――こちらの切り札が通用しないということを、意味していた。

ユルティルム火山では、氷の堕天使(だてんし)の拳が黒(くろ)の暴牛(ぼうぎゅう)たちを叩き潰さんとしていた。

それが振り下ろされる直前、バネッサが叫ぶ。

「いまよ！」

途端(とたん)、ゾラの巨大魔法陣が一同の頭上に展開され、それが堕天使の拳を弾(はじ)き返した。

「待ってたぜぇ……アンタがそうやって、余裕ぶっこいてくれる瞬間を！」

ゾラは……いや、黒の暴牛は、狙(ねら)っていたのだ。

エドワードが勝ちを確信してわずかな隙を見せる、その一瞬を。

「〝爆殺轟炎魔球(ばくさつごうえんまきゅう)〟！　からの……　〝炎縄緊縛陣(えんじょうきんばくじん)〟‼」

まずは特攻隊長のマグナが、堕天使の足に火球(かきゅう)をぶち込んだ。火球はそのまま炎の縄に変化し、両足を縛りつける。堕天使はすかさずレーザー砲を放つが、その反撃も想定済みだ。

「フル・リフレクション！」

ゴーシュは巨大な鏡を創成してレーザーを跳(は)ね返す。反射したレーザーが堕天使の腹に直撃し、わずかに動きが止まった時、その上空で戦闘狂が躍(おど)った。

「はあああああッ！」

ラックが〝雷神(らいじん)の長靴(ながぐつ)〟で強化した蹴りを堕天使の頭に叩き込む。雷が落ちたかのようなその一撃で、堕天使の頭は沈み込み、巨体が大きく傾(かし)いだ……その直後、

「氷楔(ひょうせつ)魔法〝氷獄世界の番人(ワールドエンド・マーター)〟」

「「「!!」」」

エドワードが魔法を発動すると、堕天使が急激に巨大化し、再びレーザー砲を発射した。先ほどのそれとは比にならない威力の攻撃に、ラックの身体が易々(やすやす)と吹き飛ばされ、はるか遠くの火山まで氷漬けになっていく。

辛(かろ)うじてレーザーを躱(かわ)したゾラに、エドワードは意趣返(いしゅがえ)しのように告げた。

「余裕がある……とは、こういうことを言うのだ。ひとつ利口になったのう、若いの」

「ッチ……あんがとよ、クソジジイ！」

奇襲は失敗……つまり、こちらが圧倒的に不利な状況へと引きずり戻されてしまった。

ノエルは祈るような気持ちで思う。

（早くしなさいよ、アスタ……もう、みんなの魔力が保(も)たない……！）

✤

「〝ブラックハリケーン〟!!」

黒い竜巻となったアスタは、飛び回るコンラートを猛追していた。

「気勢が衰えないのは見事なものだが……」

コンラートは振り向きざまに居合いの構えを取ると、迫りくる竜巻の中心に狙いを定め、

「動きが鈍くなっているぞ」

「つぐ!」

振り抜いた刃はアスタの身体を正確に捉えた。くの字になって吹き飛ぶアスタだったが、無理やり体勢を整えて次なる攻撃を放つ。

「〝片角ブル・スラスト〟!!」

アスタはコンラートに向けて矢のように飛んでいった。その突きがコンラートの背中に到達する直前、上空から落下してきた岩石に押し潰され、アスタは一直線に墜落していく。

「オマエがどれだけ足掻こうとも、この差が埋まることはない」

コンラートの言葉に抗うように、アスタは彼に向けて矢継ぎ早に剣撃を繰り出していった。

力の差があることは分かっている。届かないことは分かっている。

しかしここで立ち止まったら、すべてが終わってしまう。

だからアスタは力の限り攻め続けるしかないのだが、その考えすら否定するように、

「これが魔法帝の力だ」

コンラートは剣を掲げて雷を呼び寄せると、それをアスタへと直撃させた。

「ぐうッ！」

電撃が凄まじい痛みとなってアスタの全身を駆け巡る。どうにか落下は免れたものの、帯電状態となって身体は思うように動かず、意識はいまにも飛びそうだが、

「オマエみたいなヤツ……オレは……魔法帝だって、認めてねぇ……」

それだけは認めない。認めるわけにはいかなかった。

（……ヤベエ。気を抜いたらブラックが解けそうだ……残りの全部を使った一発をぶち込むしか……！）

煩悶するアスタに、鋭い痛みが突き抜けた。

「ぐあああああッ‼」

コンラートの剣が、アスタの肩口を刺し貫いたのだ。

「魔法帝に幻想を見るのはやめろ。初代魔法帝も含め、誰もこの国になんの変革も起こせなか

ったではないか！」

もちろんそれは、コンラートも含めて……だが。

「ユリウスも国を変えるどころか、先の動乱ではエルフなどにいいようにやられ、クローバー王国を滅亡の危機に陥れた。なにも守れない。なにも変えられない……！　魔法帝などくだらん存在なのだ！」

だからコンラートは堕ちることを選んだ。

真っ当な道筋では、この国を変えることはとても不可能だからだ。

長年思い悩んだ末に、コンラートが行きついたその結論を、アスタは……。

「……そうじゃねえ」

朦朧としながらも、しかし、はっきりと否定した。

「今の魔法帝は自分の命と引き換えに全国民を護った……！」

アスタはコンラートの剣を握り、身をよじって引き抜いた。

凄まじい痛みが全身を奔り抜けたが、それによって無理やり意識を覚醒させたのだ。

「初代魔法帝もそうだ……自分の命を使ってみんなを護ったし、その後何百年間も……この国のために眠り続けて、また国を……オレたちを助けてくれた！」

だから、オレだって……!!

クローバーの葉にはそれぞれ、『誠実』『希望』『愛』が秘められている。

四枚目の葉には『幸運』が宿る。

「ゲゲゲ……コイツまた死にかけてんのかよ。ったく、面倒臭えなァ」

――五枚目には『悪魔』が棲む。

アスタの魔導書に宿った悪魔、リーベはおもむろに右手を上げた。

こんなところで宿主に死なれてもつまらない。億劫ではあるが、また力を貸してやるとする。

「代価はまァ……今度まとめてもらうとするか」

そんなふうに悪態をつく一方で、リーベの脳裏には、とある思い出がよぎっていた。

アスタの母、リチタと過ごした、あの慌ただしくも楽しかった日々の、思い出が。

……この国潰されんのも、気に食わねーしな。

心の中でこっそりとそう付け加えて、膨大な反魔力を流し込んだ。


「!!」

アスタの全身が激しく脈打つ。

続いて、側頭部からも悪魔の角が現れ、左の背中からも反魔力の翼が突き出た。

そして、全身に反魔力(アンチ)が漲(みなぎ)ってくる。

なにが起こったのかは分からないが、これならまだ、戦える……！

「オマエだって、いろんな人たちが認めてくれたから、魔法帝になれたんだろ……！」

全身から反魔力(アンチ)を放出しながら、アスタは取り落としていた断魔を呼び寄せる。

「そんな人たちを裏切ってるオマエは、魔法帝じゃねえ……認めねえェッ!!」

アスタの姿がかき消え、次の瞬間にはコンラートの目の前にまで肉薄していた。

「がはッ！」

横薙(な)ぎの一閃(いっせん)を食らったコンラートは、地面へと吹き飛ばされる。初めてまともにダメージを通されたことに、しかし驚きはない。決死の覚悟を固めた人間が、なにかを代償(だいしょう)にして力を得ることはあるのだ。

コンラート自身が、それを繰り返して力を得てきたように。

アスタが〝ブラックメテオライト〟と化して、猛スピードで帝剣へと向かう。

「魔法帝ってのはなぁ！　みんなの憧(あこが)れなんだよ！　誰かの夢や希望になれるんだ！　くだらなくなんかねえ!!」

「オマエはまだ、この国の本質を理解していない……!!」

地面に叩きつけられる直前で体勢を立て直したコンラートは、黒い流星に向けて強力な攻撃魔法を連発していく。

「この国にはびこる差別が、偏見が！　夢を！　希望を！　幾度となく打ち砕いてきたのだ！　根本を変えねば、この国は変わらんのだぁッ!!」

　アスタはそのすべてを切り裂きながら、なおも帝剣へと突き進んだ。

「そんなのオマエが決めることじゃねえ！　いまッ！　下民も王族も関係なく！　みんなで頑張って！　この国を良くしようとしてる最中なんだよ！　邪魔すんじゃねえええぇ!!」

　龍を象った炎をその身に纏い、コンラートは猛スピードでアスタへと迫っていく。

「そんな単純なことでは、国は変わらないのだ！　オレの邪魔をするなあぁぁッ！」

　火炎龍を切り裂き、その中のコンラートと斬り結びながら、アスタはニヤリと笑った。

「なんだよ、なんかよく分かんねえけど、やっと本当のオマエと話ができた気がするぞ……！」

「……ッ！」

　コンラートは苦い顔になる。アスタと喋っていると、昔の自分を思い出すのだ。

　単純で、まっすぐで、熱い思いだけでこの国を変えようとしていた、あの頃の自分を……。

「おらぁッ！」

　アスタは刃を押し返すと、再び〝ブラックメテオライト〟で帝剣へと向かい、やがて魔神の骨の上までたどり着いた。もう少し。もう少しで、届く……！

そのままの勢いで帝剣を攻撃しようとした、その時、

「黙れ……これ以上なにも知らぬガキの夢物語に耳を傾ける気はない」

「ぐぅッ！」

背後から迫って来たコンラートに蹴りを食らい、そのまま骨の上に踏みつけられてしまう。

（ヤベエ……もう、ブラックが解ける……！）

「確かにオレも国と人々を信じ、魔法帝としてクローバー王国を変えようと思っていた時期があった……」

亡き妻と仲間たちの無念を晴らすため、コンラートは血を吐くような思いで功績を積み続け、ついに魔法帝の座に就いた。

それからもクローバー王国を変えることに身を砕いていったが、この国にはびこる差別や偏見の根深さを思い知るばかりで、なんの変革も起こせなかったのだ。

「……しかし、人は裏切るのだ」

そして調査を進めていくうちに、王権派から小金を得ていた下民や平民なども、月白の大蛇の虐殺に関わっていたことを、知ってしまった。

自分が護るべきだと思っていた者にまで、コンラートは裏切られていたのだ。

すべてを壊して、再生するしかない、と、確信した瞬間だった。

「オマエも身に覚えがあるだろう？　オマエの周りのごく一部の者が変わったからと言って、この国全土が変わると、本気で思っているのか？」

「…………っ」

その言葉を受け、アスタもまた、過去を思い出していた。

魔力がないが故に、ひどい迫害を受けてきたことを。

魔法議会では、必死に守った国民たちに、異端扱いをされて石を投げつけられたことを。

コンラートの言う通り、アスタの周りの者たちを除いて、この世界はなにひとつ変わってはいないのだ。

——だからこそ……！

「『変わる』んじゃねぇ……『変えていく』んだよッ……!!」

アスタは勢いよく上体を起こし、コンラートの足を跳ね除けた。

「オマエが作ろうとしてる世界は、オマエしか笑ってねえ！　独りよがりな世界なんだよ！

オレはみんなと笑いてえ！　みんなと幸せになりてえんだ！」

アスタの胸に残っているのは、悪い記憶ばかりではない。

ハージ村の人たちの笑顔や、黒の暴牛で過ごした温かな日々。

そして、ユノと交わしたあの日の約束。

そのすべてを叩きつけるように、アスタは断魔と宿魔を振るい続ける。

すると、コンラートの剣にわずかな刃こぼれが走り、そして……！

「オレが！　みんなと一緒にこの国を変えていく！　そこに暮らすみんなが認め合って！　笑い合える!!」

とうとう、コンラートの剣を弾き飛ばした。

「そんな国を！　オレが！　作るんだあああああああぁぁぁぁぁぁッ!!」

ひとりではなく。みんなで。

ともに悩み、ともに支え合い、ともに笑いながら、この国を変えていく。

それがアスタの目指す『魔法帝』の姿だ。

その答えを突きつけるように、アスタは全力の突きをコンラートに叩き入れる——が、
コンラートはその攻撃を、自身の魔導書を使って防いだ。

「!!」

アスタが驚いていると、さらに異様な光景が目の前で広がっていった。

コンラートの魔導書（グリモワール）から、大量の文字が溢れ出ていったのだ。

突然、ブックポーチに収めていたノエルの魔導書(グリモワール)が、まばゆい光を放ち始めた。

驚愕するノエルだったが、本能的に理解する。

「魔法が……戻った！」

そう呟いた瞬間、彼女に向けて堕天使のレーザーが放たれ、あたり一面が氷に飲み込まれていく。

「ノエル！」と、バネッサの悲痛な叫びが響き渡った。しかしその直後、氷の中に淡い光が生じ、それが光の柱となって天を突く。

その中から現れ出た、ノエルの姿は……！

「水創成魔法〝海戦乙女の羽衣鎧(ヴァルキリードレス)〟!!」

高密度な水の鎧で全身を包み、手には渦巻く水流の槍(やり)を携(たずさ)えた、戦乙女の装い。

魔導書(グリモワール)に刻(きざ)まれた魔法が、使えるようになったのだ。

「「「「「よっっっっっっしゃあああぁぁぁァァッ！」」」」」

黒の暴牛が一斉(いっせい)に歓声を上げる中、エドワードはひとり苦々(にがにが)しい表情で呟く。

「悪あがきを……」

コンラートはアスタの反魔法（アンチ）を欲していたが、他の魔法にどんな悪影響が出るか未知数だったので、吸収するのを避けたのだ。しかし、やはり反魔法（アンチ）と触れ合うことでなにかしらの不具合が生じ、ノエルの魔法が解放されてしまったのだろう。

「主（ぬし）らが足掻くことで、理想の世界が遠のくのだ！　なぜそれが分からん⁉」

堕天使が再びレーザー砲を発射するが、ノエルは〝海竜の咆哮（かいりゅうのほうこう）〟でそれを相殺（そうさい）した。

その衝突で生じた冷気の煙を割り、ノエルは堕天使に向けて突進していく。

「理想の世界っていうのは誰かに押し付けられるものじゃない！　自分で掴（つか）み取るものよ！」

ノエルの隣に飛び上がったゴーシュが、髪をかき上げて宝石の瞳を露わにした。

「ノエル……オレを見ろ！」

宝石にノエルの姿が乱反射し、ゴーシュはとっておきの魔法を発動した。

「鏡魔法〝ミラーズ・ブリゲイド〟‼」

途端、数十体のノエルの分身が生まれ、そのすべてが一斉に堕天使に猛攻（もうこう）をかける。

「私もこの世界を恨（うら）んでいたことがあったわ！　魔力のコントロールができない落ちこぼれで、家族にも見放されて、世界中で私だけ独りなんだって思ってた……」

どんなに努力をしても、魔力をコントロールすることができなかったノエルを、周囲の者た

ちはあざ笑い、蔑(さげす)んできた。そもそも王族は努力を馬鹿にする。それは生まれながらに力がない者がすることで、王族のすることではない……と。

無駄(むだ)な努力を続けるノエルは落ちこぼれの烙印(らくいん)を押され、ノエル自身もそう思っていた。

「でも、こんな私でも仲間が……居場所になってくれる人たちができたの！　私の欠点ごと受け入れて、一緒に進んでいこうって言ってくれる人たちに出会えたのよ！」

そして彼らは教えてくれた。

努力をすることは、恥ずかしいことではないと。

積み重ねた努力は、自分の限界を切り崩す力になると。

堕天使を包囲したノエルの分身は、積み上げてきた努力を炸裂させた。

「合体魔法〝海竜の進軍(ミラーズ・メテオ・ドラゴン)〟!!」

数十体のノエルから一斉に解き放たれた〝海竜(かいりゅう)の咆哮(ほうこう)〟。しかし堕天使はそれを見越していたように、身体中からレーザーを放って対抗する。

両者の力が拮抗(きっこう)し、分身を維持しているゴーシュに凄まじい負荷(ふか)がかかった。

そこでノエルの仲間たちが、動き出す。

「マジックコンバート……氷を、水に！」

地面に打ち立った氷の柱を、グレイが水へと変身させ、一面が水流に飲み込まれた。

「いまここで！」

マグナは叫ぶと氷の破片に乗り、ゴードンとともに水流の中を渡っていく。

そのふたりを、エドワードの氷魔法が襲った。しかし、

「運命操作……絶対回避！」

「空間魔法〝堕天使のはばたき〟！」

バネッサとフィンラルの助けを受け、攻撃を回避したふたりは、エドワードの正面へと躍り出る。

「「限界を、超える！」」

気合十分に放たれたマグナとゴードンの合体魔法は、エドワードに当たる直前で、堕天使の腕にガードされてしまった。しかし、暴牛の猛攻はそこで終わりではない。

「ったく。とっとと決めにいけ」

堕天使から少し離れた地面の上で、ゾラは気だるそうに呟き、その横ではネロが堕天使を睨んでいる。そしてふたりの間には、ゾラとネロの魔法がたっぷりと込められた魔法陣が展開されていた。

その魔法陣の上で、限界まで力をため込んでいたラックは、嬉々として叫んだ。

「まーかーせー………てっ！」

勢いよく魔法陣を蹴り、ラックは飛ぶ。

ゾラとネロの魔力を吸収したラックは、雷の矢となって堕天使に突き刺さり、その左胸を食い破って突き抜けた。

「ぬうううううううっ！」

エドワードがうなり声を上げるとともに、堕天使から放たれていたレーザーが一斉に止まる。ダメージが深過ぎて、攻撃まで手が回らなくなったのだ。

そうしてできたわずかな隙を、ノエルは見逃さない。

「世界は変えられる！　運命なんて捻じ曲げられるのよ！」

エドワードの背後を取った彼女は、水の槍を突き上げて〝海竜の咆哮〟を創り上げる。

大きく、強く——限界を超えて。

「その可能性ごと無くすようなことは、絶対！　絶対に‼」

やがて堕天使をはるかに凌ぐほどの大きさになった水の竜は、堕天使を、教会を、そしてエドワードを丸呑みにしていった。

「させないんだからあああああぁぁぁぁぁぁッ！！！」

「うおおおおおおおおっ！」

巨大な爆発が巻き起こり、エドワードの魔法が消滅していく。

「ハア……ハア……ハッ……」

その爆心地で、エドワードは呆然としながら立ち尽くし、ノエルは荒い息を吐きながら、彼に向けて水の槍を突きつけていた。

「どう、よ……まだやるって言うなら、いくらでも相手してあげるわ……」

魔力もほぼ底をつき、立っているのもやっとだった。

それは他のみんなも同じだ。いまエドワードを倒さなければ、もう勝機はないだろう。

千載一遇のチャンスにもかかわらず、ノエルが攻撃を止めたのは、

「でも……私たちと、やり直しましょう……？」

エドワードになら、この言葉が届くと信じているからだ。

ノエルは槍を下げ、代わりに左手を差し出した。

◆

「自慢じゃねえけど、オレはみんながいねえとなにもできねえぞ!!」

本当に自慢にならないことを叫びつつ、アスタは断魔の剣を振りかぶった。

その正面では、コンラートが両手を構えて風魔法を放たんとしている。

「何度も死にかけたけど、みんなに支えられて、ここまで来られたんだ！」

「黙れえええぇぇ!!」

アスタの言葉を拒絶するように風魔法を放つコンラート。その威力は凄まじく、ユノの〝スピリット・オブ・ストーム〟にも引けを取らない勢いでアスタを呑み込んでいった。

しかしアスタは、それを宿魔の剣で相殺しながら、果敢に突き進んだ。

「オレはみんなが納得のいく方法で！　みんなが笑い合える世界を作りてえ！」


魔法帝とは。


その答えの一端を、アスタはこの戦いの中で手に入れた。

コンラートもまた、彼なりの答えを持っている。

だから、あとはもう、互いに全力で、それをぶつけ合うだけだった。

「たくさんの人を殺して作る世界なんて、誰も納得しねえだろうがあああぁぁァァッ！」

アスタは力の限り断魔の剣を振り抜いて、コンラートにぶち当てる。

「ぐうああああぁぁぁぁァァァァッ！」

全力の否定が込められた一撃は、コンラートの腹にずしりとめり込み、その背後にあった帝剣ごと吹き飛ばしていった。

帝剣に宿っていた光が弾けるとともに、光の柱も立ち消え、地割れが徐々に収まっていく。

それと同じ現象が、瞬く間にクローバー王国全土へと波及していった。

帝剣の力が無効化され、この国の崩壊が止まったのだ。

✿

「…………」

差し伸べられたノエルの手を見つめながら、エドワードは直感的に敗北を悟った。

身体の魔力が光となって散っていき、徐々に意識が遠のいていく。

コンラートが敗れ、帝剣もその効力を失ったのだろう。

つまり、帝剣の力で蘇っている自分たちも、もう……。

「……お主、名は？」

自身の行く末を知りながら、エドワードはノエルに問う。

「ノエルよ……ノエル・シルヴァ」

「シルヴァ家……王族の、そうか」

エドワードは笑った。それはかつて神父を務めていた頃の、優しく、温かな笑顔だった。

「いい子だ、ノエル。王族でありながら弱者の気持ちに寄り添える……お主のような者がいるのなら、この世界も、きっと……」

届かないことを悟りつつも、エドワードはノエルに向けて手を伸ばす。

人を救えるのは人しかいない。その役割を、誰かがやらねばならない。

彼女ならきっと、その『誰か』に……！

「!!」

エドワードはくずおれ、彼女の腕の中で意識を手放した。


「オイオイオイ……」

全身から光の粒子を上らせながら、ジェスターは諦観気味に呟いた。

目の前には、ボロボロになりながら、なおも立ち向かって来ようとするユノたちがいる。

まだ、彼らとの決着はついていないのに。

まだ、どちらの思いが強いか、はっきりしていないのに……。

「……マジかよ、コンラート」

「私はまだまだ戦えるぞ！」

仰向けに倒れ、光の粒子となって消えていくプリンシアに、メレオレオナは懇願するように言う。その悲しそうな表情は、もはや敵に向けるものではなかった。

対するプリンシアは、満ち足りた表情でメレオレオナを見ている。

「私もだよ……だが、今度は私が眠る時間のようだ」

生まれて初めて、プリンシアの全力について来られる者に出会えた。

プリンシアの思いを、力を、受け止めてくれる者がいたのだ。

プリンシアは、ひとりではなかった。

「……実に、楽しかったぞ」

「はあ……はあ……はッ……」

魔神の骨の上で、うつぶせに倒れるコンラートと、地に落ちた帝剣。

「やった……やったぞ、みんな……！」

その両方を見ながら、アスタは歓喜の声を上げた。本当にギリギリのところだったが、コンラートを打ち倒し、クローバー王国の崩壊を防いだのだ。

ようやく彼らとの『戦争』が幕を閉じた……！

「……まだ……!!」

「!!」

アスタの安堵（あんど）を叩き潰すように、コンラートの声が響き渡る。

続いてその身体が、幽鬼（ゆうき）のような不気味さを纏いながら、空へと舞い上がっていった。

「オレの……命を削って発動する禁術（きんじゅつ）……〝審判の扉（ドゥームズ・ゲート）〟」

彼がうわ言のように言うと、はるか上空――空気やマナが存在しない高さの宙空に、とてつもなく巨大な扉が現れた。

「……なっ!」

あまりの光景に、アスタが言葉を失っていると、突如として周囲で突風が吹き荒れた。息も絶え絶えなアスタは、抵抗虚しく吹き飛ばされ、森の中に落ちていく。

「オレは諦めん……諦めんぞ……アスタ……!」

あの時と同じ台詞を口にしながら、コンラートは扉に向けて浮き上がっていった。そして昇りきると同時に、扉の手前に真っ黒な穴が開き、その中から巨大隕石（いんせき）が顔をのぞかせる。

国内のどこからでも見えるような大きさのそれを、ゆっくりと墜落させていった。

これですべてを終わらせる。

禁術で寿命を捧げ続けてきたコンラートに、もうあまり時間は残されていない。

この命尽きる前に、この国を、この世界を、救わねばならない……！

「オレ、も……オレも諦めねえ……！」

森の中でうつぶせに倒れ込んだアスタは、目の前に落ちた断魔の剣に手を伸ばす。

「魔法帝に……なるんだ……！」

身体はもうボロボロだ。ブラックもいつまで保つか分からない。ブラックを維持できたとしても、あの巨大隕石をどうにかする手立ては思いつかない。

しかし……！

「魔法帝に……なるために……オレは……」

固い決意とともに、アスタは断魔の剣を握った。すると、手から、断魔から、全身から、滲み出るようにして反魔力（アンチ）が溢れ出す。

「いま……ここでッ!!」

グオオオオオンンッ!!

アスタは力強く立ち上がると、全身から反魔力（アンチ）を立ち上らせる。

これが正真正銘、アスタの最後の力だ。

このすべてを、自分自身を、最後にもう一度、コンラートに叩きつける……！

　その決意に呼応するように、上空から威勢(いせい)の良い声が飛んできた。

「アスタアアアアッ‼」

　声の主はヤミだ。彼は闇魔法〝黒繭(くろまゆ)〟とともに降ってきて、ズシン！　と、アスタの正面に着地した。全身ボロボロではあるが、彼の無事な姿が見られてひと安心だ。

　それを口に出して伝えるよりも早く、〝黒繭(くろまゆ)〟の中からユリウスが出てきて、アスタに一本の剣を投げ渡した。

「アスタくん、これを……！」

　それは、帝剣エルスドキア。

　先ほどまでコンラートの手に落ちていた、魔法帝の剣だった。

「魔法帝……⁉」

　なぜそれがここにあるのか？　そしてなぜアスタに渡したのか？　それらの疑問を込めてユリウスを見ると、彼は帝剣を指差しながら、

「説明はいらないはずだ。その剣が教えてくれる……この国の未来を……！」

　ユリウスの声に導かれるように、アスタは帝剣を空に向ける。

　すると、その周囲を囲むように空間魔法が展開されていった。「空間が……」と呟くアスタを、ユリウスはまっすぐに見つめながら言う。

「頼んだよ」
「……‼」
その言葉を受けて、アスタの全身に武者震(むしゃぶる)いが奔っていく。
これから起こる出来事が、理解できたからだ。
直後、空間魔法の中から魔力の奔流が流れ出てきて、帝剣に集束していった。
(分かる……これは、みんなの力……みんなの思いだ……！)
黒の暴牛が。団長たちが。クローバー王国の魔法騎士団員すべてが。
一丸(いちがん)となって帝剣に力を送り、アスタに力を貸してくれている。
アスタには魔力がない。
だけど……！
(オレには、みんながいる‼)

魔神の骨からほど近い森の中でも、アスタの手助けをする人物がいた。
「ナハトのダンナ！　もうやめてください！」

黒の暴牛の副団長、ナハト・ファウストだ。彼は目の前の空間魔法に向けて、魔力を放ち続けていた。

「クローバー王国に戻ってきてから、ほぼぶっ通しで動き回ってるじゃないスか!?」

先ほどから苦言を呈しているのは、ナハトに調伏された悪魔のギモデロだ。

スペード王国で諜報（ちょうほう）活動をしていたナハトだったが、クローバー王国の危機を察知し、秘密裏に帰国した。そしてギモデロの言う通り、いまのいままで魔法兵士から村や町を守っていたのだった。

「なのにそんな魔力をやっちまったら、ぶっ倒れちまいますよ！」

「……いいんだよ、ぶっ倒れたって」

疲労による汗を滲ませつつも、ナハトはありったけの魔力を送り続ける。

「正しいことをしている人間が、報われるためならな」

だよな、モルゲン……？

そう、心の中で呟いた。

「いま、ここで」

無尽蔵（むじんぞう）にも思えるほどの魔力を吸収した帝剣は、やがて飽和しきったように、ひと際（きわ）まばゆい光を放ち、アスタの半身に魔力を巡（めぐ）らせていった。

「みんなで」

アスタの背中から大量の魔力が溢れ出す。それは翼のような形状でたゆたい、反魔力（アンチ）の黒い翼と対を成した。

「限界を」

魔力が、反魔力（アンチ）が、そしてみんなの思いが、漲（みなぎ）る。

これなら、いける……！

「――超える」

アスタは柔らかな仕草で身を沈め、跳躍するように飛ぶ。それだけの動作で、身体がはるか上空に舞い上がり、地面がえぐれるほどの衝撃波が巻き起こった。

目指す先は、国を滅ぼす巨大な魔法と、そのさらに上にいる、堕（お）ちた魔法帝……！

「……帝剣？」

扉の上空で魔法陣を展開しながら、コンラートはいぶかしげに呟いた。

「……一体なにが起きている？」

コンラートは無意識に、魔法を操作する手に力を込めた。

「いけ、アスタ！」

ユノは墜落した闘技場の上で、駆け上がる流れ星に願いをかける。

「ずあああああああっ！」

その思いに応じるようにして、アスタは特大の〝ブラックディヴァイダー〟を創成し、勢いよく隕石に突き刺した。

続いて帝剣の魔力を解放し、〝ブラックディヴァイダー〟と同じように、大きく、長く伸ばし、隕石に叩きつける。

〝ツイン・ディヴァイダー〟。

アスタと、クローバー王国の魔法騎士団が創り上げたその技は、徐々にではあるが隕石を斬り裂いていった。

「これなら……がァっ！」

アスタが手ごたえを感じた瞬間、隕石の重さが、落下速度が急激に跳ね上がる。

「ぬぅああああああああああっ‼」

コンラートがさらに寿命を捧げ、その魔力で隕石を押し込んだのだ。

必死に抗いながら、アスタは叩きつけるように言った。

「テメエ……どんだけこの国ぶっ壊してえんだよ‼」

「ああ、壊したいさ！　壊すべきなのだ！　この国は腐りきっている‼」

対するコンラートも、必死の形相で隕石を押し込み続けている。その両目と口からは血が流れ、身体への負担を物語っているように見えた。

「根幹を破壊するしかないのだ！　オレが、オレが皆を救わねば！　オレがぁッ！」

「オマエが言う『みんな』ってのは、誰のことなんだよ⁉」

アスタは〝ブラックディヴァイダー〟を振り抜き、隕石に大きな亀裂を入れる。

それでも、隕石の勢いは一向に止まらない。

「理不尽に虐げられる者全てだ！　彼らのためにオレは……！」

コンラートが叫び返そうとした、その時、

「…………っ‼」

プツリ、と。

コンラートのネックレスが引きちぎれ、目の前で舞った。

ロビリアに、そして仲間たちに立てた誓いの証である、そのネックレスが。

「オレは……！」

彼らの姿が鮮明に蘇る。

コンラートは彼らを愛していた。なによりも大事に思っていた。

しかし彼らは、この世界の理不尽によって、命を奪われてしまった。

「……オレは」

ロビリアと仲間たちの姿に、今度はアスタと黒の暴牛の姿が重なる。

彼らも互いを大事に思い、支え合い、固い絆で結ばれているのだろう。

しかし彼らは、コンラートの手によって、いままさに、命を奪われようとしている。

「オレ、は……」

……間違っているのか？

新たな『オレ』を、産み出そうとしているのか……？

あらゆる業を背負っていくと決めていた。

この国を良くするためには、仕方のないことだと。

しかし必死に抗うアスタの姿に、かつての自分が重なり、一瞬、その決意が揺らいだ。

それを感じ取ったアスタは、再び〝ブラックディヴァイダー〟を大きく振り上げた。

「下民でも、魔力が無くても……！」

魔法がすべてのこの世界。

魔力ある者がすべてを手に入れ、魔力が少ない者はなにも成し遂げられずに朽ちていく世界。

そんな世界をぶっ壊したいのは、アスタだって同じだ。

ただし、コンラートとはやり方が違う。

「この世界の誰より、すごくなれる……！　みんなの、希望になれる！」

最底辺のアスタが、最強の称号を手に入れる。

コンラートの言う『虐げられる者』であるアスタが、その境遇を跳ね除けて頂点に立つ。

そうして、この世界を支配している価値観を、ひっくり返すのだ。

だからアスタは上ることを選んだ。

真っ当な道筋では、この国を変えることはとても不可能だからだ。

「それを証明するために！」

その夢を、思いを、それまで積み上げてきたすべてを込めて、アスタは断魔を振り下ろし、

隕石を縦に斬った。

さらに帝剣のディヴァイダーを振りかぶり、渾身の力で横薙ぎの一閃を放った。

「オレは!!　魔法帝になるんだあああああぁぁぁァァァッ！！！」

バガアアアアアアアアアンッ!!

振り抜かれた刃から放たれた斬撃は、隕石を横に切り裂く。その余波が隕石の内側で暴れ回り、やがて耐えきれなくなったように大爆発を起こした。

「!!」

そしてその斬撃は、容赦なくコンラートに向かい——その意識と肉体を、完全に切り離したのだった。

✽

誰もが笑って過ごせる世界を作りたかった。

本当に、ただそれだけだった。

(負けた……のか？　オレは……しかしなぜだ。なぜこんなにも安らかなのだ……？)

肉体が崩壊する刹那(せつな)の合間、消えゆく意識の中で、コンラートは自問自答していた。

その答えは、自分の中にではなく、目の前にあった。

(……ああ。そういう、ことか)

そこにいたのは、精悍(せいかん)な顔つきでこちらを睨む、アスタ。

コンラートの夢を打ち砕き、自身の夢を押し通した、魔力を持たない少年だ。

コンラートはきっと、心のどこかで気づいていたのだ。

彼が押し通したその夢は、堕ちる前の自分が見ていたそれと、重なっていることを。

彼だったら、それを最後まで押し通せる力を持っていることを。

（アスタ、魔法帝になれ。オマエの温かな世界を、この国に住むすべての人々に分け与えてくれ……）

コンラートにはそれができなかった。

しかし、コンラート以上に諦めの悪い、この少年になら……。

（諦めないのがオマエの魔法だ。オマエになら……！）

……託して、逝（い）ける。

安らかな気持ちのままにそう思っていると、コンラートの横に三つの気配が生じる。

「……オマエたち」

そこには、魂（たましい）だけの存在となった歴代魔法帝たちが、コンラートを見守るようにして立ち並んでいた。

神父を務めていた頃の、柔らかで温かみのある口調で、エドワードは告げる。

「儂（わし）はお主が作る世界が見たいと思ったから、お主に手を貸した。だから、お主が託しても良いという相手に巡り合えたというのなら、儂はそれで良い……いままでよく頑張ったな。ゆっくり休むがよい」

ジェスターは後頭部に手を回し、納得したような、それでいてどこか物足りないような笑顔を浮かべて言った。

「オレはまだまだ暴れ足りねえんだけど、ま、オマエがそんなすっきりした顔してんなら、もういいや……オマエと一緒に喧嘩できて楽しかったぜ、コンラート」

プリンシアは胸に手を当て、その中にある大事ななにかに触れるように、穏やかに笑う。

「一度目に死んだ時は、絶望と憎しみがこの心を満たしていた。しかしいまはこんなにも温かな気持ちで最期を迎えられる……コンラート、我々を蘇らせてくれて、本当にありがとう」

「……そうか」

コンラートもまた、穏やかな笑顔で応じる。

それから間もなくして、彼らの身体は光に包まれ――そして、跡形もなく消えさった。

✿

「…………」

アスタは目を逸らすことなく、コンラートの最期を見届けていた。

突然、左手に持っていた帝剣が砕け、柄の部分を残して落下していく。負荷がかかり過ぎて、刀身（とうしん）が耐えられなかったのだろう。

あるいは、自分の役目は終わったと、アスタに教えてくれたのかもしれない。

この剣を手にした時、コンラートはどんな気持ちだったのだろうか？

この剣で斬り開いた先に、本当に彼の目指す未来はあったのだろうか？

「…………」

背後を振り返ると、東の空から日が昇り、クローバー王国に夜明けをもたらしていた。

「明るくまっすぐで、下民や平民の気持ちに寄り添うことができる……昔のコンラートは、アスタくんのように強くて優しい男だった」

魔神の骨の上。ミモザから治療を受けながら、アスタはユリウスの話を聞いていた。その背後にはノエルとネロ、そしてユノもいる。

あの後、ブラックが解けたアスタは、飛ぶことはおろかまともに動くこともできず、ものすごくちゃんと落下した。そこを彼らに助けられ、空間魔法でミモザを連れてきてもらったのだ。

他の面々は事後処理で動いているのに、自分だけなにもしないのは申し訳なかったが、身体が動かないのでは仕方がない。

それに、きちんとコンラートのことを聞いておくべきだと思ったのだ。

地平線を遠くに眺めながら、ユリウスは説明を続けた。

「しかし王権派に陥れられ、彼の団の団員と妻を皆殺しにされて以来、彼は変わってしまったんだ……」

魔法帝として就位したのち、ユリウスはその者たちの不正の証拠を摑み、公の場で断罪した。

しかし、そうしたところで月白の大蛇の団員たちが戻ってくるわけもない。

すべては遅過ぎたのだ。

コンラートが危険な思想にとり憑かれ、闇に呑まれそうになった時、もっと強くその手を握っていれば。あるいはその気持ちにもっと寄り添っていれば、ユリウスは失わずに済んだのかもしれない。

ライバルであり、親友だった、コンラートという男を。

その思いを胸の内に仕舞うと、ユリウスはアスタたちの方を振り返る。

「アスタくん……彼を止めてくれてありがとう」

諦めないのがオレの魔法。

その諦めの悪さと、特定の属性を持たない自身の魔法を揶揄して、コンラートはよくそう言っていた。

彼と同じ口癖を持つこの少年が、コンラートの野望を打ち砕いたのは、なにかの運命だったのかもしれない――ユリウスはそう思った。

「…………」

お礼の言葉に対して、アスタはどう応えれば良いか分からずに視線を彷徨わせた。

すると、近くに置いてあった帝剣の柄が目に留まる。

「……なんでオレ、最後に帝剣を使うことができたんですかね？」

その言葉にノエルが質問を返す。

「どういうこと？」

「オレが断魔の剣で帝剣をぶっ叩いた時に、もう帝剣の魔法は消えてたはずなのに、どうしてかなって……」

そう。あの時に帝剣の機能を無効化していたからこそ、こうしてクローバー王国の崩壊を止めることができたのだ。なのに、なぜ……？

「うーん。それはねえ」

ユリウスはもったいぶるように言って、帝剣を拾った時の出来事を思い出す。

拘束（こうそく）から解き放たれたユリウスは、空間魔法で真っ先に魔神の骨の上へとやってきた。そして投げ出された帝剣を発見した時、その中にまだ魔力が残っていることに気づいたのだ。帝剣には、何百年間も積み上げられてきた魔法が込められている。いくらアスタの反魔力（アンチ）でも、少し触れるだけではすべての魔力を消し去れなかったのだろう。

そう思いながら帝剣を掴んだ瞬間、ユリウスは全てを理解した。

いや、感じたのだ。

（初代魔法帝……これは、歴代魔法帝たちの……！）

その魔力を、その叡智（えいち）を。

そして、その魂を。

威風堂々と立ち並ぶ歴代魔法帝と、その一番奥で優しく笑うルミエルの姿を、ユリウスは幻視した。

彼らもまた、アスタとともに戦っていたのだ。

それぞれの時代で魔法騎士団の頂（いただき）に立ち、この国を守ってきた歴代の魔法帝たちが、果敢に戦う少年に力を貸してくれたのだ。

回想から立ち戻ったユリウスは、再び地平線を眺めながら言った。

「……歴代魔法帝たちが、奇跡のパワーを貸してくれたからさ」

　その言葉に、呆けたような表情を浮かべていたアスタだったが、やがて嬉しそうに笑い、

「……おお、なんかそれ、すげえっすね!!」

「バカね。からかわれてるのよ」

「そんなことねえって!」

　と、ノエルや他の者たちを交えたやりとりに興じていく彼らを背に、ユリウスは心の中で語り掛けた。

　何百年もの間、この景色を守り、次の世代へと繋ぎ続けてくれた、偉大なる魔道士たちに。

(歴代魔法帝……この国のこれからを担う三つ葉たちは、順調に育っていますよ)

　魔法帝の剣。

　そう呼ばれ、歴代の魔法帝に受け継がれてきた魔導具は壊れてしまったが、きっとクローバー王国は大丈夫だろう。

　その志は、これからも脈々と受け継がれていくのだから。

　ユリウスは振り返り、精悍な笑顔とともに告げる。

「どうだい、アスタくん？　魔法帝はすごいだろう？」

「知ってます!」

　アスタは即答した。

そしていつものように、大きな笑みを浮かべる。

「オレもいつか、絶対、そのすごい人に――魔法帝になります!!」

そう言いきるアスタの頭上には、青く澄み渡った空が、どこまでも広がっていた。

Asta

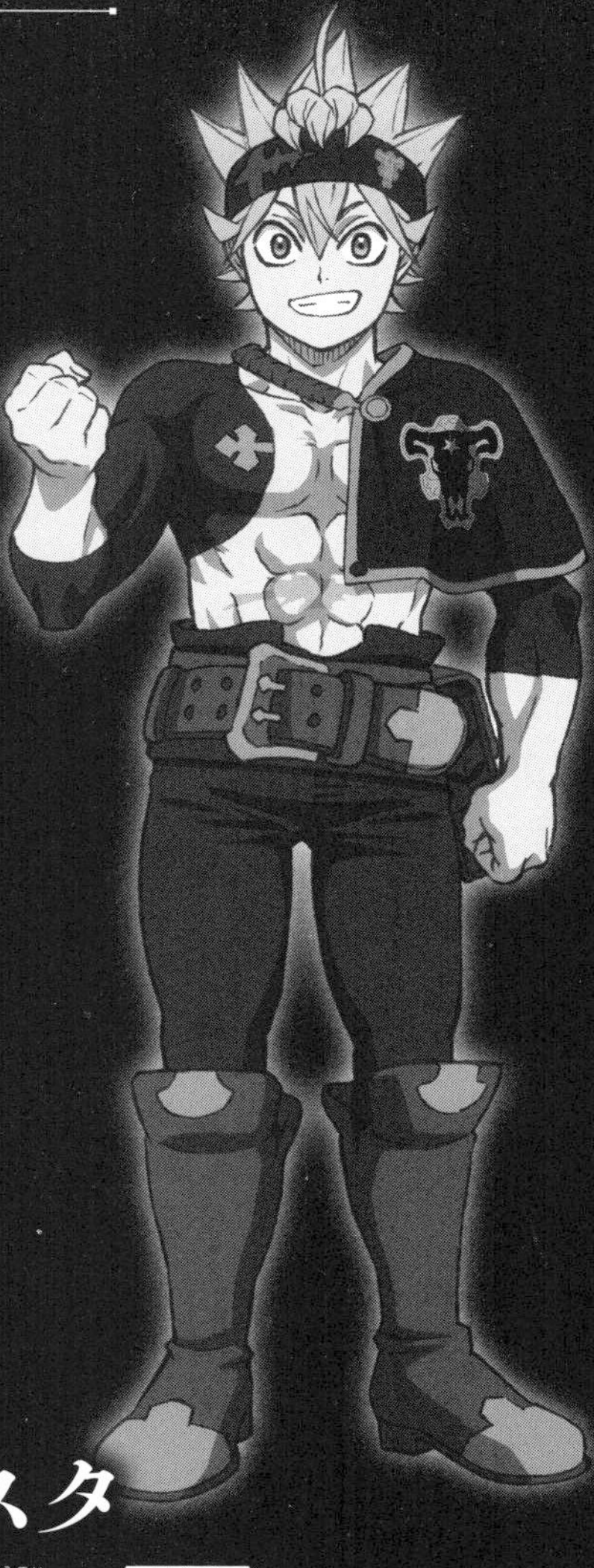

アスタ

未来の魔法帝？　反魔法

「…………」

ハージ村の近くの草原。

魔神の骨を遠くに望む丘の上で、アスタはなにをするでもなく、ボーッと寝転んでいた。

ふいに、こちらに近づいてくる足音が聞こえてくる。

視線をやると、イケメンの幼馴染がアスタを見下ろしていた。

「こんなとこでサボってんじゃねえよ」

「オレめっちゃ働いたんですけど！」

ガバッと上半身を起こしながら反論するアスタ。

その時、ハージ村の方から賑やかな声が聞こえてきて、ふたりの意識は自然とそちらに向いた。

「……あっちこっちボロボロだったけど、思ったよりも早く元通りになりそうだな！」

アスタの言うように、復興担当魔道士たちの指示のもと、村人総出で破壊された家屋を直しているので、村が元通りになるまで、そんなに時間はかからなそうだ。

その作業も、皆が活き活きとやっているのが救いだった。

ユノは「ああ」と、短く返事をし、ふたりはなんとなく魔神の骨に視線を移す。

しばし無言の時間が流れてから、アスタがポツリと言った。

「コンラートも、魔法帝だったんだもんな……」

魔法帝。

それは、アスタとユノの夢の果てだ。

コンラートは、ふたりが目指す魔法帝像とは大きくかけ離れていた。

しかし間違いなく、彼も魔法帝だったのだ。

しかもユリウスの話では、誰よりもこの国を良くすることを願っていた、民衆思いの優しい魔法帝だったという。

それが大事な人たちを失い、ああなってしまった。

……本当に、これで良かったのだろうか？

彼がやったことは間違っていた。絶対に阻止すべきことだった。

しかし、なにかひとつでも違うことが起きていたり、起きていなかったりしたら、こうはなっていなかったかもしれない。

そうなっていれば、コンラートはいまも魔法帝をしていて、色々なことを教わったかもしれないのだ。そう思うとやりきれない。

それに、アスタとコンラートは、本当に似ている。

……もし、この先。

大切に思っている人を理不尽に奪われたりしたら、自分も……。

「いでッ！」

そんな考えを頭から追い出すように、イケメンの拳骨がお見舞いされた。

長い付き合いなので、考えていることが分かってしまったのだろう。

いつものクールな笑顔を浮かべたユノは、いつもより少しだけ温かみのある声で告げた。

「ありえねー」

「……だなっ！」

アスタはニカッと笑いながら、溜飲が下がるのを感じていた。

晩年のコンラートの周りには誰もいなかった。

しかし、アスタにはユノが、黒の暴牛が、他のみんながいる。

アスタが間違ったことをしたら、どんなことをしてでも止めてくれる、仲間がいるのだ。

アスタはひとりではなにもできない。

みんなと一緒に、この先も進んでいくのだ。

気持ちを新たに起き上がると、先行して歩くユノが背中越しに言う。

「そもそも魔法帝になるのはオレだ！」

「いーやオレだ！　オレは魔法帝になる!!」

「すーん」

「『すーん』じゃねえよッ！　よし！　やるか!?　トライアンフは中止になっちまったけど、オマエとだけは決着つけねえとだからなあ!!」

「ありえねー」

立ち止まって振り返るユノ。言葉とは裏腹に、その顔には好戦的な笑顔が張り付いていて、間合いもほどよく開いている。

長いつき合いなので、考えていることは分かる。

きっと彼もそのつもりで、アスタのもとへ来たのだろう。

アスタは魔導書（グリモワール）から断魔（だんま）を引き抜き、即座にブラックへと変身した。

対するユノも魔導書（グリモワール）を開き、〝スピリット・ダイブ〟を発動し、〝スピリット・オブ・ゼファー〟を構える。

魔力と反魔力（アンチ）の波動が相殺（そうさい）し合い、平和な丘の上に剣呑（けんのん）な風が吹き荒れる。

その風を全身に浴びながら、ふたりの剣士は獰猛（どうもう）な笑顔を向き合わせた。

そして、凄まじい勢いで同時に飛び出していき、

「「魔法帝になるのは、オレだ！」」

「戦いごっこ」の続きを、始めたのだった――。

■初出
映画ブラッククローバー　魔法帝の剣
書き下ろし

この作品は、2023年6月公開の『映画ブラッククローバー　魔法帝の剣』
（脚本・ジョニー音田、折井愛）をノベライズしたものです。

[映画ブラッククローバー　魔法帝の剣]

2023年 6 月14日　第1刷発行

著　者／田畠裕基●ジョニー音田

装　丁／バナナグローブスタジオ

担当編集／渡辺周平

編集協力／北奈櫻子

編集人／千葉佳余

発行者／瓶子吉久

発行所／株式会社　集英社

〒101-8050　東京都千代田区一ツ橋2丁目5番10号
電話　編集部／03（3230）6297
読者係／03（3230）6080
販売部／03（3230）6393《書店専用》

印刷所／中央精版印刷株式会社

Printed In Japan　ISBN978-4-08-703535-3 C0293

検印廃止

地獄楽（ジゴクラク）

Jigoku Raku

波間の追憶

原作 賀来ゆうじ
小説 菱川さかく

JUMP j BOOKS

地　獄　楽　人物紹介

画眉丸（がびまる）

“がらんの画眉丸”と畏れられていた元石隠れ衆（いわがくれしゅう）の最強の忍。
死罪人として囚えられたが、
愛する妻の為に佐切と一緒に
仙薬を探すことに。

山田浅ェ門 佐切（やまだあさえもんさぎり）

“首切り浅”と呼ばれた斬首刑などの
処刑執行人を務める浪人・山田家の娘。
女性ながら剣技に優れているが、
殺すことの業に囚われ悩む。
試一刀流（ためしいっとうりゅう）十二位。

画眉丸（がびまる）の妻

石隠れ衆忍の長の娘。
捕らえられた画眉丸の
帰りを待つ。

付知（ふち）

山田浅ェ門・試一刀流九位。巌鉄斎の監視役。医学の徒。

杠（ゆずりは）

傾主（けいしゅ）の杠の呼び名を持つくのいち。

士遠（しおん）

山田浅ェ門・試一刀流四位。あか絹の監視役で典坐の師。

仙汰（せんた）

山田浅エ門・試一刀流五位。杠の監視役。博識。

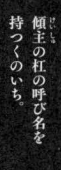

衛善（えいぜん）

山田浅ェ門・試一刀流一位。陸郎太の監視役。

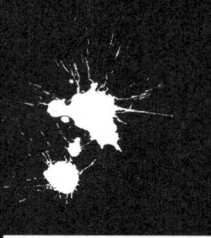

追加組

シジャ

石隠れ衆。次代画眉丸候補。

殊現（しゅげん）

山田浅ェ門・試一刀流二位。

清丸（きよまる）

若衆が故に段位なしだが才器の持ち主。

雲霧（くもきり）

石隠れ衆。画眉丸・シジャの同期。

十禾（じっか）

山田浅ェ門・試一刀流三位。

威鈴（いすず）

女性の指南役を務める剛剣使い。

あらすじ

時は江戸時代末期となる頃——。かつて最強の忍として、畏れられた“画眉丸”は抜け忍として囚われていた。そんな中、打ち首執行人を務める“山田浅ェ門 佐切”から、極楽浄土と噂の地で「不老不死の仙薬」を手に入れれば無罪放免になれるこ

死闘を繰り広げ、仙薬を守る天仙の一人・ムーダンを倒した佐切一行と、タオの力を暴走させる亜左弔兵衛を退けた画眉丸一行は合流し、洞窟の中で作戦を練る。時を同じくして幕府の命により追加組の強者たちが島へと向かい始め、仙薬探しに更なる混

地獄楽

波間の追憶

目次

序幕 009
第一話 矛盾する生命（いのち） 011
第二話 暗闇に咲く花 073
第三話 愛の道行（みちゆき） 133
第四話 刀に映るもの 181
終幕 250

● 序 幕 ●

探すは不老不死の仙薬。

見返りは無罪の御免状。

神仙郷——遥か南西海、琉球国の更に彼方にて発見された秘島に、十名の死罪人と十名の山田浅ェ門が送り込まれて早三日が過ぎた。


ここは死を呼ぶ極楽浄土。ある者は島への上陸すら叶わずに死に、ある者は出会い頭の殺し合いで果て、ある者は脱出に失敗し、また、ある者は島で待ち受ける人ならざる存在の餌食となった。


進むも地獄、引くも地獄。ならば身命を賭して、地獄の先へと突き進むのみ。

果てに待つは更なる地獄か、極楽か。

生き残った死罪人と山田浅ェ門は互いに導かれるように合流し、一時的な協力関係のもと洞窟へと身を隠す。

一方、追加組の山田浅ェ門と、石隠れの忍達を乗せた船が、新たな悪夢と厄災をまとわせて神仙郷に接近していた。

JIGOKURAKU

すぐそばに香る死が、束の間、記憶の底へと彼らを誘う。

潜伏する洞窟の近くでは、山田浅ェ門随一の解剖通が命の在り方に思いを馳せ、
最終決戦を前に、他人を信用しないくの一が生きるために共闘を選んだ。
島に向かう船の上では、般若の面をつけた石隠れの忍が瞳を昏く輝かせ、
墨染の肩衣をまとった試一刀流二位の侍が、波を睨んで一門の無事を祈っていた。

混沌と、混乱と、混迷と。
風雲急を告げる壮大なる命の実験場で、胸の底に沈んだ記憶が、さざ波のごとく揺らめいた。

第一話

矛盾する生命（いのち）

「お逃げ」

なだらかな丘の上で、中腰になった小柄な人物が静かに言った。

黒い肩衣をまとい、一見すると由緒正しい侍の出で立ちだが、変わっているのは刀を二本背負っていること。そして、本来刀を差すはずの腰に、巾着を改良した道具入れがぶら下がっていることだ。

そこには小刀や、曲がりくねった金具、匙のついた金属棒など見慣れぬ小道具が丁寧におさめられている。背負った刀のうち一本は、尖った歯が連なる片刃鋸で、もう一本も先端が曲線を描いた特殊な加工が施されている。

それらは全て、ある目的のために特別にしつらえたものだ。

解剖。

試一刀流 九位――山田浅ェ門付知にとって、それは生命を知るための行為だった。

ただ――

「本当は君を解剖してみたかったけど……今は誰の命も奪う気になれない」

付知は、視線の先にいる生き物に向けて呟(つぶや)いた。

それは岩山で遭遇した亜左(あざ)兄弟が連れていた生命体だ。

道士(どうし)、と桐馬(とうま)が呼んでいたが、球根のような、根菜のような、なんとも形容しがたい頭部を持っている。どこが目でどこが耳なのかすらわからないが、どうやら見えてもいるし聞こえてもいるようだ。戦いで失ったのか、下半身は既に消失しており、上半身だけで活動している時点でこれが尋常な存在でないことは明らかだ。

医学探究の徒としても、神仙郷(しんせんきょう)の謎(なぞ)を解く意味でも、この奇怪な生命体を殺して解剖しない手はない。それなのに、今はそんな気になれなかった。

きっと、道場時代から親友だった仙汰(せんた)の死を知ったせいだ。

今、論理的に取るべき行動と、自らの感情が乖離(かいり)していることを自覚する。

「わからない……」

付知は苦しげに呟いた。

論理。理屈。整然と紐(ひも)づけられた美しき体系の中にこそ真理がある。それを解き明かすことが自らの使命であり、人類に貢献する道だと思っていた。

ずっとそう考えてきたし、ずっとそう信じてきた。生命の深淵(しんえん)にはいまだ届かずとも、積み上げてきた知識と思考量にはそれなりの自負がある。

なのに、神仙郷に来てからというもの、わからないことばかりだ。

ここでは見たことも聞いたこともない生き物が闊歩し、氣という触れることもできない妙な力が蠢いている。何より、死刑執行人である山田浅ェ門の自分が、目付け役という職務を越えて、死罪人と命運を共にしているという事実。

ずっと生命のことを知ろうと思っていた。

少しは知ったつもりになっていた。

だけど、ここで生命に触れ、友を失い、生命の大切さを知って——そして、今、本音では全員での生還を願ってしまっている。

死罪を許されるのは、願いが叶うのは、一人のみだと知っているはずなのに。

「僕は——僕達は、矛盾している……」

身体を引きずるようにして逃げる道士の背中を見つめる付知の脳裏に、遠き日の記憶が蘇った。

触れ得ぬものは肯定できない。

それが山田浅ェ門付知の信条だった。

例えば占いのような漠然とした未来予想。

例えばゲン担ぎのような無意味な法則の妄信。

例えば神頼みのような不確実な願望の叶え方。

そういったものを付知は信じることができない。

なぜなら真実にはいつも明確な形があり、論理的な再現性を伴うものだから。

それなのに、見えないものに振り回されている人間のなんと多いことか。

「ねえ、君もそう思わない？」

冷水に浸した刃物に、付知の丸い瞳が映り込んでいる。

溢れんばかりの好奇心を湛えたその目を、付知は木台に横たわる人物に向けた。

反応はない。相手は四肢をだらんと投げ出し、衣一枚すら身につけていない。付知は気にする様子もなく、その露出した腹部に、おもむろに刃先を添えた。

ぷつり、と鋭利な先端が皮膚に食い込む感触が伝わる。

「さあ、見せてくれ」

付知はそう呟いて、右手をまっすぐに引いた。

綺麗な縦線が、相手の腹の上に描かれる。薄皮である表皮が、その下にある少し硬い真皮とともに左右に裂けた。奥には黄色い脂肪の層が待ち受けている。刃に脂がつくと切れ味が鈍るので、拭い取りながら、素早く脂肪の森を抜ける。

最下層に現れたのは弾力を持つ薄紅色の筋肉だ。

少し力を込めて、しかし、内部までは傷つけないよう慎重に、筋肉とその下の膜を切り開くと、まだみずみずしさを保った腸の一部が顔を覗(のぞ)かせた。

横たわる人物は、腹を切り裂かれているというのに身じろぎ一つしない。

それもそのはず、相手の首は既に斬り落とされているのだから。

「うん、やっぱり内臓は可愛(かわい)いな」

死刑執行人。首斬り浅。様々な呼び方で時に揶揄(やゆ)される山田浅ェ門には、処刑した死体を貰(もら)い受け、刀鑑定用の試し斬りに使ったり、脳や胆嚢(たんのう)から丸薬を製造したりといった死体取り扱い業としての顔がある。

とりわけ付知にとっては、死体の扱いはそれ以上の意味を持っていた。解剖という行為は、ただ丸薬の材料を取り出すだけではなく、人体の構造と機能を知り、理解するための神聖な営みだ。

その先には、医学の発展という人類への貢献がある。

道場の倉を改造した研究室で、身体の内側に広がる真実に手を触れる時間が、付知は好きだった。

「付知殿」

ふいに後ろから名を呼ばれ、付知は刃先を止めた。

振り返ると、扉が薄く開いており、明るい陽光が差し込んでいる。死体が傷まないように倉の扉はいつも閉めているので、わずかな光でもやけに眩しく感じる。

目を細めて眺めると、逆光の中に立つのは、黒髪を後ろで一つに結んだ山田家当主の娘。その三歩ほど後ろに、眼鏡をかけたふくよかな体型の同僚がいる。

「佐切……仙ちゃん……どうしたの？」

わずかに顔をしかめている佐切に、付知は言った。仙汰に至っては明らかに距離を取っている。扉の隙間から覗く佐切は、腹のぽっかり開いた死体をなんとも言えない表情で見つめ、遠慮がちに口を開いた。

「その、今日はみんなで団子を食べようって」

「あ、そうだった」

評判の団子屋が町にできたという噂を仙汰が聞きつけ、三人で行ってみようと約束していたのだった。

「じゃあ、終わらせて準備しないとね。佐切も腑分け手伝う？」

「あ、えっと、うーん……」

「この罪人、押し込み強盗で四人殺した凶悪犯なんだけど、内臓は結構可愛いよ。肝臓なんか特につるっとして頬ずりしたいくらい」

「頬ずりは、したくないです……」

「仙ちゃんは？」

「あ、いや、僕はいいですっ」

仙汰は慌てて首を横に振った。長年解剖について語って聞かせた甲斐があってか、佐切は最近少しずつ興味を持ち始めているようだが、仙汰のほうはからっきしである。

しかし、彼らは付知の行為を決して否定はしない。神妙な表情を浮かべたり、時には青ざめた顔をしながらも、興味深く話を聞いてくれる。その関係性が心地よく、自然と仕事や稽古の合間によく三人で集まって茶を飲むようになっていた。

付知は血に塗れた手を拭うと、くすりと笑った。

「じゃあ、ちょっと待っててくれる？　すぐに終わらせるから」

五月晴れの空の下、江戸の往来はいつものように賑わいに満ちていた。

ついさっきまで死臭漂う薄暗い空間にいたため、眩しいほどの活気を全身に浴びると、まるで別世界に来たようだ。

件の団子屋の軒先に出された席に、三人は腰を下ろした。

「ん、美味しい……！」

串団子を口に含んだ佐切が、目を見開いて言った。

こんがりと焼き色のついた団子から、香ばしい醤油の香りが漂ってくる。

佐切はもぐもぐと顎を上下させながら、感心したように頷いた。

「仙汰殿の見つけてくる店は、本当にいつも間違いありませんね」

「ふふふ、ここは草団子も絶品という噂なんですよ」

眼鏡の縁を得意げに持ち上げた仙汰は、まだ団子に手をつけておらず、帳面を開いて楽しそうに筆を動かしている。紙面の団子は匂い立つような質感で描写されており、さすが画家を目指していたというのは伊達ではない。

空は快晴。桜の時期は少し過ぎてしまったため、花より団子とはいかないが、木々の新緑が目に眩しく、絶好の団子日和であることは確かだ。

仙汰おすすめの草団子を、付知は頬張ってみた。

「あ、本当だ。草団子おいしいね。よもぎの香りがすっごくいい」

「え、ちょっともらってもいいですか、付知殿」

「うん、佐切の醤油団子も食べてみたいな」

「じゃあ、串を一本交換しましょう」

草団子と醤油団子を一本ずつ交換する。醤油団子のこんがりした焼き目が食欲を誘い、頭からぱくりとかぶりついた。

すると、仙汰が筆を持つ手を止め、じっとこっちを眺めている。

「ん？　どうしたの、仙ちゃん」

「いや、いつも思うんだけど、腑分けの直後によく食べられるなぁって……」

「腑分けは腑分け。団子は団子。そこに論理的な関連性なんてないからね」

「まあ、そうなんだろうけど……」

付知は佐切からもらった醤油団子を、おもむろに顔の前に掲げた。

「でも……この醤油団子、よく見るとさっき取り出した胆嚢に似てるかも」

「ええっ、そういうこと言わないで」

仙汰は青ざめて、醤油団子の載った皿を遠ざけた。

「首は斬るのに死体は苦手だなんて変わってるよね、仙ちゃん」

「首を斬るのは、お役目だから……」

うつむいて答える仙汰に、付知は明るい調子で両手を広げる。

「うん、すっごく意義のあるお役目だよ。仙ちゃん達がたくさん首を斬ってくれるから、たくさん解剖ができて、医学の発展に繋がる。感謝してるよ」

「うぅ、喜んでいいのかな……」

「勿論っ。それに、死体は全然怖くないよ。むしろ下手に生きてる人間より、つきあいやすいくらい」

「そういうものですか？」

驚いて言う佐切に、付知は頷いてみせた。

「だって、人は嘘をつくけど、死体は嘘をつかないからね」

「…………」

顔を見合わせる二人を前に、付知は胆嚢によく似た団子を口の中に放りこむ。

「どんな生き方をしてきたのか。どういう理由で死んだのか。もし今僕が死んだら解剖で最後に団子を食べたってこともわかる。死体は時に生きている人間より雄弁なんだ」

「なるほど……」

佐切は感心した様子で首を縦に振った後、わずかに身を引いた。

「でも、付知殿。その……罪人の軀（むくろ）をいじるのを、少し怖いと思ったことはないですか」

「ないね。罪人だろうが、善人だろうが、一皮剝（む）けば中身は僕らと同じだし」

「中身は同じ……でも、化けて出られるとか」

「幽霊なんていないよ」

「言い切りましたね」

付知は三つ目の醬油団子を串から齧（かじ）り取った。

「僕は触れられるものしか信じないから」

「ですが、前に期聖（きしょう）殿が髪の長い女の幽霊を見たって」

「おおかた風に揺れる柳と見間違えたんじゃないかな。期の字はああ見えて意外と怖がりだから」

「源嗣（げんじ）殿が天井から覗いてる人の顔を見たって」

「三つのシミが三角に並んでると顔に見えるもんだよ。お源も体は大きいのに、肝（きも）が小さいところがあるよね。あの二人、いがみ合ってる割によく似てる」

「十禾（じっか）殿が恐ろしい女の霊に追いかけられたって」

「それは幽霊じゃなくて、本物だと思うよ」

「う、それはそうかも……」

きっと相手の女が、この世のものとは思えないほどの形相をしていたのだろう。

一体何をやらかした、十禾。

「でも、葛飾北斎（かつしかほくさい）、円山応挙（まるやまおうきょ）、歌川国芳（うたがわくによし）。古今東西、様々な幽霊画が描かれています。それは幽霊の存在を肯定する材料にならないですかね」

仙汰が右手を小さく挙げて議論に入ってきた。

三人で集まると、何気ない話題が、こうして発展していくことがよくある。

そんな時間もまた付知にとっては心地よいものだった。

「幽霊画は幾つか見たことがあるけど、逆に幽霊なんていないと思ったけどね」

「どういうこと……？」

怪訝（けげん）な顔の仙汰に、付知はこう続けた。

「だって、幽霊画には足のない幽霊がよく描かれてるけど、そもそも足がないのにどうやって移動するのさ」

「それは、その、霊魂だから、浮いて……」

「ということはほとんど質量がない訳だよね」

「そうなる、かな？」

「なるよ。鳥みたいな羽がある訳でもない以上、人間大の物体が浮かび上がるには体重を極限まで軽くするしかない。でも、人が考えて動くには相応の質量が必要でしょ。脳だって心臓だって筋肉だって結構重い訳だし」

「まあ、確かに……」

「人を脅かせるほどの知能や身体機能と、風に浮かべるほどの軽量化は両立し得ない。つまり、幽霊の存在は論理的に矛盾している。だから、いない。以上」

「うーん……」

「逆にもし幽霊がいるなら是非会ってどう動いているのか聞いてみたいな。そこには僕の知らない理屈があるってことだから」

「むむぅ……」

仙汰と佐切は腕を組んで同時に唸った。

「なんか、そこまで言われると、確かにいないような……」

「付知殿は、本当に論理的ですね」

付知は当然といった風に頷く。

「物事を把握するには、因果関係を正しく理解することが必要だからね。逆にどうして幽霊みたいに論理的に矛盾した存在にみんなが振り回されるのか不思議でならないな」

「耳の痛い話です……」

佐切が申し訳なさそうに答えると、ふいに往来の向こうが騒がしくなった。

人々のざわめきだけではなく、どこかから鐘の音も聞こえる。

「あれ、これってまさか……？」

佐切が首を巡らせ、仙汰が立ち上がった。

「火事、かな……？」

よく見ると、視界の奥で黒煙が空に立ち昇っている。

鐘の音は、おそらく火事を知らせる火の見櫓（やぐら）の半鐘だ。

火事と喧嘩（けんか）は江戸の華。

煙に吸い寄せられるように、江戸っ子達が火事場のほうへ駆け出していった。

「私達はどうしましょう？」

「別にいいよ。興味なし。火事なんて江戸じゃあよくあることだし。下手に見物なんか行って手討ちにされても困るしね」

火事場泥棒などの二次被害をおさえるために、幕府からは火事見物禁止のお触れが出ている。付知は腰を下ろしたまま、団子をのんびりと口に入れた。

その泰然とした態度に、佐切も仙汰と顔を見合わせて席につく。

「確かに……我々に何かができる訳でもないですしね」

一通り団子を平らげ、そろそろ道場に戻ろうと立ち上がったところ、様子を見に行った野次馬達が何人か戻ってきた。彼らに別の町人が声をかける。

「おい、どうだった」

「ああ、五町先の長屋で火が出たみたいだ」

「かなり燃えてんのか」

「いや、すぐに火消しが出て、大して燃え広がっちゃいねえよ」

「てやんでぇ、面白くねぇ」

そんな会話を耳にしながら三人で並んで歩き出すと、「ただよ――」と野次馬の声が聞こえた。

「一人逃げ遅れたみたいで、焼け跡から仏さんが出てきたってよ」

ぴた、と付知の足が止まる。

恐る恐る振り返った佐切と仙汰に、付知は丸い瞳を輝かせて言った。

「佐切、仙ちゃん、やっぱり行ってみよう！」

江戸の住居は、武士の住まう武家屋敷、神社仏閣のある寺社地、そして庶民の町人地に大きく分けられている。町人は長屋と呼ばれる集合住宅を借りるのが一般的で、火事現場もそんな長屋が密集した一画にあった。

幸い炎は他の建物に燃え移ってはいない。というより、現場周囲の建物は火元をぐるりと取り囲む形で既に取り壊されており、火消し達が周囲を慌ただしく動き回っている。

十分な水がすぐに用意できないため、江戸の火事では消火より延焼を防ぐことに重きが置かれる。火が燃え広がる対象を先んじて取り壊し、防火帯を作ることで消火を図る破壊消防というやり方だ。従って、火元になった建物は、燃え尽きるのを待つ他ないため、ほぼ全焼と言っていい状態だ。もはや原形は留めていないが、燃えるものは燃やし尽くしたのか、火勢はもうおさまりつつある。

火事見物禁止のお触れがあるため、三人はやや遠巻きに煙の立ち昇る現場を眺めていた。

「まったく、さっきは興味ないって言ってたのに……」

半ば呆れ口調の仙汰に、付知は唇をとがらせる。

「だって、せっかく焼死体が出たなら見ておかないと」

　火刑になった死罪人を目にすることはあるが、それほど多くはない。そもそも火あぶりになった罪人は、損傷がひどくて試し斬りや丸薬製造には適さないため、付知のところにまわってくることが少ないのだ。

　隣に立つ佐切がたしなめるように口を開く。

「ですが、付知殿、さすがに火事のご遺体を貰い受ける訳にはいきませんよ」

「わかってるよ、佐切。あくまで見物だから」

「当然、解剖ができる訳でもありませんし」

「わかってるって。少しは信用してよ」

　そう答える付知の視線は、黒ずんだ長屋の残骸ではなく、手前の地面にひかれたムシロに向けられている。上からもムシロがかけられているため確認はできないが、おそらく発見された遺体があるのだろう。

「おうおう、見世物じゃねえぞ。野次馬は散れ散れ」

　遺体の脇に立つ男が、犬を追い払うような仕草を見物人達に見せた。

　黒の紋付羽織。結った髷（まげ）がトサカのように逆立っており、帯には大小の刀と十手（じって）が水平に差してある。市中の警備を司る（つかさど）同心だ。

「泣く子も黙る鬼の沢村ってのは俺のことだ。言うことを聞かねえ奴ぁたたっ斬るぞ」

沢村、と名乗った同心は威勢よく声を張り上げ、野次馬を睨みつける。勢いに怯んだ者達が逃げるように現場を離れていった。

「ったく、火の扱いにゃ気をつけろって、何度言ってもこんな馬鹿が出てきやがる」

悪態をつく沢村に、部下と思しき岡っ引きが言った。

「行燈の火種でも残ってたんですかね」

沢村の吊り上がった両眉が、更に鋭角になった。

「あぁ、馬鹿か、おめえは？　こんな真っ昼間に行燈なんか使う訳ねえだろ」

「あ、そ、そうか」

「寝煙草に決まってんだろがよ。裏長屋で起こる火事なんざぁ、大半が寝煙草からって相場が決まってんだ」

「本当にそうでしょうか？」

「あぁ？　てめえ、俺に口答えする気か。いい度胸じゃねえか、こらっ」

沢村が部下の岡っ引きの襟首を勢いよく摑み上げた。

「ち、違いますっ。今の俺じゃないですって」

「あぁ？」

げほげほと咳き込んだ部下は、おびえた表情で右隣を指さした。そこには発見された焼死体を一時的に安置しているムシロがある。今、その脇で中腰になって、ムシロをめくりあげている人物がいた。

黒い肩衣をまとい、二本の刀を背中に負っている。

真横に切り揃えられた前髪の下で、丸い二つの瞳が爛々と輝いていた。

「おい、てめえはなんだ」

「ああ、お気になさらず。通りすがりの者です」

付知は相手に向けて、右手を軽く上げて見せた。しかし、その視線はちらりとも同心に向かず、ムシロに横たわる遺体のみに注がれている。

禍々しい火傷が皮膚の深層まで到達し、あちこちが黒く炭化している。熱の作用で四肢の筋肉は収縮し、まるで炎に抗うように拳を構える姿勢を取っていた。左手の小指は欠けており、焼けただれた断面に骨が覗いている。高熱で炙られた顔面の、少し開いた口からは今にも苦悶の呻き声が聞こえてきそうだ。

「なるほど……よく焼けてる」

「え、あれっ？　付知殿、いつの間にっ！」

「あわわ、一瞬目を離した隙に……」

JIGOKURAKU

佐切と仙汰が、ようやく気づいたように付知のもとへ駆けてきた。

「通りすがりだぁ？　ふざけてんのか、てめえは」

沢村が低い声色でゆっくりと近づいてくる。

「おい。お上から火事見物が禁止されてんのは知ってるよなぁ」

その指先が、おもむろに腰の刀の柄に伸びた。

「それで、聞き分けの悪い野郎は、斬り捨てても構わねぇのも知ってるよなぁ？」

威圧感たっぷりに歩み寄ってくる沢村を、付知は迷惑そうに見上げる。

「ちょっとすいません。今、集中してるんで静かにしてもらえます？」

「てめえ、死んだぞ、こらぁっ！」

同心が渾身の力で振り降ろした刃は、しかし、付知の頭には届かなかった。

横から間髪入れずに差し出された刀身によって、空中で受け止められたからだ。

刃と刃が火花を散らして交錯し、キィンと甲高い音が鳴り響く。

「てめえはなんだ、女ぁっ」

突如現れた佐切に、沢村が歯を剥いて怒鳴る。

刀を鞘に戻した佐切は、申し訳なさそうな顔で一歩下がった。

「どうもすいません、連れがとんだご迷惑を」

そして、這（は）いつくばったまま焼死体の観察を続ける付知の肩をがっしりと摑む。

「じゃあ、ご迷惑になってはいけませんから、我々は行きましょうか、付知殿」

「佐切、もう少しだけ」

「付知殿。い、き、ま、す、よ」

「……目が怖いよ、佐切」

付知は渋々（しぶしぶ）立ち上がると、小さく嘆息して着物の汚れを払った。佐切が呆れた顔で眺めてくる。

「まったく、何が少しは信用して、ですか」

「……ごめん、好奇心が抑えられなくて」

「抑えてください。お役人様、本当に申し訳ありません。この人、悪気はないんです。ご遺体が絡むとちょっとおかしくなるだけで」

「佐切……それ、かばってるつもり？」

「ほら、付知殿も謝って」

「あ、わっ」

佐切と仙汰に後頭部を摑まれ、強引に頭を下げさせられる。そのまま二人に追い立てられるように背中を押され、付知は火事現場から遠ざかっていった。

「おい待てこらぁっ！　俺の顔に泥を塗りやがって、ただで帰れると思ってんのか」

大声を上げる沢村に、隣の岡っ引きが遠慮がちに告げた。

「さ、沢村さん、あいつらには関わらないほうがいいですって」

「あぁん？　何言ってやがんだ。あいつら知ってんのか」

「俺、あの家紋見たことあるんです。あいつら、山田道場の奴らですぜ」

「山田、道場……？」

沢村は眉をひそめて、顎に手を当てた。

「まさか……首斬り浅か」

「ええ、死刑執行人、山田浅ェ門。剣の達人ばかりだって噂です」

神妙な顔をする部下を見て、沢村はわざととしか思えないような大声で言った。

「はっ、馬鹿馬鹿しい。所詮、死体に群がるごくつぶし共だろうが」

現場を離れつつあった付知の足が、不意に止まった。

「……聞き捨てならないな」

「あ、わ、まずい……」

「え、ちょっと、付知殿」

踵(きびす)を返した付知は、仙汰と佐切の制止の手を払いのけ、ずんずんと沢村のもとに向かった。そして、人差し指をまっすぐに突き付ける。

「間違ってるのは、あんたのほうだ！」

そばの火事現場で、くすぶった火がぱちっと乾いた音を立てた。

すっかり火勢のおさまった建物とは反対に、前に立つ同心の怒りの炎は赤々と燃え上がっている。

「あぁん、間違ってるのは俺のほうだぁ？」

沢村が顔面を紅潮させて付知に近づいてくる。

「ちょ、ちょっと、付知殿っ」

「お役人の邪魔はしないほうが……」

「ごめん、佐切、仙ちゃん。だけど、死体に群がるごくつぶしなんて言われたら、黙っていられない」

追いついてきた佐切と仙汰を一瞬振り返り、付知は言った。

沢村が挑発するように真上から睨みつけてくる。

「はっ、何が間違ってるんだ。てめえらが人の死体で商売してるのは事実だろうが。汚らわしいんだよっ」

「あんたは何もわかっちゃいない。人体研究は、医学薬学……人の命を広く助けることに繋がるんだ。それに――」

付知は沢村を睨みつけた後、ムシロの中の遺体に視線を移した。

「僕は死した軀の叫びを誰よりも聞いてきた」

「付知殿……」

肩を摑んでいた佐切の手が緩む。

付知はもう一度、沢村を正面から指さした。

「死体の声も聞けないあんたこそ、同心として失格だ」

「はっ、面白(おもしれ)えじゃねえか。この鬼の沢村を失格呼ばわりたぁ」

沢村は殺気を瞳に宿らせ、遠巻きに現場を眺める見物人達に手招きをした。

「おい、野次馬共、こっちに来い。特別に見物を許してやる。山田道場の浪人風情が、同心様に挑戦状って訳だ。せっかくなら観衆の前で検分勝負としゃれこもうじゃねえか」

その口調には、往来で恥をかかせようという魂胆が透けて見える。

火事と喧嘩は江戸の華。

諍いの匂いを嗅ぎつけたのか、火事見物以外の野次馬もぞろぞろと集まってくる。

「さあ、もう逃げられねえぞ。これだけの見物人の前で逃げ出しゃあ、ごくつぶしに腰抜けっつう肩書きが加わっちまうなぁ」

「逃げられないのはあんたのほうだ」

「はっ、減らず口を。じゃあ、言ってみろっ。俺の何が間違っている」

沢村の怒声に、付知は顔色一つ変えずに応じる。

「寝煙草による失火っていうのがあんたの説だけど、僕からすれば遺体も見ずに断定できるほうが不思議だよ」

「はぁ？　検死くらいやってるに決まってんだろうが」

沢村は残骸となった長屋の前に安置された遺体に近づいた。被せてあったムシロを勢いよく引きはがすと、凄惨な焼け仏が日の下にさらされる。

一部の見物人から悲鳴があがった。

「てめえこそちゃんと見たのかよ、ガキ。顔もわからねえくらい焼けただれて焦げてやがる。何をどう見たって焼死体だろうがよ。てめえはこれが水死体にでも見えるのかよ」

「水死体じゃない、というのは同意する」

付知は遺体をじっと見つめて答える。沢村はわずかに眉の端を動かした。

「次だ。こんがり焼けていても体つきは見て取れる。こいつは女じゃねえし、子供でもねえ。大人の男だ」

「それも同意」

「ふん。じゃあ次の疑問だ。こいつは一体誰なのか」

沢村は得意げな顔で、鷹揚に腕を組んだ。

「見てとれる特徴は左手の小指がねえことくらいだが、それについてもこっちぁ聞き込みが済んでんだよ。おい、教えてやれ」

「は、はいっ」

部下の岡っ引きが慌てて返事をして、懐から帳面を取り出した。

小さな目を更に細めて、文面を拾いあげる。

「ええと、この長屋の大家に話を聞いたんですが、火元の部屋に住んでいたのは、佐平治って野郎です。ひねくれた小賢しい男で、左手の指は賭博でイカサマやった時の刃傷沙汰で失ったようです。嫁と娘にはとうに逃げられ、ここに流れてきたと。仲間もおらず、あちこちに借金もあったようで、借金取りが時々やってくるんで大家も迷惑しているって話でした」

「おい、聞いたか、山田のガキィ」

「ええ。身元をしっかり調べている点は、少しだけ見直しました」

「はっ」

沢村はその鋭い視線を、見物している大衆のほうへ向けた。

「いいか、ここに住んでいた男は一言で言えばろくでなしって奴よ。独り身で、付き合いもなく、ろくな職にも就いてねえ。真っ昼間からやることっつったら酒と煙草くらいしかねえだろ」

まるで演説でもするように、沢村は大袈裟に両手を広げた。

「たらふく酒を飲んで、虚ろな頭で煙草をやる。半分寝ているような状態だ、灰がぽろりと床に落ちても気づかねえ。火が燃え広がるが、もう夢の中だ。あっと言う間に煙に巻かれて息絶える。見事な焼死体の完成って訳だ。これにて一件落着」

「た、確かに……」

「筋は通っているな」

「さすが同心様」

見物人達から次々と感嘆の声が上がる。

称賛を浴びた沢村は、幾分機嫌を直したように口の端を上げ、地面を指さした。

「わかったか、山田のガキ。死体屋ごときが、よくも同心様を間違い呼ばわりしてくれたなぁ。だが、俺ぁ鬼だが、まれに仏になることもある。今、這いつくばって謝るんなら許してやらんでもねぇ」

「付知殿……」

後ろにいる佐切と仙汰も不安そうな表情を浮かべている。

しかし、付知は毅然として言い放った。

「とても、論理的とは言えませんね」

「あぁ?」

眉間に皺を寄せる沢村を無視して、付知は遺体の元へと足を進める。

「火事場から焼けた死体が出てきた。ここには佐平治という独り身の無頼な男が住んでいた。そこまでは事実としましょう。しかし、その先は単なる想像に過ぎません」

だが、沢村も動じない。むしろ、ますます得意げに口を開いた。

「悪いが、佐平治が昼間っから酒と煙草に興じる姿は何度も目撃されている。それでもご不満だってんなら――おい、中を見てこい。失火の原因が見つかるはずだ」

「はいっ」

岡っ引きが弾けるように、焼け焦げた長屋へと入って行った。すぐに「あ、ありましたっ」と外へ出てくる。持っているのは煤塗れの煙管だ。

沢村はそれを受け取ると、観衆に見えるよう大きく振ってみせた。

「これで決まりだなぁ。俺ぁこういう現場は何度も立ち会ってきてんだ。素人(しろうと)がよくも口を出せたもんだなぁ」

「こりゃ、同心様の勝ちだな」

誰かの言葉に、見物人達の大半が頷いている。

喧嘩の軍配は同心にあがった。そんな空気が支配する中、遺体のそばで膝(ひざ)をついた付知は、一度顔を上げて沢村に目を向けた。

「……なるほど。では、火事の原因が煙草である、という意見も蓋然性が高いものとして認めましょう」

沢村は刀に手をかけると、額(ひたい)に青筋を浮かべて付知に駆け寄る。

「ガキィっ。いい加減悪あがきをやめて――」

「では、これはどう説明しますか？」

「あ？」

付知は焼死体の頭を軽く持ち上げ、沢村のほうへと傾けて見せた。

「よく見て下さい。側頭部、やや額よりの位置です。ぱっと見わかりにくいですが、左右をよく比べると、右側が腫れていて、しかも、傷のようなものがある。触ってみると骨にも亀裂があるようです」

　真理の探究は、まず観察から始まる。

　目を凝らし、耳を澄ませ、丁寧に触れてみれば、死者は時に生者より雄弁に真実を語ることを付知は知っている。

　沢村は刀の柄に指をかけたまま、ふんと鼻を鳴らした。

「それがどうした」

「それがどうした？　極めて重要な所見ですよ」

「おいおい、話にならねえなぁ。てめえは焼死体を初めて見たのか？　そんなことはよくあることだ」

「ええ。確かに炎の熱で皮膚が裂け、骨が折れることもあります。頭の中で脳を保護する膜が破れて、頭蓋骨と脳の間に血が溜まることがある」

「じゃあ、問題ねえだろうが」

「しかし、その場合、血の塊は赤褐色でもろいものになるんです」

　付知は腰に提げた道具入れから鋭利な小刀を取り出した。

　素早い動作で傷を抉り、頭蓋骨の骨折部分に刃先を差し込む。

「おい、てめえっ。勝手なことを――」

「やっぱり」

引き抜いた小刀の先には、赤黒い血糊が張り付いている。付知はそれを日の光にかざしてみせた。

「見てください。これは、燃焼による血腫の色ではありません」

「はあ？　なんだと、それが——」

「わかりませんか？　死体の頭部に傷があり、内出血がある。しかし、この血腫は火事でできたものではない。ということは、論理的に考えれば、この頭の傷は火事の発生より前にできていたことになります」

「…………」

沢村は一瞬だけ動きを止め、大仰に肩をすくめた。

「はん……おおかた酒に酔ってどこかに頭をぶつけたんだろうが。不思議でもなんでもねえ」

「いつぶつけたんでしょうか？　それほど古いものには見えません。性状からみて火事のほんの少し前でしょう」

「佐平治は酒に酔った。ふらついて頭をぶつけた。だが、いつものように煙草を吸った。火事が起きた。これで説明はできるだろうが」

「頭に出血するほどの傷を負って、のんきに煙草なんか吸うでしょうか。それに——」

付知は言いながら、腰の道具入れから先端に匙がついた金属棒を取り出した。

それを間髪入れず、死体の鼻へと突っ込んだ。

「こらぁぁっ。勝手な真似(まね)をするなと何度言ったらわかるんだ、てめえはっ」

沢村が腰の刀を引き抜いて、付知の頭上に振り降ろす。

「付知殿っ！」

佐切が止めに入る間もなく、白刃が猛然と付知に迫る。しかし、付知は相手の剣速を上回る速度で、右手に摑んだものを沢村の顔前に突き付けた。

「な、に……！」

虚を衝(つ)かれ、刀を摑んだ沢村の手が止まる。だが、突き出されたそれは反撃の一刀ではなく、死体の鼻から引き抜いた金属棒だった。

「……は？」

「これをよく見て下さい」

金属棒を握りしめた付知は、間近に向けられた刃をものともせず、真剣な表情で言った。

わずかに気おされたように、沢村の視線が、付知から金属棒の先端へと移る。

「って、何も、ねえじゃねえか」

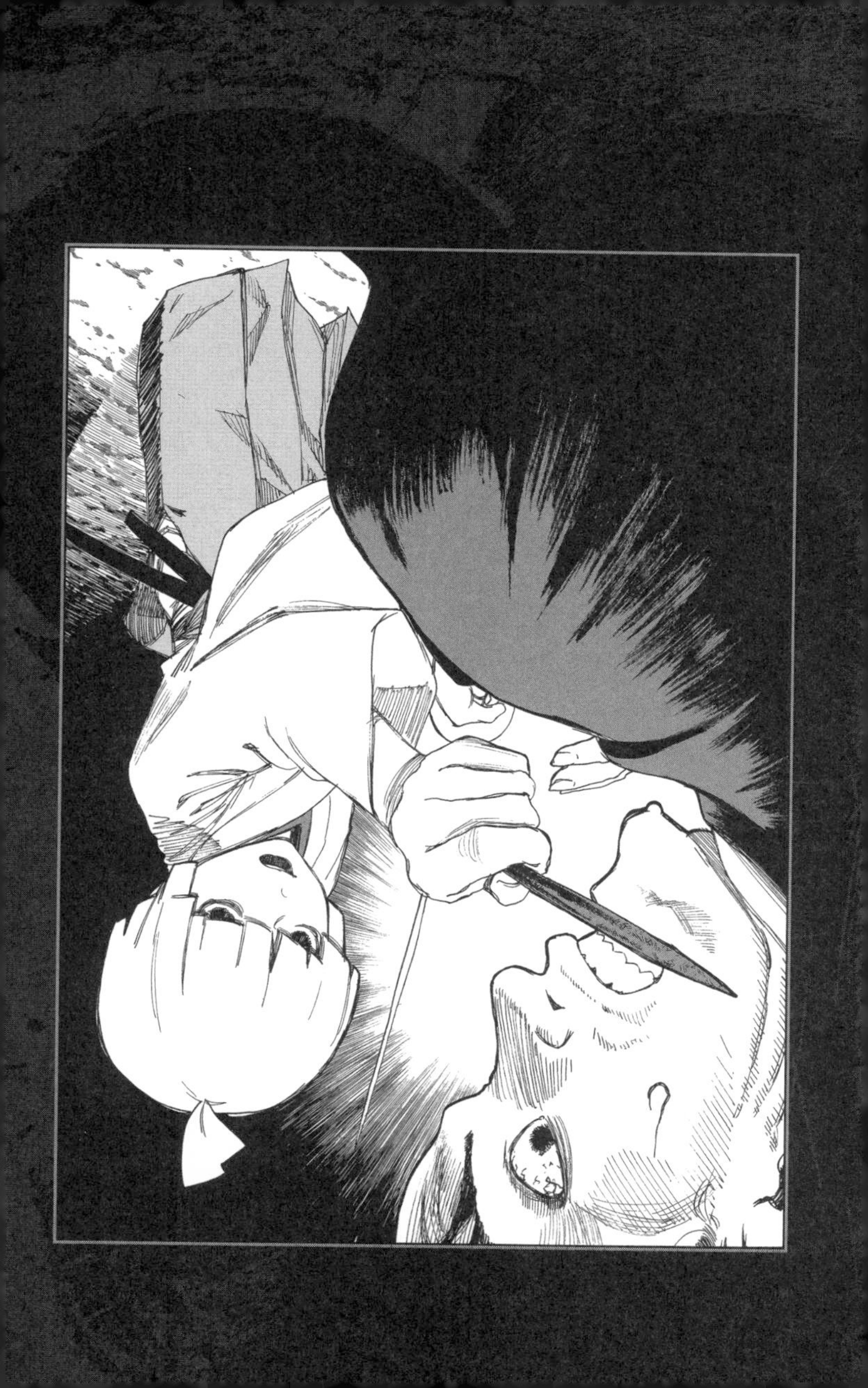

「ええ、何もないんです」

「おい、ふざけてんのか」

「僕は至って真剣です。確かに何もついていない。焼死体の鼻の奥に差し入れた金属棒に、新しい煤が付着していないんです」

「……！」

沢村が両目を見開いた。佐切と仙汰が不思議そうに顔を見合わせる。

「付知殿、それが一体……？」

「簡単な話だよ、佐切、仙ちゃん。人間は呼吸をしなければ生きていけない生き物だ。そして、火事の中で呼吸をすれば、煙に含まれる真っ黒な煤が、嫌でも鼻や喉にこびりつく」

「でも……煤はついていないんですよね？」

「うん、だからこういうことになる」

付知は金属棒を道具入れにしまうと、丸い瞳をわずかに細めて焼けた遺体を見つめた。

「この男は火事より前に死んでいた」

ざわ、と観衆がどよめいた。

からりとした午後の陽射しに、どこか不穏な空気が混ざる。

「既に死んでいた……？」

佐切が恐る恐る発した言葉に、付知は当然と言った風に頷いてみせる。

「そう、火事の時にはもう男は死んでいた。死んでいる人間は呼吸をしないからね。だから、鼻の奥に煤がこびりついていない」

「でも、なんでそんなことが……」

仙汰がわずかに語尾を震わせると、付知は遺体の頭をもう一度持ち上げた。

「煙草を吸っている最中に偶然心の臓に発作が起きた……なんてことも絶対ないとは言えないけど、もっと明確な所見が提示されているよね」

眼鏡の縁を持ち上げた仙汰が、先ほど話に上がった頭の傷を覗き込んだ。

「酔って頭をぶつけて死んだ……つまり、事故ということ？」

「頭の傷が死因なのは正解だと思うけど、事故ではないよ、仙ちゃん。それだと大きな矛盾が残る」

矛盾。つまり、論理的な整合性が取れていない状態。

付知にはそれが無性に気にかかる。なぜなら、破綻した論理の先に決して真実は存在しないからだ。矛盾を拾い上げ、組み換え、論理の道筋を通してやることで初めて真実の姿は見えてくる。

仙汰は少し困った顔で、額を腕で拭った。

「ええと……」

「仙ちゃん。佐平治は火事の前に死んでるんだ。事故死なら、その後の火事はどうして起きたんだろう」

「あっ」

「既に死んでいる者に火事は起こせない。一人で頭を打った後、じわじわ頭内で出血が広がって、ちょうど煙草を吸っている最中に意識を失って灰を落とした、と無理やり考えられなくもないけど、意識を失く(な)してもすぐに死ぬ訳じゃないから、その場合は多少煤を吸い込んでもいいはず。だけど、新しい煤はついてなかった」

沢村が苦々しく唇を引き結んで言った。

「つまり……殺しって訳か」

観衆から短い悲鳴が上がる。

喉が詰まったような沢村の言葉に、付知は頷いて見せた。

「その可能性が最も高いと思います。誰かが佐平治の頭を殴って殺し、その後、煙草の灰を落として火をつけた。そう考えれば、現場の状況を矛盾なく説明できる」

口をぽかんと開けていた佐切が、我に返ったように尋ねる。

「でも、付知殿、なんで下手人はわざわざ火事を？」

「証拠隠滅のためだよ。もともと殺すつもりだったのか、はずみなのかはわからないけど、部屋には頭に傷のある死体が残り、辺りに血も飛び散った。でも、全てが燃えてしまえば失火のせいにできる。ついでに火事の混乱に乗じれば目撃されずに逃げやすくなる」

「すごい……」

仙汰の漏らした呟きが、その場の観衆の気持ちも代弁していた。

付知は口を引き結んで立ち尽くしている沢村に目を向ける。

「焼死で鼻や喉に煤が残るというのは、検死の手引書にも書いてあるはず。よくある火事だと高をくくってしっかり調べていなかったみたいですね。死体に群がるごくつぶしと言ったこと、訂正してくれますか」

「う……ぐ……」

自ら集めた野次馬達からも冷めた視線を浴びた沢村は、拳を震えるほど握りしめて怒鳴った。

「お、俺ぁ負けた訳じゃねえっ。口だけならなんとでも言える。下手人を捕らえてこそ意味があるんだろうが」

「下手人も、ある程度想像はつきますよ」

「何ぃぃっ」

大声を上げる沢村に、付知は澄ました顔で続ける。

「だって、大家の話では佐平治は独り身で、付き合いもなく、ろくな職にも就いてないんですよね」

「ああ、そうだ。それでどうやって下手人の当たりをつける。酒飲み仲間もいやしねえって話なんだぞ。やってくるのはせいぜい借金取りくれえで――」

沢村はそこで言葉を止めた。付知は薄く微笑(ほほえ)んで言った。

「当たりがつきましたね」

その視線を、同心の後ろに立つ岡っ引きに向ける。

「火事の前後に、佐平治の長屋に出入りした借金取りがいるはずです。目撃情報は？」

「あ、いや、たまたま近隣の連中は仕事だのなんだので留守で――」

そこまで言いかけて、「あっ」と、岡っ引きは声を上げた。

「そ、そういえば、近所の童女（わらわめ）が、火事の前、佐平治のとこに着流し姿の目つきの悪い男が入っていくのを見た気がするって……」

驚いたのは沢村だ。

「はあっ？　なんだよ、てめえ、それ」

「い、いや、裏の長屋に佐平治が気まぐれに時々団子なんかを買ってやってたっていう童女がいたんですが、その子が確かそんなことを……」

「おい、てめっ、なんでそれを早く言わねえんだ」

「あ、いえ、話もちょっと曖昧で……所詮、小さな子供の言うことですし……」

岡っ引きの襟首を摑んだ沢村は、ぎりぎりと奥歯を噛み締めて言った。

「つまり、こういうことか。佐平治はあちこちに借金があった。そして、今日もどこかの借金取りがやってきた。だが、ない袖は振れねえ。佐平治の不遜な態度が腹に据えかねた借金取りは、かっとなって持っていた棒切れか何かで殴った。そして、佐平治がおっ死（ち）んだ後、ふと我に返る。このままじゃ殺しだ。そこで失火を装い煙草で火をつけ、全てを有（う）耶無耶（やむや）にして逃げ出すことにした」

「おそらく。ただ――」

頷いた付知がそこで言葉を止めると、天晴と大衆から声がかかった。

喝采の中、沢村が腰の十手を振り上げる。

「てめえら、うるせえっ。火事見物は禁止だってんだろっ。いつまでもそこに突っ立ってるとしょっぴくぞ」

「自分で見物人を集めた癖に……」

「おい、今口答えした奴ぁ誰だっ」

理不尽な態度で、蜘蛛の子を散らすように逃げる野次馬達を追い回す。

騒然とし始めた現場で、じっと何かを考え込む付知の肩を、佐切が叩いた。

「どうしたのです、付知殿？」

「……ん？　ああ、いや」

気づいたように顔を上げ、付知は沢村に声をかけた。

「ところで、まだ暴言を訂正してもらってませんが」

「あぁ？」

立ち止まった沢村は、付知を睨みつけた後、部下の岡っ引きの頭をはたいた。

「はっ。俺だってこいつが情報あげてりゃ、すぐに殺しだって気づいたはずだ。てめえなんぞに負けたとは思っちゃいねえ」

「負け惜しみにしか聞こえませんが」

「ああっ？」

「付知殿、もう行きましょう」

「でもっ」

「付知殿」

佐切に袖を強く引かれ、付知は短く嘆息した。

「……わかったよ」


火事現場を後にした三人は、賑わう往来を山田道場へと向かっていた。

付知は頬を膨らませて、憤然とした調子で言った。

「納得いかないな」

「すいません、私が無理に引っ張ってしまって」

「別に佐切には怒ってないよ。でも、人をごくつぶし呼ばわりした上に、間違いも認めようとしないなんて——」

「まあ、見物人はどっちが正しかったかわかっただろうし……」

「そうですよ。見事な解決劇でしたよ、付知殿。私もおみそれしました」

「でも……」

二人に慰められた付知は、そこまで言って口を閉じた。

一体、自分は何にそんなにこだわっているのだろう。

何かが、妙な気がするのだ。

そう、何かが引っかかっている。だから、あの現場を去るのに抵抗を覚えた。

役人の態度？　勿論それはある。ただ、役人はああいうものだとわかっているはずだ。

前に珍しい女性の遺体を刑場から貰い受けた時も、随分とひどい嘲笑（ちょうしょう）を受けた。

それなら、一体何が――

「ですが、付知殿。そもそもは付知殿が禁止されている火事見物に、首を突っ込んだところから始まったんですよ」

佐切が教え諭すようにたしなめてくる。

「う……それは悪かったって」

「今後は火事より団子にして下さいよ」

「わかってるよ」

「あの団子は絶品だったからねぇ」

仙汰が味を思い出すようにしみじみ言うと、佐切が口に手を当てて笑った。

「ふふ、仙汰殿は指まで食べてしまいそうな勢いでしたよね」

「指……」

付知は、突然立ち止まった。

丸い瞳を呆然(ぼうぜん)と見開き、唇を小さく震わせる。

急激な様子の変化に、佐切が怪訝な表情で覗き込んでくる。

「付知殿……？」

「ああ、しまった。そうだ……そうだったのか。だから、放火だったのか……！」

付知は虚空を見上げて呻くと、眼鏡をかけた同僚に勢いよく詰め寄った。

「仙ちゃん！」

「え、あ、はいっ」

「仙ちゃんの腕を見込んで、一つ頼みがあるんだ」

火事と喧嘩は江戸の華。

さすれば、華が散れば、宴は終わる。

炎が完全に鎮静化し、同心と山田浅ェ門の喧嘩も立ち消えになった現場は、既に閑散とした空気に包まれていた。

後に残るは真っ黒な残骸と、焼けた遺体、そして破壊消防で家を失った者達。

しかし、そういう者達も、持ち出したわずかな家財道具を手に、新たな生活の場を求めて散っていく。飢饉。疫病。大火事。幾度もの災害に見舞われてきた江戸の民はしたたかで力強い。これまでも、これからも、こうして何度でも立ち上がっていく。

「まだ何か用かよ」

再び現場に戻ってきた付知達に、露骨な敵意を向けてきたのは同心の沢村だ。

部下の岡っ引きが、焼け落ちた長屋跡を煤だらけになって這いまわっている。

「ええ。用と言えば用です」

「もう、てめえに構っている暇はねえ。さっさと帰れ」

「何をやってるんですか」

「あぁ？　ほとんど燃えカスだが、一応、佐平治の借金の証文が残ってねえか調べてんだよ。文句でもあんのか」

「別に、文句はありません」

付知はしばらくその場に立っていたが、やがて、おもむろに頭を下げた。

「どうも、すいません」

「な、なんだよ、やぶからぼうに」

戸惑った様子の沢村に、付知は顔を上げて告げた。

「死体の声も聞けないのは同心失格――僕はそう言いました。だけど、その言葉はそっくりそのまま僕にも当てはまっていたかもしれません。真実が見えていないのは僕も同じだった」

「……なんだと？」

「だからと言って、暴言を許した訳ではないのであしからず」

「ちょ、ちょっと待て。そんなことはどうでもいい。それより今の話は、てめえの見立てが間違ってたってことか」

突進するように駆け寄る沢村から身をかわし、付知は死者の元へ向かう。

「それを検証するために戻ってきました」

言いながら、遺体にかかったムシロをめくりあげ、焼き尽くされた姿を再び視界に捉えた。沢村は咎めてこない。ただ固唾を呑んで付知の動向を見つめている。

「ずっと、何かが引っかかっていたんです」

付知は焼けた軀の脇に膝をつき、その手首を摑んだ。

「それがやっとわかりました。この死体、指が一本ないんです」

持ち上げた左手には、小指が欠けている。

「……あ？　そりゃそうだろ。佐平治は以前賭博のイカサマがばれて、刃傷沙汰で小指を失った。そう言っただろうが。聞いてなかったのかよ」

「聞いてましたよ。だから、出血痕がなくても不思議に思わなかったんです」

「……出血？」

「ええ。火傷もあってだいぶわかりにくいですが、欠けた指の部分、血が付着していないんです」

「だから、それの何が問題なんだ。小指を失ったのは昔の話だろうが。今さら血なんて出る訳ねえだろ」

「それに、断面に骨が露出しています」

「皮膚が焼けりゃそういうこともあるだろうが」

「僕も最初そう思っていました。ですが、昔失ったものなら傷口に肉が相応に盛り上がっているはず。断面だけ骨が露出しているのは不自然じゃないでしょうか」

沢村は眉間に皺を寄せ、ゆっくりと近づいてくる。

「何が言いたい？」

「つまり、この指は刃傷沙汰で失ったのではなく、死後に切り取られたものだということです」

沢村の足が止まった。

「死ねば心臓が止まり、血が体を巡らなくなる。だから、出血もしない。そして、切り取ったばかりだから骨が露出している。そう考えれば全ての状況を矛盾なく説明できます」

現場に散らばった矛盾は霧散し、今、一つの真実がそこにある。

佐切が困惑した表情で尋ねてきた。

「付知殿。それは、えっと、どういう――」

「僕は大きな思い違いをしていた」

付知は腰を持ち上げて、焼けただれた遺体の顔をじっと見下ろす。

「訪ねてきた借金取りが、なかなか金を返さない佐平治に腹を立てて撲殺。その後、殺しを隠蔽し、混乱に乗じて逃げ出すために火を放った。そう考えていたけど――」

そこでしばし間を空けて、付知は後ろを振り返った。

「仙ちゃん、できた？」

「う、うん、一応……」

仙汰が頰を搔きながら、帳面を手渡してきた。

付知は紙面に描かれたものを確認し、嬉しそうに眉を持ち上げる。

「すごい、生きてるみたいだ。さすが仙ちゃん」

「そ、それほどでも……」

「おいっ、てめえら何やってんだ。それは、一体なんだっ」

付知は焦れる沢村に帳面を差し出した。

そこには目つきの悪い、少し面長の男の顔が描かれていた。

「こりゃあ、なんだ？」

「仙ちゃんは絵が大の得意なんです。なので、遺体の骨格から生前の顔貌を復元してもらいました。これを大家に見せてもらえませんか」

「佐平治の顔の復元だと？　信用できんのかよ」

「信用できます。山田浅ェ門は人体の骨格を知りぬいている。仙ちゃんなら顔の復元くらい造作もないことです」

「ほ、ほめ過ぎだよ……」

「ふん……」

沢村は穴が空くように紙面を見つめた後、部下の岡っ引きに大家を呼んでこさせた。白髪(しらが)の交じった初老の大家は、しばらく絵を眺め、やがて、驚いた風に言った。

「これは、佐平治……じゃ、ありません」


翌日の昼。

穏やかな午後の空気が流れる山田道場の縁側で、湯呑(ゆのみ)を持った佐切が言った。

「まさか、死体のなりすまし、が真相だったなんて驚きましたね」

いつもの休憩時間。いつもの三人。

今日のお茶請けも団子だ。朝のうちに昨日の店に出向いて買ってきた。

「死体は佐平治じゃない。佐平治によって、佐平治に見せかけられた借金取りだった。それにしても、よく気づいたね」

仙汰の一言に、付知は団子を一本手に取って答えた。

「まあ、論理的には充分にあり得えたんだよね。僕達があの遺体を佐平治だと考えたのは、佐平治の家で見つかったから。そして、左手の小指が欠けていたから。ただ、家にいたからといって本人とは限らないし、小指は死後切り取ればいい。別人の可能性だって十分にあったんだ。派手な焼け具合に興奮して単純なことに気づかなかった。やっぱりまだまだ焼死体の解剖経験が足りないなぁ」

「ま、それはともかく――」

ごほん、と佐切は咳払い（せきばらい）をして言った。

「放火の本当の目的が入れ替わりにあったとは、佐平治は意外と知恵がまわる男ですね」

「そうだね。下手人が火を放った理由は、一つは失火に見せかけるため。もう一つは火事の混乱に乗じて逃げ出すため。だけど、実は火付けにはもう一つ重要な意味があった。それは顔が焼けただれ、遺体の身元特定が困難になること」

仙汰は少し困ったように後を続ける。

「大家さんに絵を見せて、佐平治じゃないって言われた時は、絵が悪かったのかと思って焦っちゃった。事前に何も説明してくれないから」

「ごめん、死体が片づけられる前にと急いでたから。仙ちゃんの絵の腕前は信用してるよ。

だから、この場合、間違っていたのは死体が佐平治だという認識のほう」

　次は佐切が話を継いだ。

「つまり、借金の件でもめて相手を殺（あや）めたのは佐平治のほうだった訳ですよね」

「うん、このままでは殺しの下手人としてお縄になってしまう。そこで佐平治は一計を案じ、遺体から小指を切り取り、煙草の灰を落として火をつけた。顔が焼けた小指のない死体がこの家から出れば、誰もが佐平治が寝煙草で焼け死んだと思うはず。賭博のイカサマで賽（さい）の入れ替えがあるから、それで思いついたんじゃないかな」

　そして、死人になれば、借金苦からも解放される。

　今頃、晴れやかな顔で街路を闊歩しているかもしれない。

「いや、もう、なんというか……付知殿の論理的な考え方には心底感服しました」

　佐切が自身の膝を摑んで、何度も大きく頷いた。

　付知は団子の串をつまんだまま、くるくるとまわしてみせる。

「まあ、あの現場には矛盾があったし、それを論理的に詰めれば真相には辿（たど）り着くよ」

　矛盾を排し、迷信を捨て、思い込みを除去して。

　論理の道筋に沿って正しく進めば、いつかは生命の深淵にだって手が届く。

　付知はそう思っている。

「とは言え、事件そのものはこれで解決とはいかないけどね」

真相は判明したが、下手人の足取りは知れず。

同心が必死になって後を追っているが、容易には見つからないだろう。

しかし、佐切は茶を一口啜(すす)ると、皿に載った団子を眺めて言った。

「でも……もしかしたら、意外と近くで捕まるかもしれませんよ」

「……なんで？」

「いや、付知殿のような論理的な考えからではなくて、なんとなくですが……」

「頼もうっ！」

そこで野太い声が門の辺りで響いた。

縁側から身を乗り出すと、そこにいたのは黒羽織の同心、鬼の沢村だった。

突然の来訪に、三人は困惑した顔で団子を皿に戻す。

付知は露骨に顔をしかめて応対に出ることにした。

「なんの用ですか？」

「あぁ？　同心様に向かってなんだぁ、その態度は？」

「じゃ、僕達は忙しいんで」

「ちょ、ちょっと待てやこらぁ。忙しくねえだろうがっ。縁側で休憩しやがってたの見えてたぞっ」

「もう面倒臭いなぁ。一体なんですか」

呆れながら答えると、沢村は地面に視線を落として言った。

「捕まったんだよ」

「は？」

「だからよ、佐平治の野郎がお縄になったんだよ」

「……え？　どこで？」

付知が驚いた顔を見せると、沢村は得意げに口を開いた。

「それがよ、なぜか今日になってあの野郎、火事場にこそこそ戻ってきやがったらしい。姿を見かけた大家から報告を受け、俺様が見事捕らえてみせたって訳よ。まずはこの十手を野郎の眉間に叩き込んで――」

「…………」

沢村の活躍譚は一切耳に入らず、付知は隣に立つ佐切に目を向けていた。

どうして佐平治が近くで捕まるとわかったのだろう。

「って、聞いてるか、おいぃっ」

「……はいはい。要は最終的に下手人を捕らえたのは自分だ。だから、負けた訳じゃないってわざわざ言いに来たんですよね」

「ちっ、わかってんじゃねえか。それがわかりゃいいんだよ」

大きく舌打ちすると、沢村は踵を返した。

そして、数歩進んだ後、立ち止まって、おもむろに振り返った。

「おい」

「まだ、何か用ですか？」

「悪かったな。死体に群がるごくつぶし、なんて言ってよ。てめえは大した野郎だ」

「え？」

「な、なんでもねえっ」

沢村は顔を前に向けると、今度は振り返らずに去って行った。

残された三人はしばらく顔を見合わせ、縁側に戻ることにした。

「結局なんだったんだろう。威張りたいのか、謝りたいのかはっきりして欲しいな」

「多分、両方じゃないでしょうか」

「それって矛盾してない、佐切？」

腰を下ろして、付知は食べかけの団子を手に取る。

「ま、いいや。そんなことより、佐切はどうして佐平治が近くで捕まるってわかったの？」

殺人に放火。もし捕まれば、極めて重い沙汰が下されることは間違いない。

遠方や隠れ家で見つかるならともかく、下手人が翌日の火事現場で捕まるのは、どう論理的に考えても出てこない推察だ。

不思議に思って尋ねると、佐切は恐縮した様子で口を開いた。

「いや、本当になんとなくなんですが……岡っ引きが口にしていた童女の話を覚えてますか？」

「ああ、借金取りの姿を見たっていう童女。近所に住んでて、下手人が気まぐれに団子なんかを買ってやってたっていう……」

仙汰が眼鏡の縁を持ち上げて補足をした。付知は小首を傾（かし）げる。

「覚えてるけど、それが？」

「佐平治のような付き合いの悪い男が、なんで近所の子供にそんなことをしたのかと思いまして」

「ただの気まぐれじゃない？　もしくは大人には好かれないから、子供を手なずけようと思ったとか。いつか何かの役に立つかもしれない」

「そうかもしれませんが、もしかしたら近所の子に娘さんの面影を重ねていたのかもって……」

佐切の一言に、付知は丸い瞳を更に丸くした。

ごほんと、咳払いをして佐切は先を続ける。

「ほら、佐平治は嫁と娘に逃げられたって話があったじゃないですか。彼ははずみで借金取りを殺し、火をつけて逃げた。だけど、火事が起きると、延焼を防ぐために火消しが周りの長屋も壊しますよね。それで、逃げている最中、ふと近所の娘が火事に巻き込まれていないか、その娘の家は大丈夫か気になった。それで様子を見るために戻ってきた」

付知は眉根を寄せて、怪訝な表情を浮かべた。

「でも、それってどう考えても矛盾してない？　逃げるために火をつけたのに、また戻ってくるなんて理解できないな。整合性が取れていない。自分の子供でもないのに、結局お縄になって馬鹿を見ただけじゃないか」

「まあ、実際のところはわかりませんけど……頭でわかっていることと、心が一致しないことはよくあるというか……」

佐切は少し黙った後、湯呑を脇に置いた。

「その……論理的には矛盾というものは存在し得ないものかもしれませんが、人間とは捕まるかもしれないとわかっていても様子を見に行ってしまったり、謝りたいけど威張ってしまったり、太ると知っていてもお団子をつい食べすぎてしまったり、そういうものではないでしょうか」

「あの、なんで僕を見るの……？」

「あ、いえっ、他意はありませんっ」

　仙汰の一言に、佐切は慌てて手を振り、もう一度咳払いをした。

「佐平治のような悪党が近所の童女にほだされることもあるし、裁きの手を下す側の私とて邪(よこしま)な思いに囚(とら)われることもあります。理性と感情。本音と建前。善と悪。強さと弱さ。人とは、生命とは、本来そういう矛盾を共に抱えているのではないかと……」

「生命は、矛盾している……」

　佐切の言葉を繰り返した付知は、手に持つ串団子を、目の高さに掲げた。

「非論理的すぎて、よくわかんないな」

「で、ですよね。自分でも何を言ってるのかよくわからなくなりました。でも――」

　佐切はわずかに口元をほころばせる。

「付知殿は死体に群がるごくつぶしと言われた時に、役人に立ち向かいましたよね。頭では役人に歯向かうことに益はないとわかっていても、心では山田家を馬鹿にされて黙っていられなかった。そういうことではないかと」

JIGOKURAKU

「…………」

付知は自己を振り返るように虚空を見つめ、こう続けた。

「僕は心でも腹が立ってたし、頭でもそれを表明すべきだと思ったから、別に矛盾はないと思うけど」

「そ、そうですか、すいません」

がくっと肩を落とした佐切から、付知は団子を頬張る仙汰に視線を移す。

「仙ちゃんは佐切の言ってることわかる？」

「うーん……本音と建前っていうのはなんとなくわかるかな」

「ふぅん、そっか……」

道場で稽古の声が響き始めた。そろそろ休憩を切り上げなければならない。

矛盾を肯定するつもりはない。論理に忠実だったからこそ、事件の真相は解明できた。しかし、下手人捕獲の裏には、佐切が指摘したような行動の矛盾があったこともまた事実だろう。

人は時に頭で正しいと理解していることと、正反対の行動を選んでしまう。

そんな己の姿を今は想像すらできないけれど——

「僕にも……いつかわかるかな」

「どうしたの、さぎりん？」

「いえ、その、ちょっと意外だったものですから」

「何が？」

「杠さんが、一緒に戦ってくれることが、です」

島での幾つもの死闘をくぐり抜け、生き残った死罪人と山田浅ェ門達が合流、一時的に徒党を組んで洞窟に身を隠した。だが、メイが氣の異変で島への上陸者の存在を察知し、もはや悠長に構えている時間はなくなった。

闘争か、逃走か。

協力か、離散か。

共に行く者は洞窟に来てくれ——と、山田浅ェ門士遠が今後の身の振り方を各々の判断にゆだねた結果、迷う間もなく全員が共闘の道を選んだ。

「んー、私は私が帰れりゃなんでもいいんだけどね。盾になる人間が多いほうが、その確率が高いと思っただけ」

「それでも、心強いです」

佐切はにっこりと微笑んだ後、ふと気になったように尋ねた。

「ところで、何を見ていたのですか」

「ん？」

「いえ、空を見ていたようなので」

「あー……なんだっけな？　美しい景色？」

おどけた調子で言うと、佐切が小さく首をひねった。

「……？　霧であまり見えませんが」

「あはは-、そうだね。じゃ、そろそろ洞窟に戻ろっか。私が生き残るための作戦をみんなで立てようよ」

「まったく、あなたは変わらないですね」

苦笑した佐切は、ふと神妙な表情を浮かべた。

「あの、杠さん」

「なあに？」

「その……もしよかったら、杠さんのこと、少し教えてくれませんか？」

「私のこと？　……なんで？」

小首を傾げると、佐切は真剣な調子でこう言った。

「いえ……その、かつて私にとって死罪人は、世に害を為した悪人であり、浅ェ門として首を斬る対象でしかありませんでした。しかし——」

佐切は拳をぎゅっと握る。

「この任務で画眉丸を担当し、彼の過去や人となりを知って、少し考えが変わりました。死罪人も我々も同じ人間であり、同じような葛藤を抱えているのだと。だから、まずは知ること。互いへの無知と無関心こそが隔絶を生むのだと。ですから、共に戦うのであれば、杠さんのことをもっと知っておきたいと思いまして……」

「………………」

杠は少し黙った後、片眉を歪めて身をのけぞらせた。

「うわぁ、真面目。真面目すぎてちょっと引く……」

「え、す、すいませんっ」

「なーんて、嘘。さぎりんが興味を持ってくれるなんて嬉しいっ」

今度は佐切にぴったりとくっつき、頭をよしよしと撫でる。

「そうだなぁ……他ならぬさぎりんのお願いなら前向きに検討しちゃおっかな。まだ作戦決行には時間もあるし。暇つぶしに丁度いいし」

「……暇つぶし？」

「ううん、なんでもない。じゃあ、ちょっとだけしよっか、昔話」

「本当ですか」

表情を明るくする佐切を連れ、杠は岩肌に腰を下ろす。

「ええと……むかーし、むかし、あるところに杠ちゃんという大層美しく可憐な少女がおりました。彼女が年頃になると、その美貌の噂は千里を走り、海を渡り、遂には唐土にまで届きました。時の皇帝は杠ちゃんを妻に迎えようと数多の金銀財宝を贈り――」

「え、すごいっ。そんなことがあったんですね」

「……いや、嘘に決まってんじゃん。摑みってやつ？　ここは笑うところなんだから、笑ってくれないと」

「そ、そうなんですか……すいません」

「まったくもう、調子くるうなぁ」

苦笑交じりに嘆息した杠は、佐切の真剣な顔を見つめ、おもむろに口を開いた。

「むかーし、むかし……甲斐のとある山奥で――」

奥深い山の中に、山鳥の鳴き声が高く響き渡る。

それは生い茂る木々の間を抜け、幾重にも反響しながら、山全体を覆うように広がっていった。切り立った渓谷の足下には、瑠璃色の川が蛇行しながら飛沫を上げて流れている。急峻な地形は外敵の侵入を困難にする反面、そこに住まう者にも剝き出しの自然の厳しさを与える。

甲斐の忍が拠点とする霙谷はそういう場所であった。

夏でもどこか肌寒く、いつもうっすらと霞がかかっているので、里には霞谷と呼ぶ者もいる。

「はあ〜、つっかれた」

視界を遮る枝葉を払いのけると、杠の眼下に閑散とした山村が姿を現した。特筆すべきことが何もない鄙びた村。ここが杠の生まれ育った故郷だ。杠の左ふくらはぎには裂傷があり、まだ乾ききっていない血糊がべったりと張り付いている。

任務で受けた傷はじくじくと痛み、足を引きずりながら裏山の獣道を進む。

やがて、村外れにぽつんと建つ一軒のあばら家に辿り着いた。

夕陽に照らされた粗末な家から、こほこほと小さな咳の音が聞こえてくる。

すぐには中に入らない。まずは裏手の井戸に向かい、音を立てないように左足の怪我を洗い流す。冷たい刺激が痛みを増幅させるが、杠は顔色一つ変えない。

次に腰に提げた竹筒を手に取り、中の液体を喉に少量流し込む。

ぬるり、と素足から染み出した粘液が、傷口を完全に覆い隠した。

最後は納屋に入って、血に汚れた忍装束を素早く脱ぐ。棚に置いた籠から取り出した着物に着替え、代わりに脱いだばかりの忍装束を投げ入れた。

着物の埃を払い落とし、大きく深呼吸をする。

「これでよし、と」

杠はそう呟くと、戸口にまわって勢いよく引き戸を開けた。

「たっだいま～！」

「あっ。おかえり、お姉ちゃん」

布団から半身を起こして満面の笑みを見せるのは、妹の小夜だ。早くに両親を亡くし、姉として、時には母や父として、小夜と二人この家で暮らしてきた。

「寂しくなかった？」

「大丈夫、野良丸が来てくれるから」

小夜は、布団の上で丸くなってうとうとしている三毛猫の背中を撫でる。いつぞやから家に寄りつくようになった野良猫で、小夜は勝手に野良丸という名前をつけて可愛がっていた。

「ちゃんと、いい子にしてた？」

「うん、お姉ちゃんは？」

「そりゃ、お姉ちゃんもいい子にしてたよ」

「もう、そういうことじゃなくて。お仕事はうまくいったの？」

「いやぁ、売れた売れた。うちの山菜は今日も飛ぶように売れたわ。お姉ちゃん、菜売りの才能があったみたい」

「本当？　よかった」

妹の屈託のない笑顔を眺めて、杠は小さく息をつく。

「さ、お腹（なか）すいたでしょ。ご飯にしよっか」

ご飯、という単語を聞いた野良丸が、おもむろに立ち上がり、大きく伸び上がってにゃあと鳴いた。

囲炉裏（いろり）にかけた鍋の中で、山菜汁がぐつぐつと煮え立っている。

立ち昇る白い湯気が、天井に薄い膜を作っていた。

「はい、できたよ」

杠は椀（わん）に一杯すくいとると、布団に腰を下ろした妹に手渡した。

「うわ、いい匂い」

「ふふ～ん、今日は奮発して猪肉を入れてるからね」

「ええ、そんな贅沢していいの？」

「いいのです。そこはお姉ちゃんに任せなさい。あんたは栄養をしっかり摂らないといけないんだから」

「ありがとう、お姉ちゃん」

小夜は嬉しそうに椀を口に運んだ直後、ごほごほと咳き込んだ。

「小夜、大丈夫っ？」

杠はすぐに妹の背中をさする。

「うん、ちょっとむせただけ。これとっても美味しいよ」

「そう、よかった……」

小夜は幼い頃から体が弱く、肺の病気も患っていた。

まだ両親が生きていた頃、町医者に診てもらったことがあるが、医師にはどうすることもできないという回答だった。とにかく安静にして無理をしないこと。ずっとそうやって過ごしてきたが、それでも小夜の身体は日に日に弱ってきているように見える。

色素の薄い髪のせいか、その存在までが希薄に感じられ、今にも消えてなくなってしまいそうだ。

「小夜」

思わずそのやせ細った肩を掴むと、妹はきょとんとして首を傾けた。

「何、お姉ちゃん？」

「あ、いや……そうだ、あんたさ、何か欲しいものある？」

「欲しいもの？」

「うん、いつも家にいるから退屈でしょ。最近お姉ちゃん稼いでるからなんでも言いな。買ってきてあげる」

「うーん……」

小夜は考え込むように細い眉を寄せる。

「別にないかな」

「えー、駄目だよ。欲望は明日への活力なんだから」

「だって、お姉ちゃんがいてくれるし、野良丸もよく来てくれるし」

小夜は、土間の端で煮込んだ猪肉の切れ端をぺろぺろ舐めている猫に目を向ける。猫舌だからか、時々うにゃぉと顔をしかめていた。

「だけどさ、ずっと家にいるのも辛くない？」

「うん、そういう時もあるけど、私、辛い時は好きな事だけ考えるんだよ。飼い猫。好きな人。家族。美しい景色だけ思い浮かべるの。そしたらだんだん楽しい気分になってくるから」

小夜は目を閉じて何かを想像しているようで、うっすらと微笑んだ。

それは両親が生きていた頃の賑やかな食事時か。

それとも、かつて近所に住んでいた仲良しだった男の子か。

はたまた風渡る緑の田園風景か、豊かな稲が首を垂れる秋の夕暮れか。

美しい想像の世界に浸る妹の横顔を、杠はじっと見つめた。

「そうは言っても、なんかないの？　羊羹とか、かりん糖みたいな甘いお菓子。簪とか、新しい着物で着飾りたいとかさ」

「そうだなぁ……あ」

「何かある？」

「あの……打ち上げ……花火が見たい」

「打ち上げ、花火？」

「前に行商の人に聞いたの。空に炎の花が咲いて、とっても綺麗なんだって」

小夜は昔から花が好きだった。春の山野を駆けまわれば、野花くらいあちこちで見ることができるが、自由に出歩けない小夜にとって花は貴重な目と心の栄養源だった。

しかし、瞳を輝かせた後、妹はうつむいて言った。

「……でも、それは無理だよね。私はあんまり外に出られないし」

「………」

すぐに言葉を発せないでいると、外から物売りの口上が聞こえてきた。

城下町から時々里山をまわってくる薬売りだ。

「ちょっと待ってな、小夜」

杠は家を飛び出すと、夕暮れに染まる畦道を駆け、薬売りを呼び止めた。

「ああ、どうも。杠さん」

「いつものやつをもらえる?」

「はいはい、咳止めですね」

腰の曲がったやせた男は、背負った箱から粉薬の包みを幾つか取り出して杠に渡した。

薬売りは頭に被った編笠を持ち上げ、気遣うような視線を向けてくる。

「ところで、お仕事の塩梅はいかがでございましょう?」

「ヨユーヨユー。結構向いてるみたい」

「それはようござんした。厳しい稼業だと聞いておりましたが、大したものです」

「まあ、才能ってやつ? それより例の薬は?」

「残念ながら、今の額では……」

小夜は不治の病に罹っており、医者にも匙を投げられている。今買っている咳止めは気休めにしかならず、もっと効果的な何かが必要だった。藁にもすがる思いで行商の薬屋に聞いてみたところ、越中のほうで特効薬ができたという情報があった。

だが、聞いてみると、とても手が出せる値段ではない。

そこで、金を稼ぐ手段として、杠に忍稼業を提案したのはこの薬屋だった。

諸国を渡り歩いているだけあって、裏の渡世にも多少通じているようだ。

霙谷の集落を訪ね、杠がこの世界に足を踏み入れたのが数年前の話だ。

「ご健勝は何よりですが、忍は危険な仕事と聞きます。妹様のためにもどうぞご自愛なさってください」

「…………」

薬売りの言葉に杠は無言で頷き、あばら家を振り返った。

小夜には余計な心配をかけないため、菜売りをしていると言っている。忍装束は納屋に隠し、修行や任務で負った傷は忍術で消している。命の危険と常に隣り合わせではあるが、山菜を売り歩くより遥かに実入りが期待できるのは確かだ。

「それでは、金が貯まったら教えて下さい。越中の特効薬を取り寄せる算段をつけますので」

「そう、ね……」

小夜の容態はこのところ悪化しているように思える。

あまり悠長に構えている余裕はない。

「あ、そうだ。ちょっと待って」

「なんでしょう？」

「あんたさ。打ち上げ花火がどこで見れるか知ってる？　あちこちまわってんだから、噂くらい聞いてるでしょ」

「花火と言えば、三河(みかわ)が有名ですが……ああ、そうだ、来月の十日に鷺羽の城下町でも打ち上げ花火をやるという話は耳にしました」

「鷺羽城、か……」

ここ一帯を治めている藩主の城だ。三河よりは近いが、それでも城下町までは数里の距離がある。とても今の小夜が辿り着けるとは思えない。

しかし、病気が治れば別だ。

空は少しずつ暮れてゆく。だが、太陽はまだ山際に飲み込まれてはいない。

「それが何か？」

「んー、別に」

杠は肩をすくめて薬売りに背を向けると、妹の待つ家へと急いだ。

「任務を増やせだと？」

翌日。甲斐の忍衆の集落で、杠は長の館を訪ねた。

長は壮年の男で、片目が潰れ、乾いた唇には旧い傷が刻まれている。

「どういう了見だ？」

低い声で問い質す長の前で、杠は敢えて神妙な表情で答えた。

「はい、霙谷の忍として、里のためにもっともっとお役目を果たしたいと思いまして」

「……目当ては報酬か」

——そりゃ、ばれるか。

どうやら方便は通じないようだ。

忍の里では長が絶対的な権力を有し、配下の者達に任務をあてがう。下の者が具申することは許されない。その時点で別の思惑を疑われることはやむなしだった。杠は硬くした表情を崩すことにした。

「まあ、先立つものはいくらあっても困りませんし。私、結構頑張ってると思うんですよね～」

「杠。貴様、長に意見するとは何事かっ！」

長の脇に控える上忍が声を荒らげると、長は片手を挙げて制した。

「まあ、よい。だが、我らは藩抱えの身。増やせといって増やせるものではない」

「そこをほら、なんとか。人員や人材の問題で後回しになっている任務もあるんじゃないかと思うんですよね～」

長はしばらく黙った後、残った片目を細めて尋ねた。

「……任務の心構えを申せ」

「はいっ。物事の可否を素早く見極め、無理なものには決して手を出さない」

「戦闘の際は――」

「勢いや気合ではなく、冷静に敵の長所と短所を把握し、敵の長所を消すように戦います」

「そして――」

「常に先の先を読んで備える。勝利は偶然ではなく、必然と心得よ！」

淀(よど)みなく答える杠をじろりと見つめ、長は言った。

「……いいだろう。まわせるものはまわしてやろう」

「長、いいのですかっ？」

「やった。精一杯やらせて頂きますっ」

驚く上忍を尻目に、杠は軽快な足取りで館を出て行った。

室内では怒り心頭の上忍が、苦々しい顔で言葉を絞り出す。

「長、あのような振る舞いを許していいのですか」

「しかし、役には立つ」

長は唇の傷をざらりと撫でた。

「当初は女郎の真似事をさせて、諜報にまわそうと思っていたが、恐るべき忍の才よ。おそらく業前だけで言えば、この集落でも随一であろう」

「ですが、勝手が過ぎます。一糸乱れぬ統制こそが忍衆の要というもの。我らの集落に住むことすら拒む女を、なぜかように重用されまする？」

不満げな上忍を、長は横目で眺めた。

「重用か……かつてわしの教えをあれほど素早く吸収し、実践できた者はおらなんだ」

「し、しかし――」

「だが、所詮は駒だ」

「…………」

息を呑(の)む上忍に、長は淡々と、冷えた声色(こわいろ)で言った。

「幾ら腕(うで)が立とうが、他より役に立つ駒というに過ぎん。使えるうちは使えばよい。そして、奴(やつ)が駒という領分を忘れた時、利用価値を失(な)くした時は切り捨てればよいだけだ。違うか？」

「……はっ」

上忍は慌てたように、その場にひれ伏す。

――利用価値、ねぇ……。

杠は内心で呟くと、気配を殺して天井裏からゆっくりと移動する。

館の外に出たと見せかけて、本音を聞くために、この場に忍びこんでいた。変わり身の術の応用で、気配を消すのは得意だ。とは言え、さすがに長居は危険なので、するすると影が移動するように杠は館を後にする。

「ま、別にいいけどね」

女の身で成果を出し続ける自分を周囲が面白く思っていないのは気づいているため、里の中でも決して気は抜かない。そして、ここに住まない理由は勿論(もちろん)、小夜のためだ。妹が慣れ親しんだ環境を変えたくないし、そもそも忍をしていることも秘密にしている。

だから、長が自分を利用するのは構わない。それはお互い様だ。

それから、任務漬けの日々が始まった。

上の不興を買ったせいか、藩政下における不穏分子の暗殺、家老間の勢力争いに係わる諜報活動、それに野盗団の壊滅など今まで以上に身体と神経を削る任務を次々と割り当てられるようになった。しかも、負担に比例するほど報酬は増えておらず、里の上層部にかなりの上前をはねられているのは明らかだ。

だが、ある程度希望を通した以上、今もめるのは得策ではない。

数さえこなせば、塵も積もって、いつかは山になる。そうして、痛みと疲労を蓄積しながら日々は過ぎていき、ようやく目標金額が見えてきた。

あと、もう少しだ。

「ねえ、お姉ちゃん、大丈夫？」

ある日の夕暮れ。小夜が心配そうな口調で言った。

「ん、何が？」

「最近、すごく疲れているみたいだから」

「えー、そんなことないって」

杠は素知らぬ顔で首を横に振った。

しかし、実際のところ、疲労は頂点に達そうとしていた。生傷も絶えず、忍術で消すのもやっとの状態だ。体中の傷が膿んだようにじくじくと痛み、夜も眠れていない。

「お仕事、あんまり無理しないでね」

「はーい、わかってます」

明るく言って右手を挙げると、小夜は突然声を張りあげた。

「お姉ちゃん、ちゃんと聞いてっ」

「小夜……？」

小さな体に、いつになく切迫感を漂わせた妹を、杠は瞬きをして眺めた。

囲炉裏にかけた鍋から、ぐつぐつと湯が煮立つ音がしている。

小夜は薄い唇を引き結んで、こう続けた。

「私、本気で言ってるんだからね。お姉ちゃんが倒れたりしたら、私……」

「……大丈夫だよ、小夜」

口元を緩めて、杠は妹の髪を優しく撫でた。

「私はあんたを残して倒れたりしないから」

「本当に？」

「本当」

「約束だからね」

小夜の言葉に、杠はゆっくりと、力強く頷いた。

「うん、約束」

体は限界に近く、気を抜くとばらばらに壊れてしまいそうだが、何一つ自由にならない小夜の生活を思えば、弱音など吐いてはいられない。

その時、外から薬売りの口上が聞こえてきた。

杠は家を飛び出し、男の後を追った。

必要な金額は概(おおむ)ね準備ができた。今の内に特効薬の確保を依頼しておくことにする。

——待ってな、小夜。

あともう少しの辛抱だ。

あと、少しだけ。

「よくぞこれだけの額を。大したものです」

金の目処(めど)が立ったことを伝えると、薬屋は大いに驚いて言った。

「という訳だから、特効薬、手に入れといてくれない？」

「ええ、早速。ただ、需要増で相場も変動してますので、交渉用の見せ金が必要です」

「手付金ってこと？　まあいいけど、薬はどれくらいで手に入る訳？」

「二十日もあればなんとか」

「だったら、打ち上げ花火にはぎりぎり間に合うか……」

「なんの話でしょう？」

「なんでもない。こっちの話」

杠から相当額の手付金を受け取ると、薬売りは深々と頭を下げた。

「それでは、また」

そう言って、薬売りは田んぼの畦道をゆっくり歩き出す。

遠ざかる腰の曲がった背中を、杠はしばし無言で眺めた。やがて、踵（きびす）を返して我が家に向かう。疲れているはずだが、特効薬の算段がついたおかげか足取りは軽い。自身の影すら追い越せてしまえそうだ。

だが、病魔は確実に妹の生命に忍び寄っていた。

「小夜っ」

家に入ると、妹が囲炉裏のそばでうずくまっていた。

「ちょっと、大丈夫っ」

急いで駆け寄ると、小夜は苦悶（くもん）の表情でごほごほと大きくむせた。

「う、うん、大丈夫……野良丸にご飯をあげようと、したん、だけど……」

手や口の周りに鮮血が飛び散っていた。

「そんなの私がやるから、早く横になりな」

布団に寝かせようとその体を持ち上げると、小夜の体重はぞっとするほど軽かった。まるで魂がその身から抜けかかっているように。もう時間が残されていないという事実が、杠の腕に否応(いやおう)なく伝わってくる。

「小夜、あんた……」

「どう、したの？」

「……ううん、なんでもない」

煎じた薬草と咳止めをぬるま湯で飲ませると、ようやく小夜の発作はおさまった。

だが、呼吸が細い。息をするのもやっとに見える。

この病は急に悪化することがあると、かつて医者に聞いたのを思い出した。

もうすぐ、あともう少しで薬が手に入るというのに。

指先が震えそうになるのを自覚し、杠は大きく息を吸って吐いた。何度か繰り返すと、心の芯がすぅと冷えてくる。忍の修行では技術だけではなく、冷徹で合理的な思考法も叩(たた)き込まれる。

極限の状況においても、できること、できないことを素早く見極め、無理だと判断したら決して深入りしない。それは時間と労力の浪費であり、徒に身を危険に晒すだけだからだ。慌てふためいても事態が好転しないのは知っている。冷静に、今なすべきことに思考を巡らせる。

既に医師の手の施しようはない。

頼りは越中の特効薬。

果たして、薬の到着まで妹の身体は持つだろうか。

杠は布団で浅い呼吸を繰り返す小夜の姿を、観察するように眺めた。

「…………」

おそらく二十日は持つが、それ以上は予断を許さない。期間内に約束通り特効薬が手に入ればいいが、薬売りの交渉がうまくいかない場合も当然ある。

もし、薬売りが期日までに戻らなければ――

「暇が欲しい、だと……？」

ある日の夜。

妹を寝かしつけた杠は、霙谷の山中に分け入り、忍の集落へと向かった。

長の館を訪ね、一つの要望を口にする。

パチパチと爆ぜる松明の火が、歴戦の傷跡の刻まれた男の顔に濃い影を作った。

「先日は任務を増やせと聞いたがな……」

杠は心外といった表情で首を振った。

「いえ、暇が欲しいなんておこがましいことは言ってません。単に数日ほど英気を養う時間が欲しいなぁって」

「同じことだろうがっ」

長の脇に控える上忍が、いつものように声高に言った。

薬売りの訪問から今日で二十日が経ったが、いまだ音沙汰はない。何か不測の事態が起こったと考えるべきだ。越中までの旅程と逗留先は事前に聞いているため、自ら出向いて薬売りと合流、問題を解決して特効薬を持ち帰る算段だった。

自分の足ならば、数日あれば甲斐と越中を行き来できる。今の小夜を残して行くのは不安もあるが、ここ何日かは状態も落ち着いている。

逆にこの機を逃すと、手遅れになる可能性が高い。

　畳に胡坐（あぐら）をかいた長は、微動だにせず口を開いた。

「暇をくれと言われて、やると思うか」

「そうだったらいいなぁって。長にとっても悪い話ではないと思いますし」

「……どういう意味だ」

「もし今回、数日のお休みをもらえれば、私はきっと長に深く感謝して、ますます身を粉にして働くと思います」

「はっ」

　小さく肩を揺らす長の姿が、松明の明かりの中ではやけに大きく踊って見えた。

「呆（あき）れた女だ」

「ですよねー。でも、悪い話ではないですよね？」

「呑まねばどうする」

「勿論、これまで通り一生懸命やりますが、無理がたたって本来の働きができず里の名を汚してしまうかも……」

「ほう。このわしを脅すか」

「滅相もございません。これからも使える駒として、長のお役に立ちたいという所信表明ですっ」

杠は殊更に明るい調子で言った。

忍は実利的な集団だ。決して善意や情熱では動かない。

損得を素早く天秤(てんびん)にかけ、理と利によって行動を選択する。

だから、理屈を説いて利益を示せば勝算はある、と判断した。

主要な雇い主である藩の現当主は、敵を作りやすい人物という噂も聞いている。実際、血腥(ちなまぐさ)い依頼も多いし、杠が何日も寝ずに任務をこなした分、結構な額が懐に転がりこんでいるはずだ。

泰平の世が長く続き、この稼業も成り手が減ってきていると聞く。客観的に見ても、杠は里の誰よりも実績を上げてきた。長とて数日の暇を出すだけで、今後の忠誠が得られるならば決して悪い話ではないはず。

長は値踏みするように杠を眺め、節くれだった指で畳を叩いた。

「随分と傲岸不遜(ごうがんふそん)な申し入れだが、考えてやらぬでもない」

「本当ですかっ」

「だが、物を頼むにはそれなりの態度があるだろう」

「……長、どうかお願い申し上げます。何卒(なにとぞ)お聞き入れ下さい」

杠は床に手をついて、深々と頭を下げた。

茶番だ。小娘が慇懃（いんぎん）に首を垂れたところで一文の価値もない。杠もわかっているし、長もわかっているはず。しかし、上忍がいる手前、そういう儀式が必要なのだろう。

頭を下げたままちらりと様子を窺う（うかが）と、長と上忍が低く笑っていた。

「杠。貴様はなぜそうまでして暇を欲する？」

違和感、を覚えた。

交渉は成立した。もはや理由などどうでもいいはずだ。

忍は無駄なことに労力を割かない。この問答に意味などないはず。

ただ──、と杠は思う。

この居心地の悪さは、実はもっと前から感じていた。

どこかに棘（とげ）が刺さっているのに、それがどこかわからないような。いや、本当はわかっているのに敢えて気づかない振りをしているような──

「このままでは期待に応える働きが……」

適当な理由を口にしようとすると、長は杠の言葉を遮り、こう言った。

「御託はよい。今すぐ越中に向かいたいのだろう。病の妹の特効薬を手に入れるために」

「──っ」

全身がこわばるのを感じた。

腹から漏れ出す笑いをかみ殺すように、長は続ける。

「良いことを教えてやろう、杠。特効薬などないのだよ」

畳に顔を向けたまま、杠は両目を見開いた。

棘は刺さっていたのだ。

それも、ずっと前から。

顔を上げた時には、いつもの表情に戻っていた。

「……なんの話でしょう」

「いいぞ、忍は決して動揺を表に出すな。わしが教えた通りだ。あの薬売りは諸国を巡って情報を集める藩の間者だ。そして、奴にはもう一つ仕事がある。薬を買えない貧しい女をくの一に勧誘するというな」

泰平の世になり、忍の世界も人手が減っている。

それはわかっていたはずなのに。

「特効薬の話は、貴様を忍稼業に落とすための方便だ。貴様が必死に稼いで薬売りに渡した手付金は、半分は藩に、もう半分はわしの手元に戻っておる。世話料として受け取っておこう」

長の吐いた湿った息が、杠の首筋に生温（なまぬる）く絡みつく。

「さて、貴様の要望だが、これまでの働きに免じて特別に暇を出してやろうではないか。数日と言わず、十日でも二十日でもくれてやる。ただ、その後は宣言通り、駒として里のために働いてもらうぞ。死ぬまでな」

「なるほど、ね……」

杠は溜め息をついて、脱力したように姿勢を崩した。

「そういうことかァ……」

「こちらは要望を呑んだ。よもや今になって里を抜けるとは言うまいな」

杠は胡乱な瞳を一瞬長に向けると、にこりと微笑んだ。

「勿論です、長。これからも霙谷の忍として立派にお務めを果たして参ります」

そして、ゆっくり立ち上がると、体の埃を払った。

「では、約束通り二十日ほどお休みは頂きますね」

軽い足取りで館を出て行く杠の背中を、長は無言で眺める。

里の武器庫から幾つかの火器が持ち出されているとの知らせが入ったのは、それから間もなくしてのことだ。

「何が持ち出された？」

「はっ、煙玉に火矢と火槍、相当量の火薬が……」

中忍が恐縮した様子で答える。

「杠の仕業、でしょうか」

脇に控える上忍がどこか不安げに長に問うた。

「おそらくな。奴は気配を消す術に長けている。武器庫番の隙をついたのだろう」

「まさか我らの里に火を放とうと考えているのでは……」

顎をひと撫でして、長は無表情に語った。

「そういう脅しだろうが、実際に行動は取らぬ。奴は病で動けない妹を抱えている。我らに叛意を示せば、妹を盾に取られることをわかっているはずだ。それにいかに腕が立ち、隠密術に通じていようが、死を顧みず、完璧な統制のもとに動く忍の集団に抗えぬことは、身をもって理解していよう」

「た、確かに」

「有能な忍は物事を見極める力に優れている。そして、奴は有能だ。だからこそ、我らには逆らえぬ。勝てぬとわかっているからな。そのように仕込んだ」

長は口の端をかすかに引き上げる。

「十日後に藩主の元に参じるよう通達があった。新たなお役目を頂くことだろう。使える駒には存分に働いてもらおうではないか」

ねっとりした夜の闇に、低い笑い声が響いた。


「お姉、ちゃん、どうしたの？」

数日後。夏を謳歌（おうか）する蟬（せみ）達の賑やかしもすっかり静まった日暮れ時。

杠は小夜を縁側に敷いた布団に寝かせた。

妹の息は浅く、顔も青白い。手足は枯れ枝のようで、病魔がその小さな体を隅々（すみずみ）まで蝕（むしば）んでいるのが嫌でも見て取れる。

「ちょっとだけ我慢してね、小夜」

猫の野良丸も興味津々にやってきて、小夜の布団の脇にちょこんと座った。山々を渡ってくる風が、妹の前髪を優しく吹き上げる。

「あの、お姉ちゃん……一体――」

「あんたさ、打ち上げ花火が見たいって言ってたよね」

「う……うん、でも……」

庭に立った杠は、両手を広げて軽く頭を下げた。

「さあ、お立ち会い。これから、第一回、我が家の花火大会を開催しますっ」

「え……」

小夜が驚いて声を上げた。

「それじゃあ、まずはこれから」

煙玉を取り出して火をつけると、煙が辺り一面に立ち込めた。本来は逃走用に使う道具だが、雰囲気作りには丁度いい。

煙の演出の後は、穂先に火薬を取り付けた槍を振り回す。

火槍といって、槍と火の両面で敵を攻撃する武具だ。その軌道に沿って、炎が幻想的に浮かび上がった。野良丸がぎゃっと驚いて跳び下がったが、小夜のほうは布団の上で目を見張っている。

「……すごい。どうしてこんなことができるの」

「ふふふ、練習したからね」

忍は火器を扱うことも多く、火薬の専門家でもある。

杠は武器庫から持ち出した火器と火薬を使って、妹のために手製の花火を作った。

次は火矢だ。弓を引き絞り、先端に火薬を取りつけた矢を上空へと飛ばす。ひゅるると甲高い音が響いて、赤い炎が流星のように夜空に弧を描いた。

「わぁ……」

小夜の感嘆の呟きが、夜風に混じって流れていく。

「さあ、まだあるよ」

続いて、杠は庭先に立てた竹筒に火種を落としてまわった。

内部に火薬を仕込んだもので、吹きあがった火柱が夜空を派手に彩る。

天空に舞い上がった火炎が、滝のように無数の筋を描いて落下した。熱と光が明滅し、視界を華やかに埋め尽くす。

「綺麗……」

次はいよいよ目玉だ。

杠は素焼きした球状の壺のようなものを、天空に向けて一直線に放り投げた。

弓を引き絞って、火矢を放つ。

矢じりが命中すると、中の火薬がぱぁんと弾けて、火花が四方に飛び散った。

星空を背景に、目にも眩しい紅蓮の花が咲く。

「打ち上げ、花火……」

小夜はそう漏らした瞬間、大きくむせた。

大量の鮮血が、布団の上で放射状に散る。

「小夜っ」

駆け寄ると、小夜は息も絶え絶えに唇を動かした。

「お姉、ちゃん、ありがとう……最期に、綺麗な……」

「馬鹿っ。まだ終わりじゃないよ。お姉ちゃんたくさん用意したんだから」

自然と早口になるのは、その時が来てしまったことを直感したからだ。

ここ二、三日、小夜の容態は急激に悪化していた。鍛え上げた観察眼が、小夜の救命がもはや不可能であることを残酷に告げている。肉親の生死すら冷静に見極められてしまうことが、どこまでも恨めしい。

神に願っても、仏にすがっても、奇跡など起きないことを杠はよく知っている。

嫌というほどに。

小夜は小さな手を伸ばし、杠の腕を摑んだ。

「それから……ごめん、ね……」

「何言ってんの。あんたが謝ることなんて何もないんだよ」

「私、わかって、たの……お姉ちゃんが……何か危ないお仕事を、してるって……。野良丸が、納屋から、血のついた服を持ってきた、ことが、あったから……」

「あんた……」

思わず息を呑むと、小夜は弱弱しい口調で続きを口にする。

「でも……言えなかった……。私の、ためだと思うと、何も、言い出せなくて……」

「……うん、もういいよ。もういいからっ」

「だから……お願い、があるの」

「何？　なんでも言いな」

囁くような声を、一言も聞き洩らさないように、杠は妹に耳を近づける。

「お姉ちゃん……これからは、自由に、生きて」

「小夜……」

杠は生気の抜けゆく妹の顔を見つめた。

「ずっと……私のために、無理をさせて、ごめんね。だから、もう、好きなように……」

こぼれていく。

この手から、この体から。

病と闘い続け、燃え尽きた命が、温かな煙となって夜の風に流されていく。

「小夜……小夜っ！」

「駄目、だよ……そんな、辛そうな顔をしないで。私は、とても……」

小夜はすぅと目を細め、どこか安心したように微笑んだ。

「幸せ……だった、から……」

「小夜っ……ねえ、小夜っ！」

やがてその瞳は、ゆっくりと、眠るように閉じられる。

喉が擦り切れるほどに名を呼んでも、羽毛のように軽い身体を何度揺すっても、幼い瞼(まぶた)が開くことはもう二度とない。

「…………………小、夜……」

杠はかすれた声を漏らし、まるで眠っているような、どこか穏やかな妹の顔に触れた。

――辛い時は好きな事だけ考えるんだよ。

――飼い猫。

――好きな人。

――家族。

――美しい景色だけ思い浮かべるの。

そう語っていた小夜の魂は過酷な現実に別れを告げ、痛みや苦しみのない美しい世界へと永遠に旅立ってしまった。

庭先の竹筒から吹き上がっていた火柱が、次第に細くなり、やがて辺りに夜の闇が舞い戻ってくる。

離れていた野良丸が恐る恐るやってきて、小夜の頬（ほお）をぺろぺろと舐めた。不思議そうに首を傾げる飼い猫を無言で見下ろした後、杠はゆるゆると首を巡らせ、雑草がまばらに繁った庭先に目を向ける。

小さな家の中から、小夜がいつも眺めていた景色。

ここから見えるものが、妹の世界であり、全てだった。

忍は神に願わない。仏にすがらない。

それでも、小夜の最後に見たものが、どうか——美しいものでありますように。

どれだけ大きなものがこの世から失われようが、太陽は憎らしいほどいつもと同じ顔で山際から姿を現す。残酷なまでに眩しい陽光が、閑散とした村の隅々までを容赦なく照らし上げ、この世界から欠落したものを一層際立たせた。

見晴らしのいい山の中腹。両親の眠る墓のすぐ隣に、杠は妹の亡骸（なきがら）を弔うことにした。

小さな墓石に手を合わせていると、足元に野良丸が擦り寄ってくる。

「野良丸。いつも小夜のために遊びに来てくれてありがとうね。あんたももう好きに生きな」

頭を撫でて促すと、野良丸は軽やかな動作で、山中へと駆け出した。

一度立ち止まり、杠を気遣うように、なーごと鳴いた。

「ん、私？　ま、私のことは気にしないで」

野良丸に笑顔で手を振った後、杠は墓石に目を落とし、語り掛けるように言った。

「私も好きなようにやるからさ」

甲斐の霙谷から数里の距離。

広大な盆地を見下ろす小山に、堅牢（けんろう）な白亜の城郭が建っている。真っ白な漆喰（しっくい）で塗り固められたその外観が、水辺で羽を休める鷺の姿に似ていることから、鷺羽城と名付けられた藩主の居城だ。

奥御殿に住まう藩主――柳原忠里（やなぎはらただざと）のもとに奇妙な報告が届いたのは、まだ日中の蒸し暑さが残り香のように漂う夏の夜だった。

「何……？　死んでいた、だと？」

諜報員として雇っている男が、城下町の潜伏先で死体になっているのを発見されたという。普段は薬売りに身をやつして、諸国を巡らせていた間者で、腕も立ち、相手の懐に入り込むのもうまい男だ。

「誰の仕業だ……？」

事故で死ぬような男ではない。何者かにやられたと考えるのが自然だ。

「何か問題でもありましたかな」

部屋の隅の闇だまりから、男の低い声がした。

闇に溶け込むような黒装束をまとった隻眼の男が正座をしている。

不敵に微笑むその男に、柳原は言った。

「……どうやら、まだ反乱分子が潜んでいるらしい」

泰平の世が長く続いているとは言え、藩や幕府に弓を引こうと考えている者はいつの世にも存在する。そういう者をいち早く炙り出すために、柳原家は代々間者を雇ってあちこちに潜りこませていた。

それに、現藩主である忠里は、父の跡を継いで以降、年貢や上納金の負担を増やしていた。故に天下泰平のためのみならず、自らの政治に対する不満の声を封殺する目的でも、忠里は間者を使っていた。

無論、実際に手を下すのは自分ではない。

「貴様に新しい役目をやろう。薬売りを殺した反乱分子を探し出せ」

「有難きお役目」

隻眼の男は、暗闇の中で深々と頭を下げる。

男は父親の更にもっと前の代から関わりのある雲谷の忍衆の長だ。間者が吸い上げてきた情報をもとに、裏の仕事は忍にやらせる。陰気で何を考えているかわからず、嫌悪すべき連中だが、汚れ仕事には向いている。

「しかし、このような日になんとも興が削がれる話だ」

柳原忠里は、舌打ちをしながら障子のそばへと向かった。

今宵は少し特別な夜。無粋な話は耳に入れたくない。

だが――

「殿っ、御注進ですっ」

間髪入れず、別の者が報告にやってきた。

「今度はなんだ。つまらぬ話なら承知せんぞっ」

「はっ。そ、その、番方が……」

番方というのは城の警備を担っている者達だ。

報告の侍は、ごくりと喉を鳴らして続きを口にした。

「皆、打ち倒されております」

「……なんだと？」

「門兵や夜回りの侍達が、軒並み倒れ伏しておりまして」

「敵襲か。どこから来たっ。数はっ？」

声を張りあげる柳原に、家臣は額に汗を浮かべて答える。

「そ、それが、よくわからず……」

「貴様は何を言っている。儂をたばかっておるのか」

「い、いえ、名乗りもなく、戦火もなく、争う声も聞こえず、いつの間にか倒されているといった様相で――」

「………」

「すぐに人を集めたほうがよいですな。敵は相当隠密術に長けている様子」

甕谷の長の言葉に、柳原は一瞬考えて、すぐに大声を上げた。

「う、うむ。出合えっ、出合えーっ。賊は既に城内に侵入しているかもしれんっ」

「当ったりー」

場違いに明るい声が、柱の陰から響いた。

「ぐぇ」と短い呻き声を上げて、報告の侍が後ろ向きに倒れる。その首には透明な糸のようなものが巻き付いていた。

「な、何奴っ」

暗闇から誰かが近づいてくる。ぼんやりした行燈(あんどん)の明かりに浮かび上がったのは、忍装束をまとった女だった。

「お、女……？　貴様が賊かっ！」

怒号を響かせる柳原の後ろで、霙谷の長がゆっくり立ち上がった。

困惑と怒りの混じった声でその名前を口にする。

「杠……」

突然現れた部下を睨(にら)みつける長の前で、藩主の柳原が必死に配下を呼んでいた。

「出合えっ、出合えっ。早く儂を守れっ！」

しかし、腹から絞り出した声はむなしく反響するだけで、家臣は誰一人現れない。

「な、なぜ、誰も来ぬっ」

「もうみんな寝てるのかもね～」

ゆっくりと近づいてくる杠は、にこやかに言った。

柳原が後ずさりながら声を震わせる。

「ま、まさか……城内の家臣を全員制圧したというのか」

「お待ってさ、真っ昼間に立ち会うのは得意かもしれないけど、暗闇になるとからっきしだよねー。夜に弱い男って頼りないと思わない？」

「き、貴様、どこの手の者だっ」

杠はにっこり微笑むと、長に向かって手を振る。

「やっほー、長。元気してた？」

「貴様は、どうしてここに……」

言いかけて長は気がついた。杠に特効薬がないことを明かして暇を出した夜、長は鷺羽城に後日出向くことを上忍に漏らした。杠はどこかに潜んでそれを聞いていたのだ。

「そういえば、変わり身の術は得意だったな。気配を消すのはお手の物という訳か」

怒りに目を剝いたのは、藩主の柳原だ。

「なんだと、霙谷の反乱かっ。長年飼ってやった恩を忘れたかっ」

「違います、殿」

長は首を振った。

「あやつは破門した者。もはやうちの里とはなんの関係も――」

「えー、嘘言っちゃダメですよぉ。これからも一生涯、霙谷のために頑張ってくれって言ったじゃないですかぁ」

「……黙れ」

長は低い声で言うと、背中に負った刀を引き抜いた。

「血迷ったな、杠。駒の領分をはみ出した者は、もはや駒ではない」

音もなく足を踏み出し、長は隻眼に冷たい殺気を宿らせる。

「薬売りを始末したのも貴様か」

「えへへ、わかります？」

「そして、次の標的がわしとはな」

杠が何を考えているかはわかる。特効薬の件で、長年杠を騙(だま)した薬売りと長への復讐(ふくしゅう)だろう。霙谷で襲ってこなかったのは、周りに盾となる部下が幾らでもいるからだ。簡単に命を投げ出せる忍の集団相手に、一人では抗えない。

そこで長が部下の忍達から離れる時を狙った。

だが――

「それで裏をかいたつもりか？　貴様はもう少し有能だと思っていたがな」

「……？」

「幾度となく教えただろう。忍は物事の可否を素早く見極め、無理なことには決して手を出すなと」

「あー、覚えてますよ。念仏のように聞かされましたねー」

おどける杠に、長は静かに告げた。

「貴様は誰よりわしの教えを体現できたと思っていたがな。どうやら見込み違いだったようだ」

眉をひそめる杠をひたと見据え、長はわずかに腰を落とした。

「――馬鹿め。配下がいなければ、わしに勝てるとでも思ったか」

つま先で、畳を一蹴り。瞬きの間すらなく、長は杠との間合いを詰めた。

風を切って振り降ろした刃を、杠は小太刀で受け止める。暗闇に走った閃光で、杠の肌から透明な粘液が染み出しているのが見て取れた。

粘糸を操る杠の手の内はよく知っている。鋼鉄のような硬度にもなる糸を自由に振り回せないよう、距離を与えないことが肝要だ。

「戦闘の際は勢いや気合で戦うな。冷静に敵の長所と短所を把握し、まずは長所を消す。相手の自由を奪え。そう教えたぞ」

杠の技術も思考も、全て自分が仕込んだもの。どれだけ優れていても、模造刀は所詮真剣には敵(かな)わない。

杠の場合は、距離さえ潰してしまえば、後は純粋な剣戟(けんげき)の勝負。

そうなれば、速さも腕力も長に分がある。

「ぐ……」

刀に押された杠は、畳をぐるぐると転がり距離を取ろうとする――が、長は一瞬で間合いを詰めると再び刀を振るった。

刃の先端が杠の太ももを縦に削り、鮮血が白い肌に滲(にじ)んだ。

だが、傷は浅い。身体中をとりまく粘液が防御壁の役割を果たしている。

だから、手は緩めない。猶予も与えない。

杠の息が上がっている。長が連続で繰り出す斬撃をさばくのがやっとだ。

もう、勝利は見えていた。

「先の先を読んで備えろ。勝利は偶然ではなく、必然だ。それも教えたはずだぞ」

袈裟(けさ)懸け。

右薙(な)ぎ。

逆袈裟。

激しさを増す打ち合いの中、長はかすかに口角を上げる。

忍の里では幼い頃から徹底的な支配関係を刷り込み、絶対に長に逆らえないよう調教を施す。しかし、物心がついた後に特効薬を目的に忍になった杠には、精神的な支配が及びにくいところがあるのはわかっていた。

だから、長は杠の修行をいつも観察していた。

特定の順番で打ち込んだ際に、一瞬だけ防御が遅れる癖も知っていた。その癖をこれまで敢えて指摘してこなかった。

先の先を読む。

万が一の叛意に備え、長はずっと前から準備をしていた。

杠が霙谷に入った時点で、もう勝負は決していたのだ。

唐竹。

渾身の力で、長は右腕を振り降ろす。杠は痛みに耐えるような顔で小太刀を両手で支え、それを受け止めた。直後——

「終わりだ」

刺突。

真っ直ぐに突き出された刃が、粘液の壁を越え、杠の胸の中心を貫く。

ごふ、という呻きを耳に、長は真っ青な顔で障子にへばりついている藩主を振り向いた。

「殿、失礼仕(つかまつ)りました。謀反者はこの通り——」

冷たい戦慄が背筋を這(は)い上り、長はそこで言葉を止めた。

いつの間にか、自分の首に粘液の糸が巻き付いている。

「戦闘中に油断するなんて、何を考えているんですかぁ？　長に怒られちゃいますよ、長」

背中から、どこまでも晴れやかな声がする。

身を硬くしたまま、畳を横目で見ると、刀が突き刺さった天然木が転がっていた。

床の間に置いてあったものだ。

「変わり身……の術、か」

「せいかーい。よくできました」

「……しかし、なぜだ。貴様にあの太刀筋は防げないはず」

特定の太刀筋で杠の防御が遅れるのは、修行中に何度も見てきた。急に直せる癖とは思えない。

困惑とともに呟くと、杠が耳元で囁いてくる。

「何言ってるんですかー。先の先を読んで備えろ。長の教えですよ」

「まさか……」

乾いた唇を、長はやっとの思いで開いた。

杠は気づいて、いたのだ。

長が修行中に観察していることに。

だから、特定の順番で打ち込んだ際に防御が遅れるという弱点を装っていた。

ずっと前から。忍の里に入った時から。

「ふ、はは……」

思わず笑みが漏れる。見込み違いは、己であったか。

「——見事。わしの後継者に相応しきはやはり——」

「長。私、どうしても許せないんですよね」

首筋にかかった凍えるような吐息で、長は死の淵にいる状況を改めて認識する。

「話を聞け、杠」

「薬売りを？　長を？　ううん、一番は自分をです。特効薬なんてうまい話、幻想にすぎないって多分もっと前からわかっていた。でも、すがってしまった。願いを見透かされてしまった。小夜と過ごせる貴重な時間を無駄にして」

「杠」

「でも、長には感謝もしてるんです。私が身一つでやっていけるようになったのは長の厳しい指導のおかげですし、本当はこんなことしたくない……」

甘えるような声色に、長は身体の緊張を解き、静かに息をつく。

「そうか、では、この粘糸を……」

ゆっくり振り向くと、杠は花のような笑みを浮かべ、ぺろりと舌を出した。

「ばーーーか。嘘に決まってんでしょ」

「き、貴様っ……貴様はぁぁっ！」

言い終わる前に、巻き付いた粘液がぎゅるぎゅると回転し、長の首が宙を舞った。

胴体から吹きあがった鮮血が、天井板に深紅の花模様を描く。

ねじ切られた首が二、三度畳の上で跳ね、藩主の足元へと転がった。

「ひ、ひいっ！」

腰が抜けたように、柳原はへなへなとその場に崩れ落ちる。

「た、助けてくれっ。な、た、頼むっ」

血を浴びて真っ赤に染まった杠に、柳原は懇願するように叫んだ。

「な、何が欲しいっ。なんでもやろうっ」

「欲しいものは……もうないかな」

どこまでも冷たい声に、柳原の股間は失禁でみるみると湿っていく。

「そ、そ、それでは、何が目的だっ」

「んー、ただの腹いせ？」

「は、腹いせ……？」

「それと、もう一つ……」

杠は立ち上がれない藩主に背を向け、奥御殿の外に出た。伸ばした粘糸を城壁に貼り付け、蜘蛛のようにするすると昇っていく。

辿り着いたのは城の最上階に当たる天守閣だ。屋根瓦に腰を落ち着け、眼下に広がる城下町を見下ろした。遮るものなく吹き通る風が心地よい。

「さ、そろそろかな」

杠が呟くと、ひゅるるるっと甲高い音が夜空に響き渡った。

細い光が筋を描いて天へと昇って行く。

それは星をちりばめた空に到達し、ぱぁんと弾けた。

煌びやかな炎が、視界いっぱいに鮮やかな花を咲かせる。

「やっぱ本職は違うねー、小夜」

今宵は城下町の花火大会。

次々と打ち上がる花火が咲き乱れ、夏の夜を華やかに彩る。妹が見たいと願い、そして

見ることの叶わなかった刹那の閃光が、視界の中で幾重にも瞬いた。

一瞬で咲いて散る――それは短い時間を精いっぱい生きた命の煌めきのようでもある。

日の当たらない道でも、真っ暗闇の中でも、咲く花はあるのだ。

夜空に美しく散華する火花を目に焼き付けた後、杠は屋根瓦に寝そべり、ゆっくりと瞼を閉じた。

「飼い猫……好きな人……家族……美しい景色……」

呟きとともに、夜を割るような破裂音が次第に遠くなっていく。

明滅する炎と光を全身に浴びながら、空に最も近い場所で、杠は一人静かに微笑んだ。


「……って、さぎりん。なんで泣いてんの？」

舞台は神仙郷へと舞い戻る。

薄闇が辺りをぼんやりと包む中、話を終えた杠は、隣で何度も涙を拭う佐切に言った。

「だ、だって、杠さんにそんな過去があったなんて……」

ぐずぐずと鼻を鳴らす佐切に、杠は少し申し訳なさそうに顔を向ける。

「あ、なんかごめん。でも、気にしないでいいよ。作り話だから」

「……え？」

佐切は頬を拭う手を止め、ぽかんと口を開いた。

「えええええええっ？　作り話なんですかっ」

「さぎりんがあんまり素直に反応するから、なんか楽しくなっちゃって。なかなかの感動巨編だったよね。暇つぶしに丁度良かったでしょ？」

「ちょ、ど、どこまで本当で、どこまでが嘘なんですか？」

慌てる佐切に、杠はとぼけた顔で言った。

「さあ？　さぎりんはどう思う？」

「…………」

佐切はしばらく脱力した様子でその場に膝(ひざ)をついていたが、やがて諦めたように立ち上がった。

「……もうっ」

歩き出した佐切の肩を、杠は後ろから摑む。

「ごめーん、さぎりん。怒った？」

「……怒ってません。そういえばあなたは最初からそういう人でした。本当に見せて嘘。

嘘と思わせて本当。虚実織り交ぜ、相手に正体を摑ませない」

「やっぱり怒ってる？」

「怒ってません」

佐切は立ち止まり、じろりと杠を眺めた。

「画眉丸にとっての奥さん。浅ェ門にとってのお役目。大事にしているものを知ることが、その人を知ることに繫がるのではないかという気が私はしています」

佐切はそこで息を吐くと、口元をわずかに緩め、こう続けた。

「誰にも本心を明かさない。決して安易に馴れ合わない。少なくとも、あなたにとってそれが大切な要素だというのは感じられましたから。だから、話を聞く前より少しだけ杠さんのことが知れた気がします。……まあ、内容の真偽は闇の中ですけどね」

恨めしげな一言を最後に付け加えて、佐切は微笑を浮かべる。

「…………」

杠は何度か瞬きをした後、佐切にぎゅっと抱き着いた。

「もう。やっぱりさぎりん大好き」

「……それは本当ですか？」

「え、本当本当！　それだけは本当だって」

「皆、そろそろ集まってくれ。作戦の最終確認をするぞ」

洞窟から出てきた士遠が、手を打ち鳴らして一同に呼びかける。

「じゃ、行こっか。大好きなさぎりん」

「まったくもう」

呆れて笑う佐切の手を引っ張りながら、杠は視線を上に向けた。

岩肌を吹きあがった突風が、ほんの一瞬霧を晴らし、闇に染まりかけた空がわずかに顔を覗(のぞ)かせる。

霧に縁どられた小さな夜空では、淡い星の光がまるで夏夜の花火の残照のように、儚(はかな)く瞬いていた。

第三話

愛の道行（みちゆき）

一隻の帆船が、群青色の大海原を、ゆったりと進んでいた。

高く掲げられた帆が、風を孕んで大きく膨らんでいる。天候は穏やかで、風は追い風。暑くもなく寒くもなく、波は静かで、視界は良好。

絶好の航海日和と言えるはずだが、船を取り巻く空気はどこか重々しく、甲板は奇妙な緊張感に満ちていた。

それはひとえに行き先と乗組員によるものだ。

船が向かう先は、不老不死の仙薬があるとされる未知の奇島――神仙郷。先んじて島に向かった者達は二日を経ても誰一人として戻らず、焦れた将軍が協力者という名目で新たな精鋭を送り込んだ。

乗組員は幕府の役人の他、四名の山田浅ェ門と、五十余名の石隠れ衆。

佇まいひとつ取ってもそれぞれに特徴のある山田浅ェ門に比して、石隠れ衆は一様に面をつけ、同じような黒装束に身を包んでいる。

それが個としての志や心を消し、道具に徹することを本懐とする忍の在り方だ。

先頭に立つ、般若(はんにゃ)の面の人物もまたそんな道具の一つだった。

ただ、少しばかり特別な銘の彫られた道具ではある。

名(な)はシジャ。

銘は、次代画眉丸(がびまる)。

――裏切り者を殺せ……次代画眉丸。前任を殺す事が襲名式の締め。恐怖の象徴を里に取り戻せ。

甲板に立つシジャの耳に、石隠れの長(おさ)のしわがれ声が蘇(よみがえ)る。

将軍から命じられた仙薬探しへの協力は、島に向かうための建前に過ぎない。裏の任務は先に神仙郷に向かった当代画眉丸を捜して殺すこと。

画眉丸という名は石隠れにおいて代々最強の忍に受け継がれる屋号であり、里の象徴でもある。前任者が死ぬことで、それは次の者へと移り、結果、名は絶えることなく里の威光を放ち続ける。

だが、当代画眉丸に生きたまま自由の身になられると、その仕組みも機能しなくなってしまう。そのため、お役目に入り込んで当代画眉丸を殺し、最強の屋号を里に取り戻すことが長の至上命令だった。

「…………」

しかし、シジャにとってはそれすらも二の次だ。

シジャは知っている。

画眉丸の名に相応しいのは彼しかいないということを。

冷酷で、無慈悲で、そばに寄るだけで強烈な死の匂いを感じさせてくれる、あのお方。

「待ってて下さいね。画眉丸さん」

シジャは水平線の奥へと目を向け、呟いた。

長の娘と結婚して鋭さと危うさを失う前の、本当の画眉丸を連れ戻す。

それがシジャにとっての真の目的だ。

磨いた技で、研ぎ澄ました思考で、どす黒い悪意で、身も心も極限まで追い詰め、かつての姿を全身全霊で呼び戻す。

殺し、殺され、そして、ともに果つるまで。

それが僕らの、究極の愛の形なのだから――

怒りに満ちた般若の面の下で、シジャは天にも昇るような恍惚の表情を浮かべていた。

問う。忍とは何か。

それは、任務遂行のための機能に特化した道具である。

問う。それは人か。

それは、人にあらず。

問う。さればいかにして忍を作るか。

それは、人が人たる所以を削ぎ落としていくことである。


石隠れの里では、子供は生まれ落ちた時から、道具として生きる宿命を背負っている。血縁上、父母となる者はいるが、そこに親子の情や契りはない。

愛情や肌のぬくもりの代わりに与えられるのは薬物だ。

例えば、オソレシラズ。神経系に作用し、痛覚を強烈に刺激する。全身を串刺しにされているような激痛に慣れるまで、投与は三日三晩繰り返される。

例えば、ユラクシラズ。快楽中枢を刺激し、オソレシラズと併せて使えば、凌辱されている気分になる。

その後も身体機能や戦闘能力、戦いの勘、才能、運。そういったもので選別は続き、死んだ者は脱落し、耐えられた者だけが残っていく。

生まれた時から親子の情はない。

選別の過程で兄弟も死に絶える。

そして、薬漬けで痛覚や味覚といった感覚も失っていく。

更には命を削る過酷な訓練や、呪詛（じゅそ）のように繰り返される忍としての教えが、やがて喜怒哀楽といった感情をも蝕（むしば）んでいく。

人との繋（つな）がり。人としての感覚。人らしい感情。

人が人たる所以を削ぎ落とし続け、そうして、ようやく完全なる機能性を追求した道具──すなわち、石隠れの忍ができあがる。

「シジャ」

後ろから名を呼ばれ、シジャは手を止めた。

振り返ると、左眼球が黒く染まった忍がこちらを見ている。

雲霧（くもきり）という名で、共に石隠れの苛烈な修行を耐えて生き残った百九十九期の同期だ。

「何？」

答えると、雲霧はおもむろにシジャの前を指さした。

「全員やったのか」

「まあ」

シジャは軽く言って、血に染まったクナイを懐に戻した。

ここは名の知れた古物商の屋敷の離れ。格天井を構える続き間に、血塗れの遺体が累々と転がっている。行燈の明かりが照らすのは、屋敷勤めの警備の者達だ。年齢は様々。年寄りもいれば若衆もいる。同じなのは、一様に生気が抜けた虚ろな灰色の目をしているところだ。

「随分と派手にやったな」

「そうかな」

雲霧の言葉に、シジャは淡々と答える。

これだけの死を目の前にしても、シジャの感情には波風一つ立たない。

親の死。兄弟の死。同輩の死。敵の死。これまで、あまりに多くの死に触れ過ぎた。命を慈しみ、他人の死を悼むような普通の感覚は、とうの昔に削ぎ落とされている。

シジャにとっての確かな実感は、もう一つだけだ。

「シジャ」

「画眉丸さんっ」

広間にやってきた声の主を、シジャは跳び上がるようにして振り返る。

現れたのは、白髪に裁着袴姿の小柄な忍。百九十九期の同期であり、五十八代目画眉丸に就任したこの人物こそが、シジャに唯一の実感をくれる相手だ。

画眉丸は広間をざっと眺めて言った。

「おヌシが殺したのか」

「はいっ」

シジャは元気よく返事をする。

子供の頃から、画眉丸の忍としての才覚は群を抜いていた。戦闘能力だけではなく、冷静さや冷徹さも比肩しうる者はなく、早くから石隠れ最強の屋号である画眉丸の後継者候補に名を連ねていた。

そして、周囲の予想通り、順当に先代を殺して当代画眉丸の座についた。

彼は死の支配者。相対するだけで忘れかけていた死の恐怖、絶望が否応(いやおう)なく喚起される。生まれた頃から覚めない夢の中にいるような鈍い感覚の中に、確かな実感を与えてくれるのだった。

その画眉丸がすと目を細めた。

「どうして殺した」

「え、と」

シジャは一瞬言葉を詰まらせる。

「画眉丸さんの、任務の邪魔になると思ったからです」

「今回の任務は、殺しではなく不法売買の改めだ」

画眉丸は言いながら、雲霧に目を向ける。

雲霧は肩をすくめて答えた。

「わかってる。この古物商は盗品やら怪しげな薬やら、色々と違法なものを扱って上客に流してるって噂だ。盗賊とも繋がりがあるらしい。俺達は証拠品と上客の名簿を手に入れるためにやってきた」

「そうだ。ワシが本宅を確認し、おヌシらに蔵と離れの探索を任せた。それがどうしてこんなことになっている」

「俺が蔵、シジャが離れを調べた。俺が蔵の確認をして合流した時には、もうこのありさまだ」

雲霧の視線を受けて、シジャは口を開いた。

「画眉丸さん。だって、離れには奉公人の寝所があって、目を覚ますと面倒だから――」

「シジャ。余計な殺しはするなと、事前に伝えたはずだ」

「は、はい。すいませんっ」

画眉丸に咎められて、シジャは俯く。雲霧が横から口を出した。

「そうは言ってもな、画眉丸。昔はお前のほうこそ率先して邪魔者を消してただろ。急に殺すなと言われても、シジャも混乱する。周りからも画眉丸班は腰抜けの集まりだと言われているみたいだしな」

「周り……誰だ？」

「特に言ってるのは黒岩鬼だな」

黒岩鬼は昔から画眉丸に対抗意識を燃やしている忍だ。

しかし、画眉丸は意に介さない風に言った。

「気にするな。この任務ではワシが筆頭だ。ワシが殺すなと言えば従え。それだけだ」

「それはわかってるけどな。お前、やっぱり長の娘と結婚してから少し変だぞ」

ずき、と鈍い痛みがシジャの胸に走った。

画眉丸は一瞬無言になり、すぐに軽く首を振る。

「結婚は関係ない。戦えば抵抗される。無駄な危険は冒さぬほうがいいと思うだけだ」

散らばった死体を畳に並べ、画眉丸は軽く手を合わせた。

黙ってその様子を見つめるシジャの横で、雲霧が眉をひそめる。

「死者を悼む真似……本気でやってるのか、画眉丸」

「わからん……だが、普通はこうするらしい」

「普通は？」

「気にするな。もう行くぞ」

「名簿はいいのか」

「手に入れた。ついでに証拠の品も幾つかな」

画眉丸は風呂敷を開いてみせた。中には帳面の他、見慣れぬ茶器などが入っている。シジャには価値はわからないが、事前に盗品の目録を渡されていたようだから、そこに一致するものがあったのだろう。

「仕事が早い。さすが画眉丸さん」

手を叩いたシジャの目が、ふと茶器の下敷きになっているものに留まった。

どうやら本のようだ。題字の一部が見えている。

「心、中……？」

「ふぅん、ここの古物商は発禁本も扱ってたのか」

横から覗き込んだ雲霧が腕を組んで言った。

「発禁本？」

「幕府から流通を禁じられてる本だ。好色本とか、体制批判に繋がるようなものや、心中ものもその一つだな」

「心中……」

「知らないのか？　心中ってのは結ばれない男女が……」

「雲霧、シジャ。いつまで無駄話をしている。行くぞ」

画眉丸の一言で、会話は中断される。

一同は夜の闇に紛れて屋敷を後にした。音もなく屋根瓦を渡る途中、隣の雲霧が言った。

「シジャ。お前、画眉丸についてまわるばかりじゃなくて、多少は世の中のことも知っておけよ。任務にも役に立つ」

「別に、興味ない」

シジャは前を向いたまま答える。

世の中のことなどどうでもいい。どうせ道具として生き、最後は使い捨てられて消えるだけ。シジャにとっては画眉丸の存在だけが、唯一の指標だった。

あの人が与えてくれる死の恐怖だけが、僕に生きている実感をくれる。

でも――

シジャは前を行く画眉丸の背中に、不安げに目を向けた。

死と絶望の象徴の背中。

小さいけれど大きな背中。

子供の頃からずっと後を追ってきた背中。

だけど、そこから漂う死の香りが、少し弱くなっているような気がした。


石隠れの里は、奥深い山中に息を潜めるようにひっそりと存在している。

四方を鬱蒼（うっそう）とした森に囲まれ、訪れる者もなく、乾いた風だけがここへの侵入を許される。日照時間は短く、土は痩せ、農耕に適さない不毛な土地柄が、忍という稼業をここに根付かせたと聞いた。家々の距離は離れており、結託や反乱を防ぐために、修行や任務の時以外は交流も禁止されている。

そんな里の居住区から少し離れた山の中に、シジャは一人立っていた。

目の前には一本の木。八方に広がる枝葉の隙間から漏れ出す陽光が、大地にまだら模様を描いている。

「画眉丸さん……」

シジャは呟いて、木の幹に手の平を添えた。

かさついた、ひんやりした感触が、かつての記憶を思い起こさせる。

ここは幼少の頃に、修行で使われた場所だ。

——簡単な試験だ。制限時間まで生き残れ。

長はそれだけを告げて、百九十九期の子供らを山に放った。

物心がつく前から繰り返された薬物の投与で、兄弟達は皆死んでいた。薬に神経や感覚を蝕まれ、生きている実感すら希薄に思える日々。

そんな中、突然山に放り出され、訳もわからず木々の間を彷徨(さまよ)った。

今思えば死臭のようなものに自然と誘(いざな)われたのかもしれない。

気がついたら、ここに辿(たど)り着いていた。

この場所で、同輩達が折り重なるようにして死んでいた。

そして、あの人はそこにいたのだ。

右手をこの木に添え、涼しい顔で、体温を感じさせない瞳で、淡々とした口調でこう言った。

「おヌシを殺す」

それまで動いている実感すらなかった心臓(しんぞう)が、跳ねた。

「あう……どう……して?」

突然の宣言にやっとのことで応じると、彼は静かに続けた。

「いきてるから」

「…………」

生きているから殺す。

生きている者は殺す。

なんと理不尽で、なんと不条理で、なんと無慈悲なのだろう。

自らの生殺与奪は、今、目の前の相手に完全に握られている。

シジャは訳もわからず逃げた。それまで死ぬも生きるもどうでもいいと思っていたはずなのに、気づいたら相手に背を向け、弾（はじ）けるように駆け出していた。

——絶対殺される。

これが……恐怖？

——死ぬのが怖いと、こんなにドキドキするの？

ぼんやりしていた視界が、くっきりと明瞭さを帯びている。

山の空気、血の匂い、草いきれをはっきり感じる。

血流が全身を巡り、吸い込んだ空気が痛いほどに肺（はい）を膨らませていた。

腕を振り、足を上げ、枝葉をかきわけ、シジャは山中を必死で駆ける。

死を目の前にして、初めて己が生きているということを実感した気がした。

確かな胸の高鳴りとともに――

「画眉丸さん……」

当時を回想したシジャは、もう一度その名を口にして、頬(ほお)を木肌にこすりつける。

この場所での修行の後から、シジャの視線はいつもあの人を追っていた。

修行の時。任務の時。彼が長の屋敷で過ごしている時も、離れた木の上から密(ひそ)かに見守っていた。

考えている事を全部知りたくて、ずっとずっと観察していた。

里の恐怖の象徴である画眉丸の名に相応しいのは彼だけ。縁の下で支えたくて、邪魔になりそうな候補者は殺してまわった。彼が無事に画眉丸を襲名し、組織が再編された時には率先して画眉丸班を志願した。

順調に、当然に、画眉丸は任務で成果を上げ続け、そして――

跡取り候補として、長の娘と結婚した。

「…………」

シジャはそっと木から離れた。

土の冷たさを足裏に感じながら、大きく息を吸う。

「はっ」

中空に向けて、突きを放つ。

指先が風をまとい、ごうっと轟音が鳴った。狙うは相手の心臓。

——急所のみに的を絞れ。

画眉丸との修行中に指摘されたことだ。

「はっ」

次は蹴り。振り上げた足は、直後、黒い繊維になってぱらぱらとほどけ、続いて本物の蹴りが放たれる。髪の毛を使って偽の足を作り、相手を惑わせる技。

——騙しも有効だ。一の手で死角を作れ。

これも彼に指摘されたこと。

「忍法、針千本」

今度は振り出した髪の毛が、鋼鉄の網になって縦に大きく広がる。

——その忍法、横じゃなく縦に広げろ。より回避し難い。

これもそうだ。

——効率的な動きは読み易いぞ。

——利用できるものは全て使え。

——残虐さで戦意を削げ。

これも、それも、あれも。

シジャは画眉丸にかけられた言葉は全て覚えている。

画眉丸は石隠れの筆頭として忙しく、そもそも里では家々の交流も禁じられている。しかし、修行の最中だけは、あの人は僕だけを見てくれる。その時にもらった言葉は、長にでもなく、同輩にでもなく、暗殺対象にでもなく、そして、妻に向けたものでもない。

僕だけのものだ。

――火法師(ひぼうし)？　無理だ。おヌシには修得できん。

「…………」

シジャはその場を大きく跳び下がった。

彼に憧れ、彼のようになりたくて、得意の忍法を真似しようとした。その時にかけられた言葉だ。

息を深く吸って、大きく吐く。

火法師は体温を瞬間的に高め、皮脂を爆発的に燃焼させる忍法。

研ぎ澄まされた集中力。自律神経をも支配下に置く圧倒的な意志の力。超高温に耐えうる強靱(きょうじん)な肉体。人智を遥(はる)かに超えた領域に身を投じて、初めて為(な)せる高難度の技。

現在の石隠れ衆で、画眉丸の他に火法師を使いこなせる者はいない。

逆に言えば、もしこれができたら、画眉丸と同じ場所に辿り着ける。

そこは、誰も入れない、二人だけの世界。

「待ってて下さい……画眉丸さん」

今日こそ火法師を成功させてみせる。

シジャは修行の合間に、任務の終わりに、何年もここで火法師の訓練をしてきた。

まずは目を閉じ、身体の中心部に意識を集中させる。そして、空気をあおいで焚き火を大きくするように、深呼吸を繰り返す。練り上げた熱を、爪の先、髪の毛の一本一本に至るまで張り巡らせた神経を使って、身体の隅々に届ける。

難しいのはここからだ。

放散する過程で、どうしても熱が逃げてしまう。

温度は下げず、むしろ更に高めて、皮脂を燃やし、全身を発火させねばならない。

そのためには体温も、神経も、完全に支配しきるほどの強烈な意志が必要だ。

「必ず、やる」

急がなければならない、とシジャは思っていた。

体幹に熱がこもる。

そうでなければ、あの人は遠くに行ってしまう。

熱が身中でとぐろを巻いた。

あの背中が、もっと遠くなってしまう。

痛覚が鈍麻していてなお、内臓を焼かれるような激痛が走った。

並みの忍であれば、とっくに失神しているであろう痛みにも、シジャは奥歯を噛んで耐える。あの人が感じているものと同じ痛みだと思えば、それすらも愛おしい。

赤く膿んだ熱が全身を駆け抜け、そして――

「火法師」

シジャの想いを具現化したような紅蓮の火炎が、塊となってぼうと放出された。

直撃を受けた土くれが爆ぜ、野放図に伸びた草花が一瞬で焼け落ちる。

「でき、た……」

発動に至る所作も威力も十分とは言えず、実戦に使える段階ではない。

しかし、できた。

遂に彼のいる領域に足をかけたのだ。

「画眉丸さん！」

全身を襲う疼痛と疲労感も忘れて、シジャは飛び跳ねるように、その場を駆け出した。

「画眉丸さん。画眉丸さん。画眉丸さんっ」

名を口ずさみながら、風となって野を疾走する。

里の居住区、藁葺屋根の家屋が点在する通りを雲霧が歩いていた。

「おい、シジャ。どうし……」

怪訝な表情を浮かべた同輩の脇を素通りし、足は一目散に画眉丸の家へと向かう。

——できました。僕にもできましたよ！

修行と任務の時以外の交流は禁止。そんな掟すら忘れて、心のままにシジャは行く。

視界の奥、里の中心部から少し離れた場所に、目的の家はあった。

火法師を修得したことを伝えたら、あの人は驚いてくれるだろうか。喜んでくれるだろうか。認めてくれるだろうか。シジャはもう一段、走る速度を上げた。

湧き上がる衝動で、胸の奥が熱くなる。

——あぁ、この火法師をあなたに……。

「シジャ、待て！　お前、何するつもりだ」

後ろから突然、襟を摑まれた。雲霧だ。

「うるさい、離せっ」

振りほどこうと揉み合っていると、引き戸が開いて画眉丸が姿を現した。

「画眉——」

呼びかけようとした言葉を、シジャは飲み込む。画眉丸のすぐ後ろから、もう一人の人物が顔を出したからだ。透き通るような白い肌。色素の薄い髪が風に流れている。長の娘。そして、画眉丸の妻。

右の額と頬に刻まれた深い火傷の跡は、女としての普通の幸せを摑めないよう、幼い頃に長に焼かれたものだと聞いている。以前は髪を下ろして火傷を隠していた記憶があるが、今の彼女はそれを気にする様子も見られない。

二人は庭先の井戸で水をくみ上げた。

桶を持った女が足を草に取られ、少しよろめく。それを咄嗟に画眉丸が支えた。

二人は顔を見合わせて何かを話している。小声なのでここまでは聞こえない。

妻が笑った。画眉丸は照れたようなぎこちない表情を浮かべる。

「…………」

シジャは立ちすくんだまま、その光景を眺めていた。

乾いた風が通り過ぎ、道端の雑草をかさかさと揺らす。

画眉丸がこちらを向いて、声を張りあげた。

「シジャ。雲霧。ワシに何か用か。問題が起きたなら手を打とう」

「ああ、いや、シジャの奴が……」

「なんでもありません、画眉丸さん」

雲霧の言葉を遮るように、シジャは笑顔で言った。

そうか、と答えて、画眉丸は妻とともに家の中へと戻っていく。

シジャはその場に佇んで、小さな声でもう一度同じ言葉を繰り返した。

「なんでも、ありません」


家に戻ったシジャは、鏡の前に立ち、一人髪をとかしていた。

椿の油粕を手に取り、一本一本に至るまで時間をかけて、丁寧に馴染ませる。

ずっと前に、髪を使った忍法を画眉丸に褒められたことがあった。

相手の意表をつけるし、多彩な攻撃が可能である。それはおヌシにしかできぬ忍法だ。

磨け、と。

それ以来、シジャは髪の手入れには人一倍気を遣ってきた。

だが、今日に限って、うまく櫛が通らない。

歯の部分に髪が絡まり、何度も引っかかる。

「あっ」

櫛を投げ捨てようとして、振り上げた手を止める。しばらくその姿勢でいた後、シジャは唇を噛んで櫛を畳に置いた。やがて、シジャは囲炉裏に向かい、火かき棒を手に取った。その先端をおもむろに火鉢に差し込む。

鉄が赤く焼けるのを確認し、鏡の前に戻って前髪をかきあげた。

「画眉丸さん……」

長の娘と結婚して以来、画眉丸の放つ死の香りは薄まってきている。

前に立つだけで絶望してしまうほどの恐怖感、高揚感はなりを潜めていた。

なのに、依然として、画眉丸を見ていると種類の異なる胸のざわつきは消えない。

あの人のことを知りたい。あの人にもっと自分を見て欲しい。

だけど、いくら髪をとかしても、どれだけ技を磨いても、敵を何人殺しても、そして、最高難度の火法師を修得しても、今の彼の視線は一人の女性にしか向いていない。

「…………」

シジャは火かき棒の先端を、額に近づけた。

額を焼けば――彼女と同じ見た目になれば、もしかしたら――。

真っ赤な鉄が額に触れる。恐怖はない。躊躇もない。

じゅ、と皮膚が焦げる音がした。痛覚が鈍っているため、肌の疼痛はたかが知れている。

だが、胸の奥底にはずきずきとした鈍い痛みが残っていた。

「シジャ」

家の前で声がして、シジャは素早く前髪を下ろした。

戸を開けると、雲霧が立っている。

「何？」

「山への侵入者がいる。俺達で様子を見てこいだとさ」

石隠れの里は、人里離れた山奥にあり、外から訪れる者は滅多にいない。

ただ、稀に山に迷い込んで来る者はいる。誤って足を踏み入れただけならいいが、外敵の可能性もあり得るため、見張りの報告を受けた際は念のために確認に向かうことになっていた。

「侵入者は、男と女の二人組らしい」

木の枝を猿のように身軽に渡りながら、雲霧が経緯を説明する。

太陽は西に傾き、空は赤味を帯び始めていた。

「一見すると町人風の出で立ちらしいが、変装かもしれん。用心に越したことはない」

「ふぅん」

シジャが気のない返事を返すと、雲霧は呆れた顔をした。

「侵入者への対策も仕事の一つだ。ちょっとは興味を持てよ」

「興味ない。どうせ疑わしきは殺すだけだ」

「そりゃ、そうだけど……お前、画眉丸がいる時といない時で、やる気の差が激しすぎるぞ」

「そんなことはない」

額を押さえてシジャは答える。雲霧はしばし黙った後、こう言った。

「画眉丸の結婚は長の決定だ。余計な真似はするなよ」

「……わかってる」

今さらのように、額の火傷がずきずきと痛み始める。

やがて、見張りに言われた地点に、二人は辿り着いた。

枝葉の陰に身を隠し、侵入者の動向を探る。単なる迷い人か、はたまたどこかの間者か。

視界の奥には報告通り、町人風の出で立ちの若い男女がいた。

女は随分と派手な着物を着ており、男がまとう濃紺の羽織も高価なものに見える。

とても山歩きに相応しい格好とは思えないが——

「……行くぞ」

雲霧の一言に、シジャは頷（うなず）く。

葉を揺らし、二人は湿った土に降り立った。そして、侵入者に向けて警戒感もなく無防備に近づく。

なぜなら、男と女は既に死んでいたからだ。

双方とも胸の部分が赤く染まっている。他には目立った傷はなく、おそらく胸の傷が致命傷だと思われた。男の胸には血に濡れた脇差が刺さったままだ。

「……？」

シジャは脇差を見つめて、軽く首をひねった。

男も女も胸を刺されて死んでいる。しかし、見張りが殺したという話は聞いていないし、そもそもこの脇差は石隠れの物ではない。ということは、別の何者かの仕業か。

警戒をわずかに強めると、雲霧が腕を組んで言った。

「この脇差は多分、男の持ち物だ。男が女を殺した後、自分で自分を刺した」

「……？」

シジャは瞬きをする。

よくわからない。相手を殺すのに成功したのに、なぜ死ぬ必要があるのだろう。

しかも、死体は仰向けの状態で横に並んでいる。どういう経過を辿れば、こういう状態になるのか見当がつかない。

もっとわからないのは、二人が手を握っていることだ。

「多分、男が女を刺して殺した後、女を横たえた。自分は隣に寝てから手を繋ぎ、その状態で残った手で心臓に脇差を突き立てる」

雲霧は淡々とした口調で続けた。

「これは心中だ」

「……心中？」

最近、どこかでその言葉を聞いた覚えがある。

「心中ってのは、結ばれない男女が一緒に死を選ぶ行為らしい。身分の高い男と、遊女の組み合わせなんかが多いみたいだけどな」

「結ばれない、男女……」

「お前、本当に何も知らないな。いつだったか、人形浄瑠璃(じょうるり)で大流行したんだ。今は幕府から禁止されてるみたいだが、こうやって人目を盗んで心中する男女は後を絶たないって話は聞くな」

無言のシジャを見て、雲霧は肩をすくめた。

「一つ確かなのは、もうこいつらを警戒する必要はないってことだ。行くぞ」

「…………」

シジャは動かない。

その場に佇んだままでいると、雲霧が訝しげな視線を向けてきた。

「どうした？」

「いや……」

親の死。兄弟の死。同輩の死。敵の死。これまで数多の死を見てきた。

その死に際は様々だ。苦しみに悶えた顔。絶望に塗りつぶされた顔。あるいは無。

だが、この二人はいかにも穏やかで、どこか満ち足りた表情をしている。

「………」

並んだ遺体を無言で見つめていると、雲霧が肩をすくめて言った。

「俺にはわからんが、心中は究極の愛の形、って言われてるらしいな」

「究極の、愛……」

シジャはその単語を口の中で繰り返す。

山際に沈みゆく茜色の日が、横たわる男女の安らかな死に顔を照らしていた。

究極の愛。

それ以来、画眉丸を見かけるたびに、シジャの頭にその言葉が蘇るようになった。

班の会合が開かれたのは、そんなある日のことだった。

「任務だ」

集会場所となっている小屋で、一同の前であぐらをかいた画眉丸が言った。

最前列に陣取ったシジャは、画眉丸の一挙手一投足をじっと見つめる。

圧倒的な死の匂いはやはり昔より薄くなっている一方で、シジャが感じる胸の痛みと熱は前より強くなっている気がした。

シジャは一人、破裂しそうな衝動を覚えながら、心臓に手を当てる。

画眉丸は班員達をぼんやりと見まわし、こう続ける。

「と、言ってもうちの仕事じゃない」

「どういうことだ?」

雲霧の問いに、画眉丸は淡々と答える。

「もともと黒岩鬼の班が請け負っていたようだが、直前の別の任務で黒岩鬼の配下がほぼ全滅、手勢が足りず、うちから黒岩鬼班に人足を貸し出せとの指示だ」

「全滅?　そんなに厳しい任務だったのか?」

「委細は知らん。任務自体は成功したようだが、道中の不手際が気に入らず、黒岩鬼が配下をほとんど殺したらしい」

「またか……」

黒岩鬼の班はよく死ぬ。

忍は道具。任務遂行のために死ぬは常のこと。しかし、黒岩鬼の班においては、指示役である黒岩鬼の機嫌を損ねて死ぬ割合が最も高いと聞く。

シジャとしては特に興味のないことではあるが。

雲霧が溜め息交じりに画眉丸に尋ねた。

「黒岩鬼の下か……うちから何人出すんだ？」

「仕事は暗殺。一人か二人で十分とのことだ」

「うちで暗殺が得意なのは……」

雲霧の視線がシジャに向くが、シジャは無視する。画眉丸以外の下で働く気は毛頭ない。

雲霧もわかっているようで、それ以上何かを言う様子はなかった。

「希望者はいるか？　おらねばワシが……」

画眉丸が言いかけると、雲霧が溜め息をついて片手を挙げる。

「俺がやる。当代画眉丸を黒岩鬼の下につける訳にゃいかないだろ。暗殺の対象は？」

わずかな間があって画眉丸が口を開いた。

「歌舞伎役者だ。元、だがな」

おおまかな話はこうだ。

標的は市中でそれなりの人気を博していた新鋭の役者だったが、女癖が悪く、女をたぶらかしては借金をさせたり、身売りをさせたりとやりたい放題だった。さすがに表舞台から放逐されることになったが、その後も金欲しさと、金づるとなる女を探すため、同じく干された者達を集めて許可なく地下演芸という形で歌舞伎の興行をしているらしい。

依頼主は藩の重臣の筋らしいと画眉丸が言うと、雲霧は腕を組んだ。

「無許可の興行を取り締まりたいだけなら役人が出張ればいい。わざわざ石隠れに依頼をするってことは、私怨も兼ねてってことか」

おそらく依頼主の女房か娘あたりが、その歌舞伎役者にはまって、金づるにされた。家の恥が公になる前に葬ろうという魂胆だろう、と雲霧が続ける。

画眉丸は無表情のまま頷いた。

「明後日に標的の興行がある。舞台上で任務を果たせとの命だ」

「喝采を浴びている最中に殺せってことか。観覧に来ているだろう妻か娘の前で、役者の息の根を止めて目を覚まさせようって肚だな。随分と趣味がいいな」

「無許可興行をした見せしめ、というのが表向きの理由らしいがな」

「ちなみに演目は？」

雲霧の問いに、画眉丸は目を細める。

「演目が必要か？」

「市井に潜る仕事で歌舞伎は一通り見た。演目がわかれば、標的がいつ舞台のどの辺りに立つか当たりがつくからな。狙いやすくなる」

画眉丸は軽くうなり、少し背筋を伸ばした。

「詳しくは……知らん。だが、確か心中ものだと聞いている」

「はいっ」

突然声を上げたシジャに、周囲の視線が集まる。画眉丸が眉を軽く寄せた。

「どうした、シジャ？」

「その仕事、僕もやりたいです。画眉丸さん」

「はぁ？」

隣でぽかんと口を開けたのは雲霧だ。

「お前、やる気なかっただろ」

「たった今興味を持った。僕もやります、画眉丸さん」

画眉丸と絡まない仕事になんの価値も見いだせなかったが、心中もの、と聞いてシジャの気が変わった。

心中は、究極の愛の形。

山中で死を選んだ男女を前に、雲霧が口にした言葉を思い出す。

「まあ、やりたいというなら構わんが……」

画眉丸はそう言って、雲霧に視線を向けた。

雲霧はシジャを横目で見て、肩をすくめる。

「俺も構わんよ。心中ものの歌舞伎の上演は幕府から禁止されてるからな。それなら俺も見たことないから役者が舞台でどう動くかわからん。だったら、闇に紛れやすいシジャがいてくれたほうが確実だ」

「そうか。では、任せたぞ。雲霧、シジャ」

「はいっ、任せて下さい。画眉丸さんっ」

シジャは右手を高々と掲げ、勢いよく返事をするのだった。

明後日の暮れ六つ。

夜の訪れとともに、舞台の幕は開く。

許可のない歌舞伎の興行は当然公式の劇場で行うことはできず、廃寺となった山寺で行われているとのことだ。市街から離れたうら寂しい土地であるが、今宵は奇妙な熱気に満ちている。割れた石段や荒れ放題の雑草をものともせず、得意客と思われる女達が、我先にと朽ちかけた本堂に急いでいた。

頬を上気させる女達を遠巻きに眺めるのは、黒い着物姿の雲霧とシジャだ。

その後ろには見上げるような大男が立っている。

「はん、優男一人殺すくらい俺だけで十分だ。なんだって長は助っ人なんか寄越すんだ」

顔も手足も浅黒く、岩のようにごつごつとしていた。

黒岩鬼だ。

己がでかくて目立つせいで、暗殺に向いてないとは思っていないようだ。

ちら、と見上げると黒岩鬼は分厚い唇を曲げて言った。

「なんだぁ？　文句でもあんのか？」

「別に」

ふん、と黒岩鬼は鼻を鳴らす。

「まあ、いい。てめえらは画眉丸班の雲霧とシジャだな。ここに来た以上は、俺の手足として動け。俺の機嫌を損ねるな。わかったな」

「はいはい」

雲霧は軽く応じて片手を挙げた。

「…………」

シジャは何も答えない。なんだかうるさいなこいつ、と思っただけだ。

しかし、無言を脅しに屈したと捉えたのか、黒岩鬼は満足そうに頷いた。

「てめえは女共に混じって本堂に入れ。標的が舞台に出たらすぐに殺せ。そして、気づかれないように外に出て知らせろ。へまをしたらどうなるかわかってんだろうが、俺を怒らせるんじゃねえぞ」

当たり前すぎる指示に頷くこともなく、シジャは雲霧と並んで足を進めた。

宵闇に紛れるように石段を駆けあがり、境内へと身を躍らせる。一本だけ焚かれたかがり火が、傾きかけた本堂をぼんやりと照らしていた。無数に張り巡らされた蜘蛛の巣が、風雨で傷んだ外壁に放射状の影を描いている。

夏の夜。風は生温（なまぬる）い。

本堂に入ると、元は本尊が安置されていたであろう奥側に手製の舞台が用意されていた。舞台の周囲に掲げられた松明（たいまつ）が、幻想的な空間を演出している。

最後方に構えていると、出囃子（でばやし）が打たれ、三味線がかき鳴らされた。

幕がするすると開き、最初に現れたのは、女、の格好をした男だ。ここに来る前に雲霧が歌舞伎の講釈をしてくれたのを思い出す。あまり内容は覚えていないが、歌舞伎の演者は全員男だと言っていた気がする。

次に舞台袖から色白で細身の男が現れると、歓声がひと際高くなった。

「角（かく）様！」と女達の声が上がる。

角之助（かくのすけ）、というこの男が暗殺の標的だ。

男は獲物を物色するように観客のほうに流し目を向けた後、よく通る声で芝居を始める。

どうやら、演目は神社で遭遇した男女の話のようだ。

男は商家の使用人。女は遊女。もともと二人は想い合っていた間柄だが、男に縁談があり疎遠になっていた。しかし、男は女のことが忘れられず縁談を断ったのだという。親が勝手に受け取っていた結婚の支度金をようやく取り返したが、今度はその金を困った友人にやむなく貸したところ、それが戻ってこない。むしろ、友人からは男に非があると難癖をつけられ、公衆の面前でなじられる始末。

進むも退くもできぬ男の憐れを、標的が熱演する。

シジャは腕を組んで、じっと舞台を眺めた。

揺れる松明に照らされて、演者の影がくるくると踊る。

「おい、そろそろ殺るぞ」

隣から小声で話しかけてくる雲霧に、シジャは首を横に振った。

雲霧は怪訝な表情を浮かべる。

「……は？　おい、お前まさか最後まで舞台を見るつもりか？」

無言のまま役者達に目を向けていると、雲霧は得心したように嘆息した。

「……なるほど。妙な気はしてたが、だから任務に志願したのか。悪いがそこまでは付き合ってられないぞ」

吹き矢を取り出した雲霧の手を、シジャは押さえた。

「邪魔するな」

「そうはいかんだろ」

「邪魔するなら殺す」

「あ？　上等だ。やってみろ」

隣で膨れ上がった殺気は、しかし、すぐに萎んでいく。

「……任務中にやり合う訳にはいかないか。……ったく、知らないぞ」

雲霧は呆れた様子で、吹き矢を懐に戻した。

舞台上で歌うように語られる言葉が、経のごとく本堂に反響する。

渦巻く熱が、室内の端々に満ちていく。

叶わぬ想い。

道ならぬ恋。

観衆は息も忘れて舞台を見つめている。

ふと背後に刺すような強烈な殺気を感じ、シジャは振り向いた。薄く開いた本堂の扉から覗いた黒岩鬼の目が、いつまで待たせる気だ、と言っている。面倒くさそうに頷くと、黒岩鬼はぎろりとシジャを睨みつけ、気配は遠のいていった。

「おい、シジャ。奴さん、待ちくたびれて怒りくるってるぞ」

「どうでもいい」

「ったく」

雲霧のぼやきを耳にしながら、シジャは再び舞台に目を向ける。

二人の男女は、やがて愛と名誉を守るため、共に死ぬことを選び、夜中の森へと駆けていく。

この世の名残
夜も名残
死にに行く身をたとふれば
あだしが原(はら)の道の霜
一足づつに消えて行く
夢の夢こそ哀れなれ

物悲しい道行の謡(うた)が廃寺に高々と鳴り響き、本堂の熱気は最高潮に達した。最後の段になり、男は女の命を奪うことに躊躇する。それを女が励まし、二人は遂に黄泉(よみ)の国へと共に旅立った。
誰にも邪魔をされない二人だけの世界へと。
万雷の拍手とともに、幕がゆるゆると降り始める。

「…………」

シジャは大きく息を吐いた。

「おい、シジャ」

「……わかってる」

雲霧に促され、シジャは髪の毛で筒の形を作り、ふっと息を吹いた。

舞台上で死体役を演じている標的の胸に、毒を塗った細い吹き矢が突き刺さる。

短い断末魔の呻(うめ)き声は、拍手と歓声に遮られて、誰にも届かない。

幕は完全に降り、余韻はいまだ澱(おり)のように本堂に溜まっている。

歓声は続くが、男はもう目覚めない。筋書き通り、舞台で果てた。

任務を終えたシジャは、騒ぎになる前に本堂を後にし、暗闇に紛れて境内を駆ける。

隣を行く雲霧が、目を細めて口を開いた。

「あれが有名な曾根崎心中(そねざきしんじゅう)か。念のために言っておくが、今の舞台に感化されて、妙なことを考えるなよ」

「妙なこと？」

「だから、画眉丸と心中みたいな……」

「……違う」

シジャは前を見たまま吐き捨てた。

現世で結ばれない二人が共に死ぬことを選んで、穏やかにあの世で結ばれる。

心中こそ究極の愛、と聞いて興味を持ったが、そこに心惹(ひ)かれるものはなかった。

「そうか」

少し安心した様子の雲霧に、シジャは呟いた。

「物足りない」

「……は？」

「あんなのじゃ全然ドキドキしない」

「え、おい」

「画眉丸さんへの想いはあの程度じゃない」

「おい、シジャ」

そう、自分の衝動はもっと――

言いながら山寺の石段を降りた瞬間、分厚い黒い影が猛然と躍りかかってきた。

咄嗟に横に跳んでかわす。下生えが派手に弾け、雨のように舞う土砂の奥で、岩のような大男がむくりと身を起こした。

「てめえら、どれだけ待たせやがるっ。さっさと仕事を済ませろと命令しただろうがっ」

黒岩鬼が額に何本もの青筋を浮かべて吠(ほ)えた。

「任務は成功したんだ。別にいいだろ」

雲霧が肩をすくめて言うと、黒岩鬼は杭（くい）のように太い指をこちらに向けてくる。

「俺を怒らせるなと言ったよな。てめえらはここで殺す。役立たず共を送り付けてきやがった画眉丸も殺してやる」

「なんだと？」

雲霧は腰をわずかに落とす。黒岩鬼は居丈高に笑った。

「はっ、噂じゃあの野郎は最近殺しを躊躇するらしいな。そんな腰抜けが里の筆頭だなんてありえねえ。この機会に、あいつを殺して次代画眉丸の屋号は俺がいただ――」

続く言葉はなかった。

シジャの頭髪が、鋭利な一本一本の毛先が、黒岩鬼の顔面から腹までを縦に貫いていた。

「針千本は縦に広げたほうが避けにくい。画眉丸さんの言った通り。やっぱりさすがだ」

「ぐ、ぎ、が……」

目を血走らせる黒岩鬼から髪の毛を引き抜くと、シジャは相手を冷たく睨んだ。

「お前なんかに画眉丸さんは殺せない。殺させない。画眉丸さんを殺すのは――」

そこまで言って、シジャは動きを止めた。

「シジャ……？」

雲霧が訝しげに名を呼ぶ。

シジャは虚空を見つめ、ぶるっと身を震わせた。

そう、そうだ。

この焦がれるような熱は。この溢れる想いは。抑えきれない胸の高鳴りは。

ずっと感じていたこの衝動を満たすには、心中など生温い。

穏やかな共死に、生の実感は芽生えない。

命の取り合い――死中にこそ生愛の本質がある。

仕合い――いや、死合い。

「画眉丸さんを殺すのは、僕だ」

湧き上がる高揚感とともに、シジャは言った。

力と技を駆使してあの人の闘争本能を呼び覚ます。死の支配者となった彼と、全身全霊で命を削り合う。その時、彼の瞳は、彼の言葉は、彼の技は、彼の命は、全て自分だけのものになる。それこそが誰にも入れぬ二人だけの桃源郷。

究極の愛とは、すなわち――殺し合うことと見つけたり。

弾けるほどの衝動が、灼熱となって胸の奥に渦を巻く。

身体の内側から押されるように、シジャは二本指を立てた。

――火法師。

紅蓮の業火が大気を焼きながら、ごうっと吹き荒れた。

「――……」

炎に飲み込まれた黒岩鬼の巨体は、叫び声すら上げることなく、地に倒れ伏す。

黒ずんだ死体を茂みの奥に無造作に投げ捨てると、シジャは後ろも振り返らずに夜の道を駆けた。

「おい、シジャ。おいっ」

同輩の声は耳に入らない。そして、数歩後にはもう殺した相手の名前も忘れていた。

胸にあるのは一人だけ。

焦がれた想いが、言葉になって零れ落ちる。

「愛、してます。画眉丸さん」

畦道を疾風のごとく駆けながら、シジャは呟いた。

青白い月光が、シジャの横顔を淡く浮かび上がらせる。

瞳は爛々と輝き、口元はほころんでいた。

唇の端から自然と言葉が漏れ出す。

この世の名残
夜も名残
殺しに行く身をたとふれば
好きだ
好きです　好きなんです
愛してる　愛してます　どうしようもなく愛しているんです
あなたを殺したい　あなたに殺されたい　あなたを殺して　殺されて
健やかなる時も　病める時も　死が二人を分かつまで　何度でも　何度でも
仕合って　死合って　殺し合う
これぞ焦がれた血の逢瀬(おうせ)　僕ら二人の道の果て
ああ　いとをかし
殺し、愛

月明かりの下、夜の野を舞台に、歪(いびつ)な愛の謡が一篇、高々と鳴り響いた。

第四話

刀に映るもの

規則正しい波の音に、海鳥の甲高い鳴き声が混ざった。

遮るもののない陽射しが海面に乱反射し、きらきらと輝いて見える。

遥か南西海、琉球国の更に彼方に広がる海に、十数艘の小舟が漂っていた。

乗組員は四名の山田浅ェ門と五十余名の石隠れ衆。追加組として派遣された彼らは、沖合で幕府の船を降り、小舟に乗り換えて神仙郷を目指していた。

山田浅ェ門の乗る舟では、幕下にて別式を務める威鈴が、漕ぎ手として波間に櫓を差し込んでいる。

屈強な男にも負けない腕力を持つ威鈴だが、それほど力を込めている様子はない。にもかかわらず、四名を乗せた舟は、水面を滑るように進んでいた。

軽快すぎるほどの航行は、まるで見えない何かに導かれているようにも思える。

神妙な面持ちで櫓を握るのは威鈴。

白波をぼうと眺めているのは清丸。

寝転んで鼾をかいているのは十禾。

　そして、漆黒の肩衣をまとい、舳先に仁王立ちになっているのが試一刀流二位――山田浅ェ門殊現である。

　海風を真正面から受け止めながら、殊現は波の奥を睨みつけた。

　向かう先は謎多き島、神仙郷。そこに待つのは神か魔か。

　いや、神がいようが、魔が待ち受けようが関係ない。

　仙薬を探し出し、死罪人は全員処刑、そして、全ての浅ェ門を連れて帰るだけだ。

　唯一、気になるのは、島から戻ってきた浅ェ門が十禾だけという事実。先発組の誰もが達人級の剣の使い手ではあるが、奇妙な胸騒ぎは消えない。

「…………」

　殊現は自身を落ち着かせるように、腰に差した刀を鞘からわずかに抜いてみた。やくざの一族郎党を斬首した際に将軍より賜った名刀――振仏兼明。輝くような美しい刃文を眺め、殊現は祈るように呟いた。

「衛善殿、皆……どうかご無事で」

　師とも呼べる衛善のおかげで今の自分があることを、殊現は知っている。その恩に報いるためにも、立派にお役目を果たし、山田家を守り、盛り立てていく。

　それが、あの日から殊現の生きる理由になっていた。

罪には報いを。

幼くして両親を殺された殊現を突き動かしていた想いは、それだけだった。

厳しいけれど、強く真っ直ぐな父がいて。時々口うるさいけれど、笑顔が優しくて料理上手な母がいて。温かな食卓があり、他愛ない会話があり、子供らしい夢があった。

あの時、自分には家族があった。

しかし、当たり前だと思っていた風景は、あの日一変する。

深夜に何者かが家に押し入り、強かった父と優しかった母は変わり果てた姿になっていた。衝撃のあまり前後の記憶は曖昧だ。ただ、床や壁に飛び散った血糊の、生々しい赤味だけが脳裏にこびりついている。

突然奪われた日常。理不尽に殺された家族。

下手人が捕まれば、まだありったけの憎悪を向けることもできた。しかし、その行方すら摑めない状況であれば、怒りの矛先は無明の闇を彷徨うばかり。

罪には報いを。

自然と振り上げた拳の下ろし先は、全ての罪人に向けられる。

それは紆余曲折の末、山田家に引きとられた今も、少しも変わることはなかった。

「名は……殊現か。幼くして親を殺されたお前が、なんの因果か山田家に引きとられるとは……」

罪人への死刑執行役として知られる山田浅ェ門。

道場の一角で正座をした殊現の前に座るのは、左眼に眼帯をした男だ。

男は衛善、と名乗った。

「御様御用はきっとお前には辛いよ。様々な〝罪〟と対面する」

懸念を口にする衛善に、殊現は淡々と答えた。

「望むところです。両親を殺した人間はまだ捕まっていない。いつかそいつの首を斬れるかも」

首斬り浅。人喰い浅。世間からそう罵られることもある山田家だが、殊現にとって死刑執行人の門下に入るのは決して悪い話ではなかった。

ここでは振り上げた拳を下ろす先、そして抜いた刃を向ける先に困ることはないからだ。

殊現は俯いたまま、目の前の男に言った。

「ところで衛善様。山田浅ェ門は痛みも感情も排した一刀を理想とするとか」

「その通りだ」

強く頷く衛善に、殊現は虚ろな瞳で言った。

「理解できませんね。剣の腕は下手な方がいい。何度も斬り込んで漸く首が落ちるくらい。その方が罪人も苦しんで死ぬでしょ。刃を潰してギザギザにしておくのはどうですか」

偽りのない本心だった。

無慈悲に人の命を奪った者は、同じように無慈悲に命を奪われるべきだ。

しかし、衛善は目を閉じると、教え諭すように口を開いた。

「刑場を汚しては奉行様への不敬になるし、刃を潰すのも無駄だ。私が研ぐから」

驚いて顔を上げる殊現に、衛善は穏やかな声色で続ける。

「憎しみをすぐに消すのは難しかろうが、ここで教わり……教える内に向き合い方がわかるだろう。それでも刃を潰したいなら潰せばいい。何度でも私が研ぐ」

衛善はそう言い切って、微笑んだ。

「いつか美しい刃文ができるよ。楽しみだ」

「…………」

殊現は無言のまま、膝に置いた拳を握りしめた。

穏やかな笑顔にやや毒気を抜かれた感はあるが、話に納得した訳ではない。

　ある日、突然家族を奪われた悲しみを、どうせ他人が理解できる訳がないのだ。

　罪には報いを。

　罪人は決して許さないし、楽に殺したりはしない。生まれてきたことを後悔するほどに苦しみぬいて死ぬべきだ。

「……失礼します」

　軽く頭を下げて、殊現は立ち上がった。

「刀には真実が映る」

　座したままの衛善がふいに声を発し、殊現は訝(いぶか)しげに眉(まゆ)を寄せる。

「山田家の教えだよ。剣のことはおいおい教えるが、この言葉を覚えておきなさい。刀は嘘(うそ)をつかない。ここで、お前という刀をしっかり磨くといい。山田家の者達(たち)は快くその手伝いをしてくれるはずだ」

「……覚えておきます」

　殊現は静かに答えて、道場を後にした。

　山田浅ェ門。元は刀剣鑑定のための試し斬りから始まり、やがて処刑の際の首斬り役も担うようになった。そして、試し斬りや処刑だけではなく、死体の売買や、臓器を材料にした製薬等も行う、いわば罪人の死体で禄を食む呪われた一族。

そのような印象を抱いて、殊現は山田家の門をくぐった。しかし、屋敷を一通り案内され、与えられた部屋に通されると、中はいかにも小奇麗で、障子を開ければ広々とした庭を望めた。道場からは活気のある稽古の声が響いている。

殊現は再び障子を閉め、畳に正座をして、大きく息を吐いた。

「なんだか……」

死刑執行人の家に入ることになり、どれだけ陰鬱な場所かと思っていたが、想像よりも遥かに穏やかな空気が流れていることに若干の戸惑いを覚える。

しかし、だからと言って心が安らぐ訳ではない。両親が殺されてからというもの、安寧を感じたことはないし、ゆっくり眠れたこともない。

悪人の首を落とせば、この暗く濁った心も少しは変わるのだろうか。

部屋の端にまとめた荷物に近づいた殊現は、そこから一本の刀を取り出した。

「刀には、真実が映る……」

これはもともと父の持ち物だった刀だ。

ずっしりとした重さを両手に感じながら、殊現は刀身を鞘から抜いてみた。

透き通った輝きの中に、一瞬、両親の笑顔が映った気がした。

が、次の瞬間、その顔が真っ赤な血に染まる。

「……っ！」

殊現は思わず刀を投げ落とした。鋭利な先端が畳に垂直に突き刺さる。

浅い呼吸を繰り返した後、殊現は恐る恐る刀を手に取った。

滑らかな刀身には、もう両親の顔は見つけられない。

ただ、死んだような瞳の子供が映り込んでいるだけだ。

「真実……」

そう、これが真実だ。

家族を失い、喜びを失い、目標を失い、明日への希望を失った己の姿がそこにある。

ただ悪人に惨(むご)たらしい罰を与えることこそが、今の生きる理由だった。

「………」

殊現は刀を手にしたまま廊下に出た。小気味よく音を立てる床板を踏みしめながら、奥の炊事場に向かう。火起こしに使う火打石を摑んで、それをじっと眺めた。

やがて、大きく息を吸うと、腕を振り上げ、石を刃に打ち付ける。

がん、と音がして、火花が散った。

刀はわずかに刃こぼれしている。整然と波打つ刃文が乱れ、刀身に映り込んだ自身の姿もかすかに歪んで見えた。

「これで、いい」

罪人がなるべく苦しんで死ぬように、刃を潰しておくのだ。両親が成仏できるまで、たくさん、たくさん殺す。殊現は更に石を振り上げ、何度も刃に叩きつけた。怒り、憎しみを刃に塗り込むように、何度も、何度も。

「父上……母上」

火花が四方に散り、刃の亀裂が深くなる。涙がつぅと頰を伝った。

「何……してるの？」

ふいに後ろから声をかけられた。

「え？」

振り向くと、小さな女の子が不思議そうな顔でこちらを見上げている。

どこかで見た顔だ。確か当主の山田浅ェ門吉次に挨拶した時に、部屋の隅にいた少女。齢四つになるらしい当主の娘。佐切という名前だったか。

小首を傾げる佐切に、殊現は言った。

「や……刃を……ギザギザに」

「……なんで？」

二の句を継ぐ間もなく、佐切は興味津々な様子で、矢継ぎ早に尋ねてくる。

「なんでいつも怖い顔。なんで？」

「なんで眼の下黒いの？」

「なんですぐ泣くの？」

「なんで？　なんで？」

「いや、あの……」

言葉に詰まる殊現に、佐切は眉の端を下げて言った。

「……悲しいの？」

「…………」

殊現は刃こぼれした刀を握りしめた。

どうして泣いているのだろう。両親を思い出して悲しい気持ちになった。いや、そんな感情はとうに過ぎ去った。

今はただ——

「憎いんだよ」

両親を殺した下手人が。人の幸せを簡単に奪ってしまう、この世の全ての罪人が。

「ひっ……」

余程怖い顔をしていたのか、佐切は泣きそうな顔で後ずさる。

「……俺に構わないでくれ」

殊現は抑揚のない声でそう告げて、自室に戻った。刃がギザギザになった刀身に映る自分の姿は、もはや原形がわからないほど歪んでいる。まるで己の中に渦巻く憎しみを体現しているようだ。

刀は真実を映す。あながち間違いではないと殊現は思った。

いつかこの刀で、親を殺した奴の首を落とす。殊現はそう心に誓って、刀を鞘に戻した。

殊現の山田家での日々はこうして始まった。


山田家の朝は早い。

朝餉の支度から、薪割りなどの力仕事、庭の掃き掃除に、道場の拭き掃除。やることは数多くある。居候の身としてそれらを率先して手伝わなければならないことも知っていた。

しかし、早起きには苦手意識がある。

夜に眠れないからだ。

世界から光が消えて、周囲が暗闇と静寂に包まれると、余計に自分が一人きりであることが身に染みてくる。孤独や憤怒(ふんぬ)、様々な感情が混ざり合い、なかなか眠りにつくことができない。夜が更けてようやく眠りに落ちても、見るのは悪夢ばかりで――

「朝だよー！」

「ぐっ！」

突然部屋の襖(ふすま)が開いて、小さな塊が飛び乗ってきた。

「な、なんだっ」

腹に走った衝撃に慌てて体を起こす。障子の色はうっすらと明るく、雀(すずめ)の鳴き声が聞こえる。いつの間にか夜が明けていたようだ。

布団(ふとん)の上でにこやかに笑っているのは佐切だ。

佐切は満面の笑みで殊現に言った。

「元気出た？」

「な、んで？」

戸惑いながら答えると、なぜか得意げな顔でこう続ける。

「元気なさそうだったから、元気よく起こしたの」

「…………」

殊現は少し黙った後、幼い少女を布団からどかして立ち上がった。

「構わないでくれって言っただろ」

子守をするためにここに来た訳じゃない。悪人を殺すためにいるのだ。

不満げに唇を突き出す佐切に背を向け、殊現は朝の身支度を整えた。

食事や掃除を終えると、門下生が続々と道場に姿を現し始めた。簡単な紹介をされた後、殊現は衛善に呼ばれる。竹刀を手に前に立つと衛善は言った。

「昨夜はあまり眠れなかったのか、殊現」

「いいえ、よく眠れました」

「嘘はつかなくてもいい。目の下の隈が一段と濃いぞ」

「…………」

衛善は落ち着いた表情で言った。

「無理からぬことだが、ここに馴染んでくれば、きっと眠れるようになるよ。お前という抜き身の刀も、同輩と切磋琢磨することで磨かれていく。不要な角が取れれば、自然と鞘に収まるものだ」

「…………」

　自分がぐっすりと眠れる日が来るとしたら、両親の仇を討った時だけだ。そう思いながらも、今日は悪夢を見なかったことを思い出す。いや、佐切に無理やり起こされたせいで、内容を忘れてしまったというのが正しいか。

　その後、殊現は衛善の指示で、竹刀の素振りを行うことになった。

　柄を強く握りしめ、勢いよく振り下ろす。

　何度か繰り返すと、衛善は感心したように腕を組んで頷いた。

「ふむ、筋は悪くない。なかなか良いものを持っているな、殊現」

「……どうも」

「だが、邪念がみられる」

「邪念、ですか」

「憎しみ、といったほうがいいかな。お前の一刀は相手を痛めつけることを目的にしているように見える」

「剣とはそういうものではないのですか」

「…………」

　剣を振る時に想像するのは、顔も知らぬ親の仇だ。

　感情も痛みも排した一刀こそが、試一刀流の理想だということは知っている。

だが、それは殊現の望むものではなかった。

「殊現。感情を排するというのは精神論だけではなく、技術の面でも重要だ。余計な感情を持てば、力みが生まれ、剣先も鈍ってしまう」

衛善は静かな声で言って、右手を差し出した。

「一度、私が見せよう」

「はい……」

竹刀を手渡し、殊現は一歩下がる。

柄を両手で軽く握った衛善は、竹刀をおもむろに持ち上げた。

先端が天井を向き、そこでぴたりと静止する。そして、殊現が瞬(まばた)きをした瞬間、竹刀の先はもう床を向いていた。ややあって、ひゅん、と空を切る音が耳に届く。

「え……？」

まるで水が流れるがごとく、風が吹くがごとく。あまりにも自然な動作で、竹刀が振り下ろされたことにも気づかなかった。

「お前との違いがわかったか？」

衛善の視線を受け、殊現は言葉を詰まらせる。

「その……よく、見えませんでした……」

「何度か見せよう。よく観察しておくように」

「は、はい」

　別に山田浅ェ門の理想の一刀を目指している訳でもないのに、それでも感嘆の声を漏らしてしまったことに、殊現はなんとも言えない悔しさを覚える。

「さすが衛善殿。目の覚めるような業前だな」

　耳元で声がして振り返ると、道着姿の男が腕を組んで立っていた。歳は衛善と同じくらいに見える。両目が固く閉じられており、左右の瞼に縦の傷が深く刻まれていた。門下生と思しきその男は言った。

「二年前に入門した士遠だ。君の兄弟子に当たる」

「どうも……殊現です」

「衛善殿の剣技はいつもながら美しい。つい目を奪われてしまうな」

「…………」

　殊現は眉をひそめて、士遠と名乗った男を眺めた。

「あの、見えるんですか？」

「見えないよ。でも、わかる」

「……？」

「ほら、私を見ても仕方がないだろう。衛善殿の所作から目を離さないように」

「は、はい」

二太刀目を繰り出す衛善のほうに首を巡らせると、士遠が隣で言った。

「目を皿のようにして観察しなさい。そうやって技を盗むといい」

「…………」

目が覚める。

目を奪われる。

目を離さない。

目を皿のように。

なんだかやたらと目のつく言葉が多い気がする。

殊現は怪訝な表情を士遠に向けた。

「もしかして、冗談のつもりですか？　全然面白くないですよ」

「そ、そうか……」

士遠は残念そうに呟いて、組んでいた腕を解いた。

「いや、新入りの元気がないと佐切が心配していたから、笑ってもらおうと思ったんだがな。どうやら失敗だったようだ」

「佐切？」

「当主のお嬢さんだよ。まだ会ってないのか？」

「会いましたけど……」

自分には構わないでくれと言ったのに。

殊現は衛善を横目でちらりと見た後、士遠に顔を向けた。

「俺は悪人を殺すためにここにいます。元気が欲しい訳ではありません」

「そう睨むな。目つきが怖いぞ」

「面白くないです」

「………」

士遠は軽く肩をすくめると、少し神妙な顔つきになった。

「君のことは聞いている。おそらく両親の一件から、ずっと暗闇の中にいるような心持ちなのだろう。私の冗談に笑えなくても仕方がない」

「お気遣いは無用です」

「まあそう言うな。実は偶然にも私も君と同じくずっと暗闇の中にいるんだ。物理的にだがね。それでも冗談くらいは言える」

「そういう意味ではなくて――」

「わかってるよ。ただ、君がなんと言おうと、山田家に集う同輩であることは確かだ」

まあ、焦らず長い目でやっていこうじゃないか――そう言って殊現の肩を叩くと、士遠は自分の稽古に戻っていった。

「……面白くない」

妙な人達だ、と殊現は思う。親を殺されて親戚中をたらい回しにされていた頃は、ずっと腫れ物のように扱われていた。なのに、山田家の面々は無遠慮に絡んできては、言葉をかけてくる。

「殊現。次はお前の番だ。やってみなさい」

「……はい」

衛善から竹刀を受け取ると、殊現は見よう見まねで振ってみる。

「ふむ。私の太刀筋を数回見ただけで、さっきより随分と良くなっている。他者の動きを取り入れることに長けているようだ。お前には特別な才があるかもしれないな」

「そう、ですかね」

不思議とそれほど悪い気はしなかった。

ただ、だからと言って家族を失ったという事実は変わらないし、深い無念が消えることがないのもわかっていた。

殊現が山田家の門下生になって一月(ひとつき)が過ぎた。

慣れない環境下で炊事や掃除、厳しい稽古を繰り返す日々。相変わらず寝つきは悪いが、日中の疲労のせいで以前よりは眠れることも増えてきた。朝には佐切に遊ぼうと叩き起こされ、悪夢を見る暇もない。

それでも胸の底に穴が開いたような喪失感はずっと抱えている。

空気が暑気をはらみ始めたある日、殊現はおつかいを頼まれ、往来にやってきていた。

「坊ちゃん。今日もいいのが入ってますよ」

「市場で仕入れたばかりの鯵(あじ)はどうです？」

「豆腐いかがっすかぁ」

手ぬぐいを頭に巻いた男達がわらわらと集まって話しかけてくる。彼らは棒手振(ぼてふ)りと呼ばれる、天秤棒(てんびんぼう)の両端に籠をぶら下げて食料品や日用品を売り歩く行商だ。

「じゃあ、鯵と豆腐をもらおうか」

「毎度ありぃ！」

ここに来れば色んな食材が手に入る。買い物のたびにやってくる殊現はちょっとした得意客になっていた。

会計をしている間、ふと通りの奥が騒がしいことに気づいた。

殊現は人だかりを眺めて、行商の男達に尋ねる。

「何かあったのか？」

男達は顔を見合わせた。

「あっしらも詳しくは知りませんがね、何やら殺しがあったとか」

「殺し？」

「なんでも町屋の一家が皆殺しにあったそうで。くわばらくわばら……」

「なんだって……？」

一家皆殺し。

ずき、と頭の奥に痛みが走った。

殊現は行商の男達から離れ、人だかりに近づいた。ひそひそと噂話をする見物人達の間を縫って前に出る。現場は裏通りに面した町屋で、既に遺体は片づけられているようだが、むっとする刺激臭が鼻腔を貫いた。

血の匂いだ。

奇妙な緊張感を覚えながら、建物の入り口から覗くと、黒ずんだ畳や壁にこびりついた血痕が視界に入った。両親の殺害現場を目にした時の感情が否応なく湧き上がり、鼓動が速くなる。頭の芯がしびれたような感覚に襲われ、こみ上げる嘔気に、殊現は咄嗟に口を押さえた。

「可哀そうになぁ」

「仲良い一家だったのに」

見物人達は、憐れみの言葉を無責任に口にする。

人は他人の不幸を目の当たりにすると、その時ばかりは沈痛な面持ちで悲劇の目撃者を演じる。しかし、同時に自らに不幸が降りかからなかったことに安堵し、そして家に帰る頃にはすっかり憐憫の情すら忘れているのだ。

消えない傷が残るのは、事件の当事者だけ。殊現はそれを嫌と言うほど知っている。

なんと可哀そうに。

これからは私達を親だと思って過ごしなさい。

当初ありったけの同情を示し、優しく手を差し伸べてくれた親戚達が、すぐに手の平を返したように鬱陶しげな視線を向けてきた。見物人達の形ばかりの憐れみは、その当時のことを苦みとともに思い出させる。

すぐにここから離れるべきだと体が告げているが、殊現は無理やりとどまった。

必死に口を押さえたまま、噂話に耳をすませる。

どうやら町屋には両親と年頃の娘が三人で暮らしていたらしい。室内が荒らされていたことから、押し込み強盗の線が疑われているようだ。そこまで聞いたところで、一人の見物人が気になる台詞を口にした。

「まいったね。先月も近所で似たような殺しがあったばかりだってのに」

「え？」

殊現は驚いて声を上げた。

「あのっ、それってどんな……？」

思わず詰め寄ると、見物人は殊現の必死な様子に一瞬怪訝な表情を浮かべたが、額をぽりぽりと掻いて教えてくれた。

「ん？　いやぁ、一月ちょっと前にも、この先の町屋で同じように一家が皆殺しにされたんだよ。それも押し込み強盗の仕業って噂だったが」

「げ、下手人は？」

「んー、お縄になったとは聞いちゃいねえな……」

心臓が早鐘を打ち始める。

殊現の両親も押し込み強盗に殺されたと考えられている。自分は両親とは離れた部屋に寝ていたが、一歩間違えれば今回のように家族揃(そろ)って殺されていた可能性は十分にある。

そして、下手人はいまだに素性も行方もわかっていないのだ。

押し込み強盗。

一家皆殺し。

見つからない下手人。

――まさか……。

めまいを覚えるとともに、冷たい汗が背中を伝う。強盗事件自体は極めて珍しいものではなく、目の前の事件と、今耳にした先月の事件、それに殊現の両親の事件が同一犯とは限らない。だが、もしかしたら、という想いが胸の底でふつふつとたぎる。

調べなければ、と殊現は思った。

うまくいけば、家族を奪った下手人に辿(たど)り着けるかもしれない。

ずっと暗闇の中に思い描いていた、姿の見えない憎き仇に。

翌日から、殊現は率先して買い物の手伝いを申し出ることにした。山田家は門下生や奉公人なども多く、食事の準備だけでも一仕事である。必然、食材もそれなりの分量が必要となり、買い物の手伝いを希望して、咎めてくる者はいない。

勿論、目的は強盗事件の情報を仕入れるためだ。

しかし、下手人に繋がる手がかりを探そうと、勇んで進めた足がふと止まった。

探すと言っても、どう探せばいいのだろうか。

既に死体は片づけられている。とりあえず第一発見者に話を聞くのがいいと思うが、それが誰なのかもわからない。

奉行所が教えてくれるとは思えないし、闇雲に聞いてまわるのも効率が悪い。

なんせ買い物という口実で外に出ているため、あまり時間をかけられないのだ。

悩みながら往来へと出向くと、いつものように行商の男達が満面の笑みで近づいてきた。

「坊ちゃん。今日もいいのが入ってますぜ！」

「ん、ああ……」

営業文句に釣られて食材を購入する最中、殊現はふと思いついて口を開いた。

「つかぬことを尋ねるが、誰か押し込み強盗の噂を聞いている者はいるか？」

「……押し込み強盗？」

男達がぽかんと口を開けた後、口々に言い合った。

「ほら、昨日の事件のことだろ」

「ああ、先月にもあったよな」

「近所で立て続けに強盗なんて、くわばらくわばら」

「いっそ売り場を変えるか……」

「へっ、腰抜けが。俺ぁここでやってくぜ。お得意様だっているしな」

「あん、なんだてめえ」

険悪な雰囲気になりかけたので、殊現は慌てて男達に割って入った。

「わ、わかった。ところで殺しの現場の発見者について、何か知っていれば教えて欲しいのだが」

少しの沈黙の後、魚売りの喜助（きすけ）という男が手を挙げる。

「ええと、あっしが聞いたのは、隣家の女房が最初に見つけたって話です。醤油（しょうゆ）か何かを借りようと訪ねて、腰抜かしたって」

「隣家の……」

殊現は頷いて、次の問いを口にする。

「先月の強盗事件のほうは？」

「先月の強盗っていやぁ、確か両親と十を過ぎた息子の三人暮らしの家が狙われたって話でさぁ。善人で家族仲も良かったと聞きやした。ひでえことしやがる」

「現場を最初に見た者は？」

「あっしはそこまではわかりませんがね」

「俺ぁ知ってるぜ。確か向かいに住むじいさんだ」

今度は野菜売りの甚兵衛（じんべえ）が、魚売りの喜助を押しのけて前に出てきた。

「場所はわかるか？」

「二町先の裏通りでさぁ。あの辺りはよく行くもんで」

やはり。行商という仕事柄、男達はあちこちに顔を出すし、客との会話で噂話も自然に耳に入ってくる。無闇に聞いてまわるより、彼らに尋ねるほうが早そうだ。

「助かった。もし強盗事件に関係することを耳にしたら、また教えてくれないか」

殊現が言うと、男達は不思議そうに顔を見合わせた。

「へぇ……そりゃ構いませんが、なんで？」

「何、少し興味があるんだ。いい話があれば礼ははずもう」

「本当ですか。毎度ありぃ！」

殊現は露骨にはりきる男達に、銭を多めに渡し、その場を後にする。

そして、買い物を利用して、数日かけて聞き込みを行うことにした。

最初に訪ねたのは、先日の事件の発見者とされる中年女性。被害にあった家族の遠い親戚だと名乗ると、お悔やみの言葉とともに当時の状況を教えてくれた。だが、相当動揺していたようで記憶も所々抜けており、確認できたのは死体が寝所に倒れていたこと、胸を刺されていたことくらいだ。

殊現が次に向かったのは、一月前の強盗事件の発見者の老人の家。同じように話を聞くが、高齢ということもあり更に証言は曖昧だった。ただ、胸を刺された死体を寝所で発見したことは聞けた。

「…………」

礼を言って老人の家を辞した後、殊現は立ち止まって額を押さえた。

期待したほどの収穫は得られていないが、気になることはある。先月も今月も被害者は同じような殺され方をしている。

——やはり、下手人は一緒なのか……？

いずれも夜に寝ているところを襲われたものだと思われる。そして、両親の死体も、寝所で胸を刺されていた。

「…………」

二度あることは、三度ある。親を殺した下手人も同一人物という可能性もにわかに現実味を増してきた。

脈が速まるのを感じながら、殊現は向かいにある先月の事件現場を見渡した。そこは今月の現場と同じように人目に付きにくい裏路地で、日中だというのに、人通りは少なくひっそりとしている。ただ、事件から時間が経っていることもあって、この前の現場のような生々しさは感じられず、建物は何事もなかったかのような空虚な佇(たたず)まいを見せていた。

関係者にとってどれだけ大きな出来事でも、季節は坦々(たんたん)と巡り、いつしか傷跡も時の彼方へと追いやられてしまう。そのことにうすら寒いものを覚えた。

「俺は絶対に風化させない」

殊現は一人呟くと、拳を握りしめる。

夏の日差しの下、蟬(せみ)がかしましく鳴き始めていた。

それから十日が経った。

蟬しぐれが降り注ぐ中、道場で竹刀を振る殊現を、衛善がじっと見つめている。

衛善は腕を組んだままゆっくりと近づいてきた。

「殊現、何かあったか？」

「なんの話ですか？」

殊現は手を止めて、衛善に顔を向ける。

「ここしばらく太刀筋に邪念が見られる。お前は吸収が早い。短期間のうちに上達がみられていたが、最近はうちに来たばかりの頃に戻ってしまったようだ」

「……調子の波くらいあります」

平静を装って答えたが、理由はわかっている。

町で押し込み強盗の事件に遭遇してから、憎悪の念が更に強くなっていた。あれから買い物のたびに行商の男達に声をかけており、彼らも得意客の殊現のために強盗事件のことを他の客に聞いてくれてはいるようだが、有用な情報は得られていない。そう簡単にいくものではないとわかっていても、無為に時間が過ぎていく焦燥が剣先を鈍らせている。

「何度も言っているが、山田浅ェ門の一刀は、この世の縁を断ち切るためのものだ。邪念の籠もった剣では、縁は切れない。苦しみと未練を相手に残すだけだ」

「この世の縁、ですか……」

両親を突然失い、親戚ともほとんど関係は切れている。

自分をこの世に繋ぎとめるものは、もう親を殺した下手人への憎悪だけだ。

そんな心の声を思わず口に漏らすと、衛善は首を横に振った。

「それは違うよ、殊現」

どこか透き通った瞳が、殊現に向く。

「お前は山田家の一員になり、私の指導を受けている。士遠もお前のことは気にかけているようだし、佐切は歳の近い兄のような相手ができて喜んでいる。他の皆も同じだ。それも立派な縁だと私は思うよ」

「……そんな、ものですかね」

笑顔の衛善に、殊現はぎこちなく頷いた。

夕刻になり、殊現はこの日も買い物を申し出た。

「おつかい、好きなの？」

出かけようとしたところ、門前で遊んでいた幼い佐切が袖を引っ張ってくる。

「え、なんで？」

「だって、よく行ってるから」

「あ、ああ、まあ、好きだよ」

「なんで？　なんでおつかい好きなの？」

「べ、別にいいだろ」

「私も行きたい」

「え……」

佐切は目を輝かせている。が、正直連れて行きたくない。強盗事件を嗅ぎまわっていることを山田家の者達に知られたくないからだ。しかし、ちょうど通りかかった士遠が、軽い調子で殊現の思惑を打ち壊した。

「いいじゃないか、手伝いをしたいと言ってるのだから。それくらい面倒を見てやったらどうだ」

「わかり、ました……」

そう言われてしまうと、断る術もない。

殊現は喜んで飛び跳ねる佐切を、渋々買い物に連れていくことにした。

「あ……面倒を、見る……」

「どうしたの？」

「いや、なんでもない」

門を出た後で、士遠の仕込んだ冗談に気づいたが、触れることはするまい。

袖を握る佐切を仕方なく引き連れ、殊現は往来へと向かった。

佐切は道中あちこち立ち止まっては、気になるものを指さして何かを呟いている。

「お花が並んでとっても綺麗。お空が青くてとっても綺麗」

「……それ何？」

「はいく！」

山田浅ェ門は罪人の辞世の句を解するために俳諧を学ばされたりもする。最近、俳句のことを知ったらしい佐切は、目にしたものをなんでも俳句にしているのだそう。

「それは俳句とは言わないよ。五・七・五になっていないし、季語が入っていない」

「そうなの？　じゃあ、詠んで」

「え、俺が？」

「うんっ」

きらきらした視線を浴び、殊現は腕を組んで唸った。

「ええと……悪人は、一人残らず、皆殺し」

「怖い……」

季語を入れ忘れたと思いながら、大通りに出ると、早速いつもの行商達が寄ってきた。

「毎度。今日は妹さん連れですかい」

「まあ……そのようなものだ」

説明が面倒なので、とりあえず肯定しておく。

「お肉に魚、美味しいお野菜、くださーいな」

殊現の隣の佐切が、俳句調に言って元気良く手を挙げた。字余りだが。

殊現は銭を取り出しながら、今日は余計なことは言わないでくれ、と行商の男達に目で合図する。

男達は察したようで、こくこくと頷き、普段の営業文句を口にした。

「今日は鱸のいいのが入ってますぜ」

「茄子はいかがっすか」

「じゃあ、それをもらおう」

「もらおー、それをもらおー、もらおーか」

今度は字足らず。はしゃぐ佐切を横目に見つつ、殊現は溜め息をつくのだった。

西に沈む太陽が、視界を赤く染め上げる帰り道。

この時間の帰途はいつも少し憂鬱だ。家々から立ち上る夕餉の香りが、今は亡き家族の食卓を思い出させ、殊現の足取りを重くさせる。しかし、幸か不幸か、今日は隣の佐切が間断なく喋(しゃべ)り続けているため、郷愁に浸る余裕はあまりない。

「おつかい楽しかったー」

ご機嫌な佐切に、殊現は疲れた顔で応じる。

「それはよかった。でも、明日からは来ないでくれないか」

「やだ、明日も行くー」

「い、いや、本当にやめてくれ」

困った。どうやって諦めさせればいいのか頭を悩ませていると、ふと背中に視線を感じた。振り返ると、路地裏から誰かがこちらを見ている。

さっき会ったばかりの行商の男達の一人、魚売りの喜助だ。

どこか不安げで、何かを言いたそうな顔をしていた。

「佐切。少し用事を思い出したから、先に道場に帰っておいてくれないか」

「えー」

「頼むよ、すぐに戻るから」

「やだ」

「ぐ……じゃ、じゃあ、どっちが先に道場につくか競走しないか？」

「うん！」

佐切はようやく笑顔で頷く。殊現の「よし」という掛け声で、佐切は駆け出した。道場までは角を一つ曲がればいいだけだから、迷うことはないだろう。佐切の小さな背中が曲がり角に消えたのを確認し、殊現は足早に喜助の元に向かった。

「どうした、喜助」

「へ、へえ、実は坊ちゃんの耳に入れたいことがありやして」

喜助はいつになく神妙な顔つきだ。殊現は一度後ろを振り返り、通りに山田道場の関係者がいないことを確認し、喜助に目を向けた。

「なんだ？」

「いえね、お得意様の期待に応えようと、あっしらも商売がてら強盗事件のことをそれとなく客に聞いてみてるんですが、そううまくはいかないのが世の常ってものでして」

「わかっている」

淡々と応じると、喜助は殊現にぐっと顔を近づけた。

「ところがですね。ついさっき、坊ちゃんのすぐ後に来た客が気になることを言ってまして。すわ大変と後を追って来た次第で」

「気になること？」

喜助は頷いた後、思い出そうとするように、斜め上を見つめた。

「えっと、そいつぁ、さる大店の奉公人なんですがね。仕入れやらなんやらであちこち出歩くらしいんですが、ちょうど二つの事件があった日に用事で近くを歩いていたって言うんです。で、夜半に現場から早足で立ち去る者を見たって」

「本当か！」

殊現は前のめりに体を傾けた。

下手人に関する初めての情報に、自然と鼓動が速くなる。

「ええ。その時は気にも留めなかったものの、後になってみると、どちらも事件が起きた日のことで、そいつは殺しのあった方角から来たように思えるってんです」

「それは、同一人物なのか？」

「ま、夜なんで明かりと言やあ、お月さんと持っていた提灯くらいしかなかったようですが、思い返すと背格好や顔の雰囲気が似てたたって」

「…………」

だとすると、やはり近隣で起きた二つの強盗事件は同じ下手人の可能性はある。

であれば、両親の事件だって、もしかしたら――

「返り血は？」

「そこまではあっしはなんとも……背を丸めていたようなので、正面に浴びていても気づかなかったかもしれやせんが」

喜助は困ったように眉の端を下げた。表現が曖昧なのは、証言した人物の記憶もあやふやだったということだろう。この前の事件から既に十日以上、もう一つ前のものだと軽く一月以上が経過している。やむを得ないことだろうが、若干の落胆は覚える。

しかし、喜助が続いて口にした内容に、殊現は目を見開いた。

「で、どうしてそれを思い出したかってぇと、今日になって似たような男をまた見かけたっていうんです。しかも、ついさっき」

「なんだって！」

「襤褸(ぼろ)をまとった若い男で、辺りを物色するように歩いてたって」

「…………」

風体からすると貧民街の者だろうか。目撃者がすぐに奉行所に駆けこまないということは、確証はないのだろう。だが、調べてみる価値はある。

殊現は暗い興奮が湧き上がってくるのを感じた。

「外見は？」

「えーっと……そんなにじろじろ見た訳じゃあないらしいんですが、髪が長くて、飄々とした様子の男だったって」

　続いて、その男を見かけた場所を聞いたが、ここから少し離れた街外れのようだ。

「一応、野菜売りの甚兵衛達が先に向かってます。あっしは坊ちゃんを呼びに後を追っかけてきたんでさぁ」

「わかった。ここで少しだけ待っていてくれ」

　今すぐ駆け出したいところだが、下手人は被害者が悲鳴を上げる間もないほどの早業で命を奪っている。かなりの手練れの可能性はあるが、躊躇する理由にはならない。

　しかし、武器は必要だ。

　殊現は喜助に礼を言うと、山田道場に大急ぎで戻った。買ってきた品を炊事場に乱暴に投げ入れ、自室に駆け込む。父の形見の刀をひったくるように掴んで、勢いよく廊下に飛び出した。草履をつっかけ、素早く庭を横切ろうとした時――

「殊現」

　ふいに後ろから名を呼ばれ、殊現は足を止めた。

　数人の門弟を引き連れた衛善が、こちらにゆっくりと歩いてくる。

「どこへ行く?」

反射的に背筋を伸ばし、殊現は答えた。

「は、はい。買い物に」

「今、行ってきたばかりではないのか」

「あの、買い忘れがあって……」

「そうか。それなら――」

衛善は頷いた後、視線をわずかに横にずらした。

「なぜ買い物に刀が必要なのだ」

「あ……」

しまった。父の刀を握ったままだった。

咄嗟に背中に隠したが、時すでに遅し。衛善の眉間(みけん)にわずかに皺(しわ)が寄った。

「ここのところお前の行動はどうもおかしい。稽古に身は入らない。やたらと買い物に行きたがる。そして帰りがやけに遅い」

「べ、別に……」

「これ以上、強盗事件を嗅ぎまわるのはやめておけ」

「……!」

殊現は両目を見開いた。衛善はどこか辛そうな表情で、短く息を吐く。

「……もしやと思ったが、やはりそうか。近隣で押し込み強盗の事件が続いて起こったことは私も聞いている。だが、それとお前の両親の件が関係している証拠はない」

「そ、そんなの……わからない、じゃないですか」

「山田浅ェ門は時代が振り下ろす刀だ。刀が自ら斬る人間を選ぶのでは道理に外れる。ましてやお前はまだ半人前にも満たない身。気持ちは理解できないでもないが、これ以上の勝手は許可できん」

「で、でも、俺は——」

衛善の眼光が鋭さを増し、殊現は気おされたように後ずさった。

「本道場と分道場、屋敷に勤める仲間、奉公人、我々にはお家に集う全ての者の平穏を守り抜く責務がある。侍の特権はそのためにあるのだ。お前の勝手な行動が、皆の平穏を奪うかもしれないのだぞ」

「…………」

殊現は唇を嚙んで、刀をぎゅっと握りしめた。

「……ない」

「なんだ？」

「……俺には、平穏なんてない」

「殊現」

「家族を失った俺の気持ちは、あんたなんかにわからないっ」

殊現は大声で言い放って、衛善に背を向ける。

「待てっ」

制止の言葉を振り切って駆け出すと、門前にいた佐切が進行方向に立ちふさがった。

「ねえ、またおつかい行くの？」

「どいてくれっ」

「あ、わっ」

撥(は)ね除(の)けると、佐切は顔からべしゃりと地面に転んだ。そのまま、火がついたように泣き出す。

「あ……ご、ごめ……」

思わず立ち止まるが、追ってくる衛善の姿を見て、殊現は拳を握りしめた。今日を逃せば、下手人に辿り着く機会はもう得られないかもしれない。口を引き結び、泣いている佐切に背を向ける。

「ごめん。俺は行かないと」

「佐切は私が見る。殊現を止めてくれっ」

門を飛び出すと、背中で衛善の言葉が聞こえた。門弟達の慌ただしい足音が迫ってくる。

往来を必死に駆けるが、このままでは捕まるのは時間の問題だ。焦燥を覚えながら急いで角を曲がると、さっきと同じ場所に所在なげに佇んでいる魚売りがいた。

「どこだっ」

「しまった。見失ったぞ」

通りに現れた道場の者達は、慌てた様子で周囲を見渡している。やがて、そのうち一人が喜助に気づいて声をかけた。

「魚売り。刀を持った子供がここを通らなかったか」

「刀を持った子供？　ああ、見やした。あっち側に走っていきましたぜ」

喜助が指さした方向に、追手達は一斉に駆けていく。

遠ざかる背中を見送った喜助は、やがてゆっくりと振り返った。

「坊ちゃん、もういいですぜ」

「助かった。礼を言う」

建物と建物の間の物陰から、殊現は顔を出した。喜助は怪訝な表情を浮かべる。

「一体何があったんですか、坊ちゃん。あいつらは何者です？」

「あれは道場の仲……」

言いかけて、思い直す。今回の勝手な行動でおそらく山田家は破門されるだろう。だとしたら、もう彼らとはなんの関係もないことになる。

「……なんでもない。少し揉めただけだ」

「はぁ……坊ちゃんは幼いのに見かけによらず無頼なんですなぁ。あっしもガキの頃は多少の無茶はしたもんで――」

喜助が元気づけるように、歯の欠けた笑顔を見せる。

このやり方が正しかったかはわからないが、ようやく両親の仇へと繋がるかもしれない細い糸を摑んだのだ。何があっても手放す訳にはいかない。

殊現は右手の刀をぎゅっと握りしめた。

「急ごう」

日は暮れかけているが、風がないため、昼間の蒸し暑さがいまだ澱のように地上に溜まっている。汗で道着が肌にはりついて気持ち悪いが、これから親の仇と対峙する可能性を思えば、そんなことは気にしていられない。

殊現は緩やかに流れる川を横目に、雑草の生い茂った畦道を進んだ。

人通りは少なく、日光を惜しむ蜩達の悲しげな声だけが、辺りに鳴り響いている。

「喜助、場所は？」

「ええと、確か、あの辺のはずでさぁ」

喜助は少し先を指さした。駆け足で向かうが、廃墟（はいきょ）のようなあばら家がぽつんと建っているだけで、周囲に下手人らしき人影は見当たらない。既に立ち去ってしまったのだろうか。喜助が心細そうに辺りを見回した。

「なんだか寂しいところですね。甚兵衛の野郎、先に向かってるはずなのに、どこ行きやがった」

「……とりあえず、あの家に行ってみよう」

下手人らしき男がこの辺りで目撃されたのは、押し入る家を探していたのではなく、下手人自体がここに住んでいたから、という可能性もある。

殊現は足音を殺して、あばら家に近づいた。背を壁につけ、隙間から中の様子を窺（うかが）う。暗くてはっきりしないが、生活の痕跡がある。誰かがここに住んでいるのだ。

――よし……。

脈打つ胸に手を当て、何度か深呼吸を繰り返す。刀の柄を握る手の平は、じっとりと湿っていた。緊張感と高揚感と憎しみが混ざりあって、腹の中で渦を巻いている。

ようやく覚悟を決めて、薄暗い屋内へと勢いよく足を踏み入れた瞬間——

「ぐっ」

突然、頭に強い衝撃を受け、殊現の意識はそこで途切れた。


黄昏色の景色の中を、殊現は両親と歩いていた。

道の両側にはススキの野が広がり、間を縫うように赤とんぼが舞っている。

垂れた穂に留まった一匹に、殊現はゆっくりと近づいた。

人差し指をくるくるとまわしながら、捕まえようと腕を伸ばす。しかし、摑みかけた瞬間、とんぼはするりと殊現の手をすり抜けて、夕焼けの空に飛び去った。

「あぁ」

溜め息を漏らして顔を上げると、両親は少し先を歩いている。

「父上、母上、待って下さい」

声をかけて後を追うが、両親は振り返らない。殊現は駆け足になった。だが、不思議なことに、距離は少しも縮まらない。むしろ、次第に開いていく。

必死に腕を振る。息が上がる。それでも、両親の背中はますます遠のくばかり。

「待って、待って……！」

自身の呼び声で、殊現は目を覚ました。

――……。

「あれ……？」

ぼんやりした視界に見知らぬ天井が映った。どこかの家のようだ。殊現は仰向けになっており、背中の下にざらついた冷たい床の温度を感じる。首を巡らせると、夕陽（ゆうひ）の差し込む部屋の隅で、浅黒い肌の男が顔を上げた。

「坊ちゃん、目覚めましたか」

「喜、助……？」

そこにいたのは、いつもの魚売りだ。

頭がずきずきと痛む。身体（からだ）を起こそうとしたが、うまく動かない。

見ると、手足が縄で縛られている。

「これ、は？」

「見ての通り、ちょいと縛らせてもらいやした」

「は？　どういうことだ。ここはどこだ」

「ここはさっき坊ちゃんが踏み込んだあばら家ですよ。あっしの家でもありますがね」

と言っても、勝手に廃屋に住んでるだけですが、と喜助は続ける。

「先に向かった者は……？」

「いませんよ、そんなのは。あいつらは何も知りませんぜ」

状況が飲み込めない。目撃情報に従って、喜助の案内で強盗事件の下手人を捜しに来た。

そして、建物に足を踏み入れた瞬間、殴られて意識を失った。その時は、中に潜んでいた下手人に襲われたのかと思ったが――

改めて考えると、妙だ。

あばら家に入ってすぐ殴られたのに、痛むのは後頭部である。

そして、あの時、殊現の後ろにいた人物は一人しかいない。

「下手人捜しなんて、そのうち諦めると思ってましたが、あんまりしつこいと早死にしますぜ。坊ちゃん」

喜助は部屋の隅で竹籠を編みながら、淡々と言った。

「まさか……」

身体の芯がすぅと冷えていく。手足の先がしびれ、後頭部が一段と痛んだ。

「お前が……押し込み強盗だったのか」

喜助がおもむろに顔を上げて、こちらを見た。

いや、瞳は殊現に向いているのに、墨を吸ったような黒目には何も映っていない。

昼間に見せる顔とはまるで異なる底知れぬ深い闇に、ぞくりと肌が粟立った。

「下手人の目撃情報は、嘘だったのか？」

「ええ。ちなみに大声を出しても無駄ですぜ。この辺りには人っ子一人通らねえ」

喜助は抑揚のない声色で言って、のそりと立ち上がった。斜めの夕陽を受けて、壁に映った喜助の影が長く伸びる。咄嗟に刀を探すが、建物の出入り口で殴られた時に地面に落としたままだ。とてもここからでは届かない。

それに、あの刀は刃を潰したため、もし届いたとしても縄を切るのも容易じゃない。

――なんで、こんな……。

情報提供を依頼した相手の中に、捜していた強盗がいたという間抜けさに、殊現は奥歯を噛み締めた。

力いっぱい身じろぎをするが、縄はきつく肌に食い込むばかり。

絶望的な状況の中、殊現はふいに湧いた疑問を口にした。

「どうして……すぐに殺さなかった」

気絶させておきながら、なぜ息の根を止めなかったのか。機会は幾らでもあったはずだ。

すると、喜助は能面のような顔で言った。

「いえね、殺してもよかったんですが、坊ちゃんの家を吐かせてからにしようと思いましてね」

「家……？」

ゆっくりと喜助が近づいてくる。

「喉が渇くんですよ。時々、ひどくね」

「……なんの話だ」

「あっしは、貧民街の生まれでしてね。幼い時分に親にゴミのように捨てられて、それからの生活は悲惨なもんでした。周りからは人間扱いなんてされません。泥水を啜り、虫や鼠を食って生き延びる始末。今はなんとか棒手振りで生計を立ててますがね」

喜助は、自身の喉に手を当てた。

「だからですかねぇ。行商で仲の良い幸せそうな家族を目にすると、どうしても粉々にしたくてたまらなくなるんですよ。この手で幸せな家庭を叩き壊すと、喉の渇きがすぅと癒える」

喜助の眼は三日月のように奇妙な笑みを形作っている。行商で暮らしながら、渇きが抑えられなくなると、強盗を装って幸せな一家を皆殺しにする。

数件手を下したら、お縄になる前に売り場を変える。

これまでそういう風に生活をしてきた、と喜助は語った。

すぐそばまで来た喜助は、真っ黒な瞳で殊現を見下ろす。

「坊ちゃんは、妹さんと随分仲良さそうでしたねぇ」

「妹……？」

妹などいない。

いや、違う。佐切を買い物に連れて行った時、周りは佐切のことを妹と勘違いしている様子だった。

「ガキの癖にいつもたくさんの食料を買っていく。あっしと違って、裕福な家に生まれたのだと、はらわたが煮えくり返ってましたが、生活のために我慢してやした。でも、仲良さそうな兄妹（きょうだい）の姿を見て、もう駄目でした。喉が渇いて渇いて仕方がねえ。坊ちゃんの一家を調べて、皆殺しにしようと後をつけたんですが、気づかれちまって」

「そういう、ことか……」

佐切を連れた帰り道、路地裏から覗いている喜助に殊現は気づいた。あれはもともと殊現の家を確認するために尾行していたのだ。しかし、途中で見つかったため、喜助は急遽（きゅうきょ）下手人を見た者がいると嘘をつき、殊現を自分の家に誘い出すことにした。

「喜助。俺は山田の――」

立場を明かそうとして、やめる。これほどの勝手をした以上、もうあの家とは関わることはできないのだ。

「何か言いました？」

「なんでもない……それより一つ聞きたい」

喜助の正体を知った今、どうしても確認しなければならないことがある。殊現は手足を縛られたまま、相手を睨みつけた。激しく動いたせいで、縄には血が滲(にじ)んでいる。

「なんです？」

「昨年の夏も、お前は一家を皆殺しにしたか」

傾いた夕陽が、部屋の中を血のような茜色(あかねいろ)に染めている。

むせ返るほどの熱気。耳障りな蟬の声。

両親が変わり果てた姿になっていたのも蟬が鳴く季節だった。

ごくりと喉を鳴らして、殊現は返答を待つ。

相手が口を開くまでのわずかな時間が、異様に長く感じられた。喜助は顎(あご)に手を添え、思い出すように答える。

「昨年の夏……いや、そんときゃあ大人(おとな)しくしてましたね。ちょうど流行(はや)り病を患いましてね。残念ながら動くに動けなかったんでさぁ」

「本当か」

「なんで今さらあっしが嘘をつくんです」

「…………」

すぐに言葉が出てこない。

殊現は呆然（ぼうぜん）と虚空を見つめ、やがて、弱弱しく呟いた。

「……そうか……違う、のか……」

確かに、この状況で喜助が嘘をつく利点はない。

喜助は仇ではない。両親を殺した相手は別人だった。

思い返せば、殊現の家でも行商から食材を買っていたが、そこに喜助はいなかった。

どこか安堵したような、気が抜けたような、奇妙な心持ちだった。ぼんやりした気分で天井を眺めると、喜助は何かを思いついたように言葉を継いだ。

「ただ……貧民街に滅法腕の立つ男がいて、昨夏にそいつがどこかの夫婦を殺したってえ話は聞きましたがね」

意識が急速に現実に引き戻される。

「なんだと、そいつは一体……！」

「単なる噂ですよ。あっしも直接知ってる訳じゃねえ」

「噂でも構わないっ。もっと詳しく――」

「おい、少し黙れ」

ぞく、と背筋が冷えた。親の仇ではなくとも、相手は何人もの善良な家族を手にかけた、まごうことなき殺人者なのだ。喜助は腰をかがめ、床に転がった棍棒(こんぼう)のようなものを持ち上げた。行商用の天秤棒を作るための木材だろう。

「今は自分のことを心配しましょうや。ねえ、坊ちゃん」

喜助は声だけは穏やかに、無表情のまま棍棒を振り上げた。

「さあ、家はどこです？　早く答えたほうが、痛い時間が短くすみますぜ」

「…………」

殊現は口を開こうとして止(や)めた。

喜助のまとう雰囲気は普段とすっかり様変わりしている。いや、これがむしろ本当の姿なのだろう。しかし、覇気も生気も感じられない暗く濁った相手の目を、殊現は不思議とどこかで見たことがあるような気がした。

無言で相手の顔を眺めていると、喜助の持つ得物が肩に勢いよく振り下ろされた。

「ぐっ」

「ほら、早く吐け。そんな目で俺を見るな」

喜助の口調が荒くなり、瞳の奥の闇はますます濃くなっていた。

打たれた肩が熱を持ち、刺すように痛む。骨にひびが入っているかもしれない。

だが、殊現はその肩を小さく揺らした。笑っているのだ。

腹から漏れ出した笑い声は、次第に大きさを増す。

「黙れ」

次は反対側の肩を打たれた。喜助の制止を無視して、殊現は笑い続ける。

「黙れ、黙れっ」

二度、三度と棍棒で打たれても、笑い声は止まない。

一通り笑い終えた殊現は、眉をひそめる喜助に、こう言った。

「残念だったな、喜助。俺には家族なんていない」

喜助は虚を衝かれたように、首を傾げる。

「……？」

「あの子は妹じゃない。俺の両親はもういない。押し込み強盗に殺された。家族なんていないんだよっ」

「嘘はやめろ」

額に力任せの一撃。鈍い衝撃が指の先まで身体を巡る。傷口から溢れた鮮血が右目に垂れこみ、視界が赤く染まった。激しい痛みに顔を歪めながら、殊現は口を開く。

「俺は、お前と同じだ」

「…………」

振り上げた右手をふいに止めた喜助の顔を、殊現は見つめた。

喜助の、真っ暗で無気力な瞳。どこかで見たことがあると思ったが、山田門下に入った頃に刀に映った自分のものによく似ている。

片や親に捨てられ。片や親を殺され。

境遇は違えど、どちらも深い孤独を抱え、世の中に対して消えない恨みを抱いている。

親の仇も討てず、こんなところで自分と同じ闇に囚われた男に殺される。

自然に漏れ出した笑いは、そんな因果に対する皮肉でもあったし、自身の無力さへの自嘲でもあったし、行き先のない怒りと憎悪の発露でもあった。

「同じ？　何が同じだ。もういい、俺の気持ちが坊主なんかにわかるかっ」

喜助は声に怒りを滲ませ、懐から匕首を取り出した。

おそらくこれまでの犯行に使われた凶器だ。鈍く輝く刃が殊現の胸を目掛けて猛然と迫ってくる。唸りを上げて近づくその先端が、妙にゆっくりに見えた。目の前にある死。しかし、最後に脳裏に浮かんだのは、なぜか亡き両親の姿ではなかった。

――家族を失った俺の気持ちは、あんたなんかにわからないっ。

喜助と同じような台詞を、つい最近言い放ってしまった相手。

あの人は、あの時どんな顔をしていただろうか。

「殊現っ」

「……？」

最初は幻覚なのかと思った。だが、赤味を帯びた視界の中に現れた眼帯の男は、確かな輪郭を持ってそこに存在している。

両目を大きく見開き、殊現はその名を口にした。

「衛善、様……？」

「な、なんだ、てめえらはっ」

突然の来訪者に、匕首を握る喜助の手が止まる。

衛善だけではない。壁の格子から見える夕焼け空の下には、佐切や士遠、他の同輩達の姿もあった。

「どう、して……」

「嫌な予感がして、一家総出でお前を捜したんだ。ようやく、道着姿の子供が魚売りと一緒にこっちに向かっていたという話を聞くことができてな」

あちこちを走り回ったのか、衛善は肩で息をしながら言った。

「衛善様、俺は、あなたに……」

「俺の気持ちはわからない、か。それはそうだ。私はお前ではないからね」

衛善は静かに言いながら、入り口付近に転がっている殊現の刀を持ち上げる。

そして、柄に右手をかけ、喜助を震えるほどの殺気で睨みつけた。

「だが、家族を痛めつけられるとどういう気持ちになるか、今わかったよ」

「衛善、様……」

「てめえらが誰か知らねえが、邪魔するんならぶっ殺すだけだ」

喜助は少し落ち着きを取り戻したようで、衛善に向けて匕首を構えた。

家の中は狭く、多人数が同時に入ってくることはできない。相手の数がいかに多かろうが、順番に打ち倒す気でいるのだろう。

喜助は道着姿の衛善を舐めるように見つめて言った。

「どこの誰だか知らねえが、道場で生温い稽古をやってる野郎が俺に勝てるか。俺が何人殺してきたと思ってんだ」

脅しも込めて、喜助はドスの利いた声を張りあげる。

しかし、衛善は顔色一つ変えずに、足を前に進めた。

「知らないな。だが、お前こそ、私が何人殺してきたか知っているのか？　お前とは桁が違うよ」

「……は？」

衛善の右手が、殊現の刀の鯉口を切る。

「あ……駄目だ。衛善、様っ」

殊現は思わず声を出した。あの刀は入門初日に刃を潰している。いかに衛善とて、亀裂だらけの刃では勝手が違い過ぎる。

しかし、鞘からすらりと出てきた刀身には、傷一つ見当たらなかった。

「え？」

殊現が目を丸くした瞬間、喜助が雄たけびとともに衛善に躍りかかった。

「死ねぇぇ！」

勝負は一瞬だった。

風が吹き抜けたと思ったら、刀はいつの間にか鞘に収まっていた。ぎょぐ、という呻き声とともに、喜助の身体が顔面から真っ直ぐ倒れる。

音すらも置き去りにする山田浅ェ門の剣技の前では、殺人者の暴力も児戯に等しい。

ただ、喜助の首は落ちていなかった。白目を剝いて、口の端から涎を垂らしながら、床で昏倒している。

「峰打ちだ。お前は奉行所に突き出す。罪が確定すれば、刑場で会うことになるだろう」

衛善は低い声で言うと、殊現に肩を貸して抱き起こした。

廃墟のような家屋を出る瞬間、殊現は倒れ伏している喜助を振り返る。親に捨てられ、世の中への恨みを募らせ、破壊を求めて無明の闇を彷徨う亡霊。何かが少しずれていればそれは殊現自身の姿だっただろう。

「喜……」

そのどこか哀れな背中にかけようとした言葉を、殊現は飲み込む。

「この男に何か言いたいことがあるのか」

「……いえ」

衛善の問いに、殊現は首を振った。

喜助が漏らした、昨夏に夫婦を殺したという貧民街の男について尋ねようと思ったが、噂以上のことは知らない様子だったし、もしこのまま仇討ちのみに囚われ続ければ、自分も遠からず喜助のようになる。そう実感したからだ。

無論、両親を手にかけたその男が数年後に山田家の門をくぐり、互いの因果を知らぬまま試一刀流三位の座につくことを、この時の殊現は知る由(よし)はない。

「何もありません」

殊現はそう言って、視線を薄暗い室内から戸口へと向けた。

外に出ると夕陽がやけに眩(まぶ)しく感じた。

衛善は殊現の怪我(けが)の状態を確認し、軽く安堵の息をつく。

「随分とやられたようだが、とにかく生きていてよかったよ」

「衛善様……その、刀は」

殊現はじんじんと痛む腕を持ち上げ、衛善の持つ日本刀を指さした。

確かに刃を潰したはず。それなのに刀身に傷が見当たらなかった気がする。

「ん？　これはお前のものだよ。父の形見なのだろう」

「ですが……」

「お前が石で刃を潰していたという話を、佐切から聞いたものでな。お前がこの一月、買い物にかまけている間に、勝手に預からせてもらった」

衛善は穏やかに笑って、殊現に刀を手渡した。

「言っただろう。何度でも私が研ぐ、と」

「…………」

ずしりと重い手の中の刀を、殊現は呆然と見つめた。

駆け足で近づいてきた佐切が、傷だらけの殊現を見て泣きそうな顔をする。

「痛い？　大丈夫？」

「あぁ、大丈夫……その、俺のほうこそ、突き飛ばしてごめん」

「まったくだ」

士遠が呆(あき)れた表情でやってきた。

「当主が帰ってきたら大目玉だな」

「ぷ」

佐切が吹き出し、きゃははと笑い声を上げる。

身体中に激痛があり、もはやどこが痛いかもわからない。立っているだけでもやっとの状態だ。それでも不思議と士遠の冗談も佐切の笑い声も、この夕闇の風のように心地よいものに感じられた。

衛善は、喜助の身柄を奉行所に届けるよう門下生に指示して、殊現を振り返った。

「それでは帰るぞ、殊現。歩けないなら背負っていくが」

「…………」

殊現はその場に立ちすくんだ後、唇をきゅっと引き結び、皆に背中を向けた。

「俺は……行けません」

「……なぜだ?」

「自分勝手な真似(まね)をして……皆に大変な迷惑をかけました。俺にはもう山田の門をくぐる資格がありません」

「資格、か……」

　背中側に立つ衛善は、諭すような口調で言った。

「刀には真実が映る。その言葉を覚えているか、殊現」

　それは山田家の入門初日に聞いた一言だ。

　殊現は皆に背を向けたまま、小さく頷く。

「はい……」

「では、真実を見てみるといい」

「……?」

　殊現は眉をひそめた。どういう意味だろう。

　怪訝な顔で、握った刀に視線を向ける。

　目の前に掲げ、ゆっくりと刀身を鞘から引き抜いてみた。

　衛善が丁寧に研いだ刃は、刃こぼれ一つなく、世にも美しい刃文を描いている。

そこに映るのは腫れあがった己の顔。そして――

「あ……」

殊現は息を呑んだ。

夕陽を美しく照り返す鏡のような刀身に映るのは殊現だけではない。殊現の後ろに立つ者達の姿も映り込んでいる。

そこには、衛善がいて、佐切がいて、士遠がいて、みんながいる。

「お前は山田家に集う家族の一員だ。道場に戻る資格はそれで十分じゃないか」

衛善の一言が、鼓膜に温かくしみこみ、それがじわりと身中に広がる。

「う、あ……」

胸が熱くなり、唇が震え出す。喉の奥が詰まったように苦しくなった。

――家族を痛めつけられるとどういう気持ちになるか、今わかったよ。

喜助と対峙した時の、衛善の言葉が今さらのように耳の奥に蘇る。

「俺、は……俺に、はっ……」

「ねえ、何が見えるの？」

佐切の問いに答えようと、殊現は口を開く。しかし、嗚咽が混じってうまく話せない。

何度も口を開けたり閉じたりを繰り返し、やっとのことで言葉を絞り出した。

「何も……何、も、見えないんだ……」

涙でだ。熱を帯びた雫が、あとからあとから溢れ出し、視界を曇らせる。

両親を殺された。

全てを失ったと感じていた。

復讐だけが生きる理由だと思っていた。

だけど、いつの間にか、自分には新しい家族ができていたのだ。

ゆっくりと振り向いた殊現に、山田の面々が笑いかける。笑顔を返そうとしたが、胸の奥が火傷をしたように熱くて痛くて、笑みがすぐに泣き顔に変わる。

佐切だけが心配そうな顔で見上げてきた。

「また泣いてる。痛いの……？」

殊現は何度も袖で顔を拭った。そして、佐切の前に腰を落として、首を横に振った。

「……ううん、痛いけど大丈夫だ」

「じゃあ、悲しいの……？」

眉の端を下げる佐切の頭に、殊現は優しく手を乗せる。

「……嬉しいんだよ」

自然に出てきた言葉に、小さな驚きを覚える。

佐切が弾（はじ）けるように笑い、釣られるようにようやく殊現も微笑む。
今度こそ、この家族を守ろうと思った。
己の全てを懸けて、お家に集う全ての者の平穏を守り抜く。
きらきらと輝く刀身に、両親の安心したような笑顔がちらりと映った気がした。
夕暮れの空に、時季外れの赤とんぼが飛んでいる。
あれだけ騒がしかった蟬の声は、もう聞こえなくなっていた。

● 終幕 ●

唐土に蠱毒という手法がある。

百足や蛇、蛙などの百虫を同じ器に閉じ込め、共食いをさせて最後に残った一種を最強の毒として用いる。

今、神仙郷という孤島に、凶悪な死罪人、首斬り浅ェ門、裏の渡世を震え上がらせる石隠れの忍、そして、人を超えた存在である天仙が集結し、まさに事態は蠱毒の様相を呈していた。

──矛盾の先に、僕が求めるものがあるのかもしれない。

岩山の斜面で、山田浅ェ門随一の解剖通は、己の探究心に改めて火をつけ、

──私は生き残る。何をしてでもね。

洞窟の前で、他人を信用しないくの一は生きる決意を再確認した。

──画眉丸さん、早く、早く殺し合いましょう。

甲板の上で、般若の面をつけた石隠れの忍は、高鳴る鼓動に身を震わせ、

――浅ェ門は全員俺が助ける。それまでどうかご無事で、衛善殿。
小舟の舳先で、試一刀流二位の侍は、師への想いと感謝の念を新たにした。

人智及ばぬ巨大な力が渦巻くこの島では、彼らは所詮一匹の虫、生贄に過ぎない。
それでも一寸の虫にも魂は宿り、切なる願いは因果を揺るがす。
波のごとく打ち寄せる過酷な現実に翻弄されながらも、束の間の追憶を終えた彼らは、自らの信念に命運を託した。

生き残りを懸けた最後の戦いが、今始まる――

JIGOKURAKU

■初出
地獄楽　波間の追憶　書き下ろし

[地獄楽] 波間の追憶

2023年4月9日　第1刷発行

著　者／賀来ゆうじ ◉ 菱川さかく

装　丁／シマダヒデアキ＋荒川絵利 (L.S.D.)

編集協力／株式会社ナート

担当編集／渡辺周平

編集人／千葉佳余

発行者／瓶子吉久

発行所／株式会社　集英社

〒101-8050　東京都千代田区一ツ橋2-5-10
TEL　03-3230-6297(編集部)
03-3230-6080(読者係)
03-3230-6393(販売部・書店専用)

印刷所／凸版印刷株式会社

Printed in Japan　ISBN978-4-08-703534-6 C0293